Liebe Buchhändlerinnen und Buchhändler,
liebe Kolleginnen und Kollegen,

Malin Schwerdtfegers erfolgreiches Debut, die Erzählungen »Leichte Mädchen«, ist Ihnen sicher nicht
entgangen, und nun folgt der erste Roman dieser
begabten Autorin, »Café Saratoga«, der in einigen
Motiven und Schauplätzen an die Erzählungen
anknüpft. Der Roman spielt auf der polnischen
Halbinsel Hel und in Westdeutschland, »Bundes«
genannt, und handelt von der Pubertät und den
Sehnsüchten zweier Schwestern, von der unlebbaren
Ehe ihrer Eltern, die dennoch nicht voneinander
loskommen, und von der Liebe der Erzählerin zu
ihrem Vater, dessen Liebenswürdigkeit und Verrückt-
heit einen unauslöschbaren Eindruck bei Ihnen
hinterlassen wird.
»Café Saratoga« ist ein ernstes und komisches, ein
feinfühliges und furioses Buch, das eine wenigen
bekannte Welt auf wunderbare Weise vor uns er-
stehen läßt und die uns bekannte eigene Welt auf eine
wild-poetische Weise verwandelt.
Mit diesem Roman ist Malin Schwerdtfeger zu einer
neuen, unverwechselbaren Stimme in unserer
Literatur geworden.

Ihr

Martin Hielscher

Café Saratoga

Malin Schwerdtfeger

Café Saratoga

Roman

LESEEXEMPLAR
BITTE NICHT VOR DEM
23. AUGUST 2001
BESPRECHEN

Kiepenheuer & Witsch

Für M. und A.

1. Auflage 2001

© 2001 by Verlag Kiepenheuer & Witsch, Köln
Alle Rechte vorbehalten.
Kein Teil des Werkes darf in irgendeiner Form
(durch Fotografie, Mikrofilm oder ein anderes Verfahren)
ohne schriftliche Genehmigung des Verlages reproduziert
oder unter Verwendung elektronischer Systeme
verarbeitet, vervielfältigt oder verbreitet werden.
Umschlaggestaltung: Barbara Thoben, Köln
Umschlagfoto: © photonica
Gesetzt aus der Sabon Antiqua
Satz: Pinkuin Satz und Datentechnik, Berlin
Druck und Bindearbeiten: GGP Media, Pößneck
ISBN 3-462-03018-3

Mirafiori   9
Bundes   23
Jasnaja Poljana   45
Delfine   65
Engerlinge   81
Agat und Rubin   100
Kommt der Geier, stürzt sich herab   116
Mercedes   133
Worpswede   153
Sibirien   173
Die Attacke der numidischen Reiterei   189
Calamity Jane   213
Anna Chicago   232
Lilka   252
Stairway to Hel   270

Mirafiori

Jeden Tag im Café Saratoga erklärte uns unser Vater die zwei Deutschlands. Er erklärte sie uns, wie er den Tod erklärte und die nächsthöhere Dimension: Nur durch das eine war das andere zu erreichen, das andere aber war gut. Sein Name war Bundes.

Kurz bevor wir Bundes verließen, hörte der Regen auf, und die Autobahn glänzte wie Nickel.

»Man müßte etwas erfinden«, sagte meine Freundin Jane und aschte auf den Boden des Fiat Mirafiori, »woran man seine Asche abstreifen könnte. Guck dir diesen Fußboden an! Vielleicht sollte man nicht nur seine Asche daran abstreifen, sondern auch seine Zigarette darin ablegen können. So etwas müßte man erfinden, meinst du nicht?«

Bei Helmstedt hielten wir an der blau erleuchteten Tankstelle, wo Tata auf uns gewartet hatte, am Tag, als wir nach Bundes kamen, und ich sah ihn vor mir, wie er dort gestanden hatte: mein Vater, einen Mercedes unter dem Hintern und eine Krone auf dem Kopf. Die Tankstelle sah größer und sauberer aus als damals, es gab jetzt einen Supermarkt und eine Waschanlage, aber damals war sie wunderschön und prächtig gewesen, bläulich durchscheinend, irisierend wie ein Eispalast. Jane und ich stiegen aus und liefen zum Klo. Auf dem Rückweg kamen wir an einer Telefonzelle vorbei, und ich ging hinein, um Tata anzurufen. Als ich mich wieder in den Fiat Mirafiori setzte, waren Lilkas Augen halb geöffnet.

Jane und ich hatten zwei Sorgenkinder: den Fiat Mirafiori und Lilka, meine Mutter. Beide hörten sich nicht gut an. Etwas im Fiat Mirafiori machte Geräusche, und etwas in meiner Mutter blockierte ihre Atemwege. Lilka gurgelte und keuchte, ohne ganz aufzuwachen. Ich sah im Rückspiegel, wie sie sich krümmte, in ihr Kleid verwickelt, den Kopf zurückgebogen und in die Kerbe zwischen Lehne und Sitzfläche gebohrt, das Gesicht aufwärts gedreht, die Lippen zusammengekniffen.

»Was, wenn sie hier stirbt?« fragte ich.

Der Mirafiori fuhr gerade eben hundert, wenn ich ihn sehr quälte. »Das klingt nicht gut«, sagte Jane und kämmte sich mit allen zehn Fingern. Dann verteilte sie die Haare im Auto, indem sie die Hände über den Polstern ausschüttelte. Jane haarte wie eine Angorakatze. »Ich wäre eine schlechte heimliche Geliebte eines verheirateten Mannes«, sagte Jane. »Der Arme hätte einfach zuviel Arbeit mit den Haaren in seinem Auto.«

Lilka würde nicht in Bundes sterben wollen und erst recht nicht im anderen Deutschland. Tata und sein Freund Bocian hatten uns das andere Deutschland erklärt, jeden Tag im Café Saratoga. Auch wenn es dieses Land nicht mehr gab, so mußten wir doch hindurch, so wie es den Tod nicht gab, laut Tata, doch sterben mußte man trotzdem. Bei dem Gedanken an eine lange Fahrt durch das andere Deutschland bekam ich feuchte Hände und wollte das Lenkrad nicht mehr loslassen, bis wir die Grenze passiert hätten.

An der blauen Tankstelle war ich abgefahren, weil ich noch einmal in Bundes hatte pinkeln wollen, und auch Jane hatte ich noch ein letztes Mal auf die Toilette geschickt, denn ich wollte nicht mitten im anderen Deutschland anhalten müssen. Das war ich Tata und Bocian schuldig, die mir eingeschärft hatten, diese Straße niemals zu verlassen. Es sei eine Straße ohne Links und Rechts, hatten sie gesagt.

Ich drehte am Lenkrad, wie es Autofahrer in alten Filmen tun, Lilian Harvey am Steuer, daneben Willy Fritsch, im Hintergrund flimmert ein unscharfer Film von der Landschaft, und jemand wackelt am Auto.

»Bei dir fühle ich mich so sicher«, sagte Jane. Der Mirafiori schlingerte. »Autofahren, Autofahren ist die größte Schwäche jeder kleinen Frau«, sang Jane, »und es träumen alle Mägdelein heute schon von einem Führerschein.« Jane sang, um mich wach und bei Laune zu halten, Jane hatte eine Dreißiger-Jahre-Stimme, dünn und hell wie ihre Haare, und seit dem Tankstellenklo sang sie mir ein Medley aus »Die drei von der Tankstelle«, bis weit in das andere Deutschland hinein.

»Ein wunderbarer Film«, sagte Jane. »Willy Fritsch und Heinz Rühmann, und niemand kennt den dritten, obwohl er der sexieste ist und der einzige, der singen und tanzen kann.« Jane langweilte sich und wollte spielen, also spielte sie Was-würdest-du-nehmen-wenn-du-was-nehmen-müßtest. Dieses Spiel spielten wir, wann immer wir an einem Schaufenster vorbeikamen, einen Film sahen, eine Zeitschrift lasen oder eine Straße mit schönen Häusern entlanggingen. Wir gingen zum Bahnhof und überlegten, welchen Zug wir nehmen würden oder welche Droge, wenn wir eine nehmen müßten. Wir spielten es mit Selbstmordmethoden und Haarfarben, mit Hunden, Pferden und Männern. Die einzige Regel bestand darin, daß wir niemals dasselbe wählen durften. Vor allem durfte ich mir nie aussuchen, was bereits Jane gehörte. Der Dritte von der Tankstelle gehörte Jane. Jane begann mir einzureden, daß ich Heinz Rühmann wollte. »Ich hasse Heinz Rühmann«, sagte ich, »wie kannst du mir das zumuten? Er ist ein Nazi.«

Auf der Rückbank begann sich Lilka zu regen. Ihre Lider zitterten. Ich schaute in ihr Gesicht, das, klein und rot-weiß gesprenkelt in einem Schwung von Haaren, aussah wie ein Ei in einem Nest. Um das Gesicht herum waren die Haare dunkel vom Schweiß. Immer, wenn Lilka schwitzte, wartete ich darauf, daß sich kleine rote Tröpfchen von ihrem Haaransatz lösen und Schlieren über ihr Gesicht ziehen würden, denn Lilka färbte ihre Haare röter und röter, in immer kürzer werdenden Abständen.

»Willst du was trinken, Lilka?« fragte Jane nach hinten.

»Es ist heiß!« sagte Lilka.

»Schlaf!« sagte Jane.

»Es ist so heiß«, sagte Lilka. »Kann man das Fenster aufmachen?«

Jane griff unter ihren Sitz und zog eine Colaflasche hervor, schraubte sie vorsichtig auf, damit nichts übersprudeln konnte, und steckte einen Knickstrohhalm hinein.

»Nimm!« sagte sie und streckte Lilka die Flasche hin, aber Lilka rührte sich nicht.

»Kann jemand nach hinten kommen?« fragte sie.

»Lilka!« sagte ich. »Nicht jetzt!«

»Ich kann nicht nach hinten kommen«, sagte Jane. »Wir sind mitten auf der Autobahn.«

»Was ist das für ein Krach?« fragte Lilka.

»Irgend etwas ist nicht in Ordnung mit dem Auto.«

Lilka zog sich an der Vordersitzlehne hoch. Sie griff in meine Haare, daß es ziepte.

»Bleib liegen«, rief ich, »es ist alles in Ordnung!«

»Haben wir eine Panne?« zischte Lilka. »Haben wir einen Platten?«

»Wenn wir eine Panne hätten oder einen Platten, würden wir nicht fahren«, sagte ich.

»Jemand soll nach hinten kommen!« schrie Lilka.

Wir waren mitten im anderen Deutschland. Ich fuhr durch das andere Deutschland mit einem Führerschein, der nicht älter war als drei Tage, und mit einem Auto, das viel älter war. Mit einem Auto, das Geräusche machte, und einer Mutter, die schwitzte. »Fahr raus«, sagte Jane, »das wird mir zu heiß!«

Das andere Deutschland war eine Vorbereitung der Augen und der Stoßdämpfer auf Polen. Alles war grau, und die Beleuchtung war mies. Ein rostiges Schild kam uns entgegen: WC.

»Okay«, sagte ich, »ich halte, du springst raus und steigst nach hinten, und wir fahren weiter. Ich habe kein Lust, meine Zeit auf Hitlers Autobahnen zu vertrödeln.«

»Okay«, sagte Jane.

»Okay«, sagte Lilka und ließ sich zurückfallen.

Jane lächelte und verdrehte die Augen, aber ich sah sie nicht an.

Der Parkplatz war fast leer. Ein polnischer LKW parkte schief vor dem Klohäuschen. Es roch nach Pisse, nach Erde und Schnecken. Als ich Jane in der Abendluft auf und ab hüpfen und mit den Armen schlagen sah, öffnete ich die Tür, obwohl ich meinen Fuß nicht auf den Boden dieses Landes hatte setzen wollen. Ich mußte mich am Mirafiori festhalten, so zitterten meine Beine und Arme, sie zitterten wie damals, als wir an der blauen Tankstelle gehalten hatten, als ich Tata am Mercedes hatte lehnen sehen mit einer Krone auf dem Kopf, als ich aus dem Mirafiori gesprungen war und meine Beine eingeknickt waren vor Schwäche. Jetzt fuhr ich den Mirafiori selbst und wußte nicht einmal, warum wir noch lebten: Ich hatte das Fahren bei Romek gelernt, einem Mann, in dessen Autos nichts an der richtigen Stelle war und der mich bei Autobahnfahrten alle zehn Minuten auf dem Seitenstreifen halten ließ, die Kühlerhaube öffnete und am Motor herumschraubte. Noch immer starrte ich beim Fahren auf das Armaturenbrett wie in ein Buch voll böser Pointen und wartete darauf, daß eine Scheibe platzte, ein Lämpchen, das ich noch nie zuvor gesehen hatte, in einer unbekannten Farbe aufblinkte, ein Knopf oder ein Hebel unter Rauchen und Qualmen abfiel. Meine Prüfungsfahrt war an mir vorübergerauscht wie ein Traum vom Fliegen, und obwohl ich Tante Danutas Pillen zuerst nicht hatte nehmen wollen, waren es wohl vor allem die Pillen gewesen, denen ich meinen Führerschein verdankte. »Jeder andere würde davon am Steuer einschlafen, aber so hoch, wie dein Blutdruck ist, geben sie dir nur ein leichtes Gefühl von Sicherheit«, hatte Tante Danuta gesagt und mir die Manschette des Meßgeräts vom Oberarm gerissen.

Jetzt auf dem Parkplatz, neben einem riesigen polnischen Sattelschlepper, hatte ich das Gefühl, mich nie wieder in ein Auto setzen zu können.

»Meinetwegen können wir«, sagte Jane und zwängte sich nach hinten zu Lilka. Ich hätte gern eine Zigarette geraucht, dachte aber an Bocian und mein Versprechen. Ich stieg ein. Lilka war eingeschlafen. Jane hob Lilkas Kopf vorsichtig an und bettete ihn in ihren Schoß.

Als ich den Zündschlüssel im Schloß drehte, gab es ein leierndes Geräusch. Ich versuchte es noch einmal. Der Mirafiori sprang nicht an.

»Meinetwegen können wir«, sagte Jane.

»Meinetwegen auch«, sagte ich. Ich versuchte es wieder und wieder, aber ich konnte den Motor nicht zum Laufen bringen.

»Willst du mal unter die Motorhaube gucken?« fragte Jane.

»Wozu soll ich unter die Motorhaube gucken?« fragte ich zurück. »Ich habe keine Ahnung, wie es unter einer Motorhaube aussehen sollte.«

»Seid ihr beim ADAC?«

»Wir sind bei Romek.«

»Dann ruf deinen Tata an.«

»Tata kann nicht weg«, sagte ich.

»Was machen wir dann?« fragte Jane.

»Ich weiß es doch nicht!« schrie ich. »Woher soll ich wissen, was ich machen soll? Ich kann doch noch nicht mal Auto fahren, wie soll ich wissen, wie man ein Auto repariert? Ich kann nicht mal ein Warndreieck aufstellen!«

»Warum fährst du so langsam?« fragte Lilka dumpf in Janes Schoß hinein.

»Wir beschleunigen noch«, sagte ich. »Wir werden schneller und schneller«, sagte ich. »Schlaf!«

Jemand klopfte gegen die Scheibe an der Beifahrerseite. Jane beugte sich vor und kurbelte das Fenster herunter. Ein Mann steckte seinen Kopf in den Mirafiori. Er hatte ein hageres Gesicht und blaue Augen, die Augäpfel lagen wie verschrumpelt in Höhlen, die schattiert waren wie mit Pastellkreiden.

»Guten Tag«, sagte er. »Probleme?«

»Das Auto springt nicht an.«

Er zog den Kopf zurück und ging einmal um den Mirafiori herum. Dann öffnete er die Motorhaube und verschwand dahinter. Nach einer Weile sah er wieder zum Fenster hinein.

»Können Sie bitte aussteigen?« fragte er. »Man macht das so. Man sitzt nicht und wartet, wenn jemand das Auto anguckt. Man steht daneben. Das ist höflich.«

»Entschuldigung«, sagte ich und stieg aus.

Der Mann wartete, bis ich mich neben ihn gestellt hatte.

»Das sieht nicht gut aus«, sagte er.

Ich schaute mir den Motor an. »Nein«, sagte ich.

»Da ist fast alles kaputt. Ich habe noch nie ein Auto gesehen, wo soviel kaputt ist.« Der Mann tupfte irgendwo auf die schmierigen Eingeweide des Mirafiori und sah sich seine Fingerkuppe an. »Früher hatte ich auch einen Mirafiori«, sagte er. »Lange her. Jetzt fahre ich ein größeres Auto.« Er zeigte auf den Sattelschlepper. »Mirafiori, früher war das ein super Auto. Muß man pflegen.«

»Dazu ist es zu spät«, sagte ich, »was soll ich denn jetzt machen?«

»Am besten nach Polen in eine Werkstatt.«

»Und wie komme ich damit nach Polen?«

»Schleppen lassen.«

»Schleppen?«

»Ich könnte das machen, aber geht nicht mit dem hier.« Er zeigte auf den LKW.

»Sie können das nicht reparieren?«

Der Mann lachte und zeigte an der Ölspur entlang, die bis zurück zur Autobahn führte. »Und wo habe ich einen neuen Motor? Hier? Hier?« Er klopfte sich auf die Jacke. »Ich habe es eilig!«

»Wir haben es auch eilig!« rief ich. »Meine Mutter ist krank! Sollen wir hier die ganze Nacht stehen und warten, bis jemand kommt und uns nach Polen schleppt? Warten, bis uns jemand die Scheiße repariert?«

»Wo müssen Sie denn hin?«

»Nach Hel«, sagte ich, und die tiefliegenden Augen des Mannes fingen an zu leuchten. Das war die übliche Reaktion. »Hm«, sagte er und fing an zu singen: »Chałupy, welcome to!«

Zu dritt hievten wir Lilka auf die Koje und deckten sie mit einer Wolldecke zu. Jane und ich kletterten auf die Bank neben dem Fahrersitz und stopften unsere Reisetaschen darunter. Es war dunkel geworden. Der Lastwagenfahrer setzte sich hinter das Steuer und fuhr los.

In einem LKW hoch über der Autobahn zu sitzen war besser, als im Mirafiori jede Bodenritze zu spüren, aber den Mirafiori hatten wir verloren. Ich murmelte vor mich hin, um nicht daran zu denken, den Verlust wie eine Stimme im Kopf, die redet und redet. »Auf dem Rückweg holen wir ihn«, sagte ich mehr zu mir selbst als zu Jane, und Jane sah mich an, und ich wußte, wie sehr sie sich freute, hier zu sein, in einem polnischen LKW, mit einem übermüdeten Lastwagenfahrer, der ein bißchen nach Stall roch. Für Jane war es ein Spiel.

Bevor wir losgefahren waren, hatte ich in meiner Jakkentasche nach den rosa Tabletten gekramt. »Komm, Lilka«, sagte ich, »nimm!«

»Ich brauch die nicht«, sagte Lilka, »gib mir eine von Danutas!«

»Das ist schon die dritte«, sagte ich, »und du sollst die anderen nehmen.«

»Mir ist schlecht, und ich schwitze, und in spätestens fünf Minuten kommt das Grauen, ich fühle es«, sagte Lilka und fing an zu weinen. Da gab ich ihr eine von Danutas.

»Seid ihr von Hel?« fragte der Lastwagenfahrer. Lilka war eingeschlafen, eingehüllt in die Wolldecke und in die noch dickere Decke, die Danutas Pille über sie geworfen hatte. Im Führerhäuschen des LKW zu sitzen, Dunkelheit hinter den Scheiben und buntes Licht vom Armaturenbrett im Gesicht, war, wie in einer Kapsel hinausgeschossen zu werden in den Raum.

»Mein Vater hatte ein Café in Chałupy«, sagte ich.

»Chałupy, welcome to!« sang der Lastwagenfahrer. »Ich war einmal da. Jetzt kann man surfen lernen auf der Bucht. Und ich habe noch nie einen so schönen Strand gesehen. So breit und so weißer Sand!«

»Ja«, sagte ich, »der Strand ist sehr schön.«

»Gibt es euer Café noch?« fragte der Lastwagenfahrer.

»Ich weiß es nicht«, sagte ich.

»Wie sieht es aus?«

»Es ist ein kleines weißes Haus an der Kaperska-Straße.«

»Wenn ich mal wieder nach Chałupy komme«, sagte der Lastwagenfahrer, »dann gehe ich in euer Café.«

Er starrte mit seinen ausgetrockneten Augen auf die Straße und schien nie zu blinzeln, nicht einmal, wenn er redete. Jane und ich hörten auf das Motorgeräusch und sahen uns die Sterne an. Der Nachthimmel war schwarz und klar. Auf Hel hätte das Licht der Sterne bei so klarem Himmel in den Augen weh getan, aber hier konnte ich direkt hineinschauen. Zusammen mit meiner Schwester hatte ich anhand der Sterne gelernt, was eine Eselsbrücke war, am Küchentisch in unserer ersten richtigen Wohnung in Bundes: »Mein Vater erklärt mir jeden Sonntag unsere neuen Planeten, Merkur, Venus, Erde, Mars, Jupiter, Saturn, Uranus, Neptun, Pluto.« Wenn das die neuen Planeten waren, welche waren dann die alten? Und gab es eine Eselsbrücke, mit der man sie sich merken konnte? Tata und Bocian hatten uns jeden Tag die Welt erklärt, jeden Tag im Café Saratoga, auf dem alten Planeten, den wir verlassen hatten, auf Hel, wo der Sternenhimmel jede Nacht über unseren Köpfen abgebrannt war wie ein Feuerwerk.

»Neun Planeten«, hatte meine Schwester gesagt, »neun Planeten, nicht neuen Planeten.«

»Welches Sternbild würdest du nehmen, wenn du eins nehmen müßtest?« fragte Jane. Ein Scheinwerfer wischte ihr über das Gesicht.

»Kassiopeia«, sagte ich.

»Orion«, sagte Jane. »Er hat so breite Schultern,

und keiner kann mir erzählen, daß das ein Schwert ist.«

Der Lastwagenfahrer bremste. »Was ist los?« fragte Jane.

»Ende der Schlange.«

»Ende der Schlange?« fragte ich, »jetzt muß doch irgendwann die Grenze kommen.«

»Genau«, sagte der Lastwagenfahrer, »Grenze. Hier ist die Schlange.«

Ich kurbelte das Fenster hinunter. Wir waren die letzten in einer langen Reihe von Lastwagen, die sich keinen Millimeter vorwärts bewegte. Irgendwo am Ende der Schlange war die Grenze. Das andere Ende schob sich alle paar Minuten um eine LKW-Länge in Gegenrichtung.

»Ich muß mal«, sagte ich. Ich klinkte die Tür auf und sprang aus dem Wagen. Die LKWs beleuchteten sich gegenseitig mit ihren Scheinwerfern, und außerhalb der Lichtschlange war es finster. Ich fühlte die Leere eines abgeernteten Feldes in der Dunkelheit. Als ich im Straßengraben hockte und das Prasseln neben mir hörte, merkte ich, daß sich parallel zu den Lastwagen eine zweite Schlange gebildet hatte, eine Schlange von Lastwagenfahrern, die sich entlang des Straßengrabens aufgestellt hatten und pinkelten. Ich wollte mir einen neuen Platz suchen, irgendwo hinter einem Busch, aber es war zu spät. Ich kauerte mich zusammen beim Pinkeln und zwängte mich dann noch im Hocken in meine Hose. Der Lastwagenfahrer links neben mir zog hastig seinen Reißverschluß hoch. »Ich habe nichts gesehen«, sagte ich, aber der Lastwagenfahrer zu meiner Rechten tat das gleiche, dann der nächste und der übernächste, und so ging es weiter, und das Sirren der Reißverschlüsse pflanzte sich fort. Alle rannten zurück zu ihren Lastwagen, und ich lief ihnen nach.

Zehn Meter weiter kam der LKW zum Stehen.

»Ich bin so verdammt müde«, sagte der Lastwagenfahrer, »und mir ist kalt. Wenn ich nicht gleich ein bißchen Schlaf kriege, falle ich um. Tut mir leid. Ich fahre an die Seite, wir schlafen, und morgen stellen wir uns wieder an.«

Wie lange würde Lilka noch schlafen? Das Grauen war niedergekämpft, und Lilka war hinübergedämmert in ihre Schonzone. Es sah so aus, als würde sie die Nacht friedlich verschlafen. Aber wenn sie morgen früh aufwachte in der dreckigen Koje, noch mitten im anderen Deutschland, würde das Grauen kommen. Wie immer noch vor dem Frühstück.

Jane schlief neben mir, eine Hand auf meinem Oberschenkel. Das Lenkrad fühlte sich warm und lebendig an, es war, wie den Arm von jemandem anzufassen oder den Penis. Ich saß da, allein in der Dunkelheit, hoch über der Straße, die Hände abwechselnd am Lenkrad und im Schoß, und sah zu, wie nichts passierte. Alle halbe Stunde bewegte sich der Lastwagen vor mir. Dann drehte ich den Zündschlüssel vorsichtig im Schloß, wie um das Geräusch zu dämpfen, ein von weither kommendes Grollen. Ich machte alles so, wie der Lastwagenfahrer es mir gezeigt hatte. Ich ließ den Sattelschlepper rollen, bis der Fahrer vor mir bremste. Dann bremste ich auch. Ich drehte den Schlüssel im Zündschloß und ließ es wieder still werden, und so wartete ich, Janes Hand auf meinem Oberschenkel, bis alles wieder von vorn anfing.

»Sonja!« flüsterte Jane, die Haare zerwühlt, Abdrücke von Polsternähten auf der linken Wange.

»Sonja!« flüsterte sie.

Lilka lag uns zugewandt, die Augenbrauen angehoben, als sei sie über irgend etwas angenehm überrascht, den Mund halb geöffnet. Sie schwitzte noch immer, aber es war wie ein Nachglühen. Der Lastwagenfahrer hielt Lilka von hinten umarmt, er steckte seine Nase in ihre Haare und hatte seine großen, schmutzigen Hände wie Schutzpanzer um ihre Brüste gelegt.

Bundes

Die Halbinsel Hel ragt wie ein magerer Finger in die Danziger Bucht. Sie trennt das Große vom Kleinen Meer und wird deshalb auch Zwischendenmeeren genannt. Nachdem Tata das Café übernommen hatte, fuhren wir jeden Sommer mit dem Zug von Gdingen dorthin, wo das Zwischendenmeeren so schmal ist, daß es unter den Winterstürmen brechen kann, wie zuletzt dreißig Jahre zuvor, als sich die Wellen des Großen und des Kleinen Meeres an einigen Stellen über Hel verzahnt hatten wie zwei Kämme. Wir fuhren bis Chałupy. Tata holte uns ab. Er stand auf dem Bahnsteig, den Bart mit einem Gummiband zusammengebunden, und rauchte. »Seht ihn euch an!« sagte Mama und preßte die Fäuste auf die Augen, während der Zug in den Bahnhof einfuhr. Der Bahnhof war nichts als eine überwucherte Rampe an den Gleisen, ohne Schranke, ohne Uhr. Das war der Bahnhof von Chałupy. Es gab dort nicht einmal eine Toilette. Mama massierte ihre Augäpfel, daß es knisterte. Dann schaute sie wieder aus dem Fenster und schüttelte den Kopf. Der Zug bremste. »Seht euch euren Vater an!« sagte sie, und immer wollte Mama, daß wir uns etwas ansähen, denn in Mamas Augen bestand die Welt aus guten und schlechten Beispielen, und das schlechteste Beispiel war Tata.

In Tatas Fiat Mirafiori saß man auf Sand und Zigarettenkippen. Wenn Tata im Herbst zurück nach Gdingen kam, brachte er den Sommer immer noch ein letztes Mal mit in diesem Auto, das aussah, als hätte das Meer einen Haufen Strandgut hineingeschwemmt. Dreißig Grad Hitze hielten sich darin bis Oktober, und in dem Geruch nach Benzin, Lindenblüten und nassen Badeanzügen, in den Schweiß- und Eisflecken auf dem Rücksitz konnten meine Schwester Majka und ich die Geschichte des vergangenen Sommers lesen und die des vorigen und vorvorigen dazu.

Wenn Tata uns und das ganze Gepäck vom Bahnhof in Chałupy zum Café Saratoga fuhr, durfte ich neben Tata sitzen. Ich riß eine neue Packung Zigaretten auf und zündete ihm die erste an. Obwohl das Café Saratoga am anderen Ende des Dorfes lag, dauerte die Fahrt dorthin nicht einmal eine Zigarettenlänge. Mama saß mit Majka hinten. Einmal beugte sie sich vor und pflückte dicht neben meinem Kopf etwas vom Sitzbezug.

»Die neue Kellnerin ist also blond«, sagte sie.

Mama streckte die Hand aus dem Fenster, sie spreizte die Finger und ließ die Haare davonwehen. Die Haare waren heller und länger als Majkas oder meine, sie glitzerten in der Sonne und wickelten sich um die Stämme der Linden am Straßenrand.

Das Café Saratoga lag an der Südseite der Kaperska. Es gab überhaupt nur eine einzige richtige Straße auf Hel. Sie zog sich fast vierzig Kilometer durch alle Orte, und auf dem Weg wechselte sie immer wieder den Namen. Das begriffen Majka und ich lange nicht. Wenn wir mit Tata zur Stadt Hel fuhren, die an der Spitze der Halbinsel lag, durch Kuźnica, Jastarnia und Jurata, waren doch immer links die Bahngeleise und der Kiefernwald, dahinter das Große Meer, und immer rechts

die Hagebuttenhecken und das Kleine Meer, die Ufer-
linie der Pucker Bucht. Viel mehr gab es nicht auf Hel.
An manchen Stellen war Hel so schmal, daß man aus
einem Fenster das eine Meer sehen konnte und aus
dem anderen das andere. Wir blieben auf derselben
Straße, und immer begleiteten uns dieselben Linien, sie
zogen eine Stunde lang Schlieren über unsere Augen,
schwollen an und verrannen. So kamen die Stromlei-
tungen mit bis zum Umspannwerk »Energa« in Jurata
und die Heckenrosen auch. Hinter Jurata hörte die
Heckenrosenlinie auf, und eine Farnlinie begann. Immer größer wurden die Farne nach Osten und immer
gerader die Kiefern. Ein Stacheldrahtzaun entrollte
sich auf der linken Seite: das Militärgelände. Der Stacheldraht blieb ein gutes Stück bei uns, ein silbernes
Flimmern und Augenrattern über ein paar Kilometer
hinweg, dann löste er sich auf in Disteln und Sand,
grauweiße Dünung. Wir fuhren in Richtung der Sandwanderung, die Hel ohne Pause im Westen abtrug und
im Osten baute, auf der Hauptstraße, im Fiat Mirafiori. Die Straße war wie ein Fluß. Wie konnte ein Fluß
seinen Namen ändern? Majka und ich fühlten uns
vom Weg abgekommen, wenn die Kaperska-Straße
in Kużnica auf einmal Helska hieß, in Jastarnia
Mickiewicz-Straße und in Jurata Straße der Polnischen
Armee. Dann, plötzlich, war es, als wären wir ins
Schlingern geraten.

Die Cafés, Kioske und Fischbars von Chałupy lagen
alle an der Kaperska, mit der Rückseite entweder zum
Großen Meer im Norden oder zur Pucker Bucht im
Süden. Durch das Hinterfenster vom Café Saratoga
konnte man sie sehen, die Bucht, das Kleine Meer und

dahinter am Horizont die Chemiefabriken von Puck. Und so sahen wir das Café Saratoga zum ersten Mal, Majka und ich, nachdem uns Tata zum ersten Mal vom Bahnhof abgeholt hatte: ein kleines weißes Giebelhaus, ein wellblechüberdachte Terrasse aus rohem Zement davor, gerade groß genug für sechs Tische, auf der Terrasse ein Haufen Müll, im Gastraum tausend Eimer auf dem Boden, gefüllt mit verschiedenen stinkenden Flüssigkeiten. Tata war gerade dabei gewesen, die Theke mit etwas zu bekleben, das aussah wie Kork. Nachdem er unsere Koffer ins Hinterzimmer gebracht hatte, kniete er sich hin und machte weiter. Das war also der Ort, für den Tata uns zum ersten Mal verlassen hatte. Wir sahen den Kork, das Linoleum, die Spiegelfliesen, die undefinierbaren Flecken auf alten Zeitungen, wir rochen die frische weiße Farbe, das Bier, die Zigarettenkippen, den Urin und das Meer, wir sahen Tata, den wir zum ersten Mal besuchten, nachdem er uns zum ersten Mal verlassen hatte, für das alles hier. Wir wußten, daß auch Tante Apolonia da war: Wir vermuteten sie in dem Geruch nach Buttersäure und Ammoniak, der vom Dachstuhl herunterwehte.

»Das ist keine Umgebung!« sagte Mama und stieg über Tatas Eimer und Näpfe mit den Brühen und Pasten darin hinweg. Sie sagte nicht, ob keine Umgebung für uns oder für Tante Apolonia, keine Umgebung für Tata oder für sie selbst, oder ob es einfach überhaupt keine Umgebung war. Doch wenigstens eine Weile würden wir bleiben können, denn Mama verschwand im Hinterzimmer. Wir hörten sie die Treppe zum Dachzimmer hinaufsteigen. Tata rauchte beim Korkkleben und sang mit der Zigarette im Mund. »Chałupy, welcome to«, sang er, das Lied, für das Chałupy bis heute berühmt ist, und Majka und ich sangen leise mit. Noch wußten wir nicht, ob wir Chałupy auf Hel wirklich haben und es lieben dürften, wie wir Tata liebten, oder ob Mama gleich die Treppe herunterkäme und wir mitsamt Gepäck zurück zum Bahnhof fahren und Chałupy hassen müßten, wie wir Tata hassen mußten. Wir wagten uns kaum zu rühren, wie zwei Unterkühlte, die fürchten mußten, bei jeder Bewegung Wärme zu verlieren und daran zu sterben. Alles, was wir taten, hätte ein Bekenntnis sein können. Vorsichtig schlichen wir hinter die Bar, setzten uns dicht nebeneinander auf die Hocker mit den roten Bezügen. Wir warteten und bemühten uns, nichts zu fühlen. Ich mußte nur Majka ansehen, um zu wissen, wie ich aussah: Wir trugen die gleichen gelben Trägertops, die wir uns ständig gegenseitig im Nacken neu binden mußten, weil die Schleifen immer wieder aufgingen. Diese Tops hatte uns Mama in Gdingen extra für Chałupy gekauft, sie waren ein bißchen zu groß, und Majka und ich wußten, daß wir noch zu jung, zu blaß und zu mager dafür waren. Die Tops ließen zuviel vom Rükken frei und zuviel von der bläulichen Rinne zwischen Schulter und Achsel. Doch wir waren stolz auf unsere Magerkeit. Wir fuhren uns gegenseitig mit dem Finger über die Rippen und verglichen die Sehnen an unseren Armen und die Scharfkantigkeit unserer Schulterblätter. Wir waren stolz auf unsere schmalen Füße und die Lücke zwischen unseren Oberschenkeln. Nur braun müßten wir sein, dann würde das Bild stimmen. Braun und geschmeidig wollten wir sein, wild und frei. Und obwohl wir uns sehr nackt in den Trägertops vorkamen, wollten wir sie hier jeden Tag tragen, bis wir braun wären, denn sie paßten so sehr nach Chałupy,

27

sie paßten zu dieser Ferienlegende von Wildheit und Freiheit, dem berühmtesten Zeltplatz Polens, dessen Hymne jeder ansang, wenn wir sagten: Unser Vater hat ein Café in Chałupy.

Wir sahen Tata beim Kleben zu. Majkas rechte und meine linke Schulter klebten zusammen, salzig und feucht. Damals hatten Majka und ich zusammen nur drei Schultern, zwei Augen und eine Nase. Wir rochen das Neue, und von nun an hatte es den Geruch des Meeres.

Tata preßte das Korkimitat gegen die Theke. »Festhalten!«

Majka und ich rutschten von den Hockern und duckten uns unter Tatas ausgestreckten Armen hindurch. Majka stemmte sich unten gegen die Bar, ich oben.

»Bleib so«, sagte Tata, »ich geh 'ne Zwinge borgen.« Er war schon fast aus der Tür, als er sich noch einmal umdrehte. »Die Stärke des Preßdrucks«, sagte er auf deutsch, »ist entscheidend für die Haltbarkeit der Verbindung.«

»Kannst du noch?« fragte ich Majka nach einer Weile. Meine Arme waren lahm geworden, und alles Blut sammelte sich am vordersten Punkt meiner Stirn. Majka nickte. Sie hatte die Augen geschlossen und die Augenbrauen angehoben, ihr Ausdauergesicht, ein sportliches Gesicht. Ich sah, wenn ich mich anstrengte, immer nur so aus, als würde ich gleich anfangen zu heulen.

Das glatte Plastik beulte sich vom Sperrholz weg. Was immer uns Tata aufgab; es war wichtig. Meist dauerte es lange, denn zu allem, was Tata tat, gehörte, daß etwas dazwischenkam. Manchmal vergaß Tata über dem, was dazwischenkam, das, was er eigentlich hatte tun wollen. Wenn er sich wieder daran erinnerte, ging er hin, schaute nach und sah, daß es gut war. »So muß das halten«, sagte er.

Ein Mann kam zur Tür herein, dort, wo keine Tür war, denn die hatte Tata ausgehängt und draußen an die Hauswand gelehnt.

»Kleines Bierchen!« sagte der Mann. Er hatte sehr lange Beine, und ich verstand ihn kaum.

»Wir haben noch nicht geöffnet«, sagte Majka unter mir.

»Wie ich sehe, habt ihr geöffnet«, sagte der Mann und hängte sich über uns an den Tresen. Er hatte sehr lange Beine und Sonnenbrand an Waden und Oberschenkeln. Überall waren die Beine rötlich behaart, nur an der Innenseite der Schenkel nicht, wo das Fleisch unter der weißen, trockenen Haut in Richtung Knie sackte. Er trug eine sehr kurze Hose, steif vor Dreck und für alle Ewigkeit in der Lendenbeuge plissiert.

»Zwei Fohlen an der Bar, und keins springt auf und zapft mir ein kleines Bierchen!« sagte der Mann.

»Es gibt hier noch kein Bier vom Faß«, sagte Majka wie eine Kellnerin.

»Ich bin Bocian«, erklärte der Mann nachsichtig, »der Rock'n'Rocian!«

Wie ein Bocian, ein Storch, sah er tatsächlich aus. Er beugte sich zu uns hinunter: »Warum nennt man mich wohl den Rock'n'Rocian?«

Wir zogen die Köpfe zwischen die Schultern.

»Weil das hier Hel ist«, sagte er, »begreift ihr? Hell!

Die Hölle. Wenn ihr erst die Sterne hört, werdet ihr es begreifen, denn sie spielen die ganze Nacht Stairway to Hel. Gebt mir ein Bier!«

»Wir haben kein Bier, und wir stehen hier wegen des *Preßdrucks*«, sagte Majka. »Und oben ist unsere Mutter.«

»Auf eure Mutter«, sagte er, »habe ich gerade keine Lust, ein andermal vielleicht, danke, Fischlein!«

Dann fing er an zu singen: *Wszystkie rybki mają cipki*; alle Fischlein haben ein Fötzlein – das war er, Bocian Ceyn, der Rock'n'Rocian, der uns unwillkürlich die Schenkel zusammenkneifen ließ, gleich an unserem ersten Tag in Chałupy.

»Bitte, mein Herr«, sagte Majka mit ihrer neuen Kellnerinnenstimme, »wir können Ihnen kein Bier geben, Sie sind betrunken, gehen Sie bitte!«

»Gehen Sie bitte!« wiederholte ich. Meine Fingerspitzen wurden weiß, weil ich noch immer das Korkimitat gegen die Bar drückte. Unter mir roch ich Majkas verschwitzten Scheitel. Der kräftigere Geruch aber kam aus der kurzen Hose Bocians, des Rock'n'Rocians, zwischen dessen gegrätschten Beinen wir kauerten wie Artistenkinder. Mir wurde schlecht.

»Das heißt, ihr habt nicht die Freundlichkeit, mir ein oder zwei Bierchen auszuschenken?« fragte Bocian.

»Doch«, sagte ich, »aber wir haben kein Bier.«

»Das reicht!« sagte Bocian, »du, Fischlein, besorgst mir ein Bierchen! Irgendwo wird hier doch eine Flasche sein, was ist das denn für eine Bude? Und du, Fröschlein, suchst den Flaschenöffner! Mein Name ist Ceyn, mir gehört das Kaff hier seit dem späten achtzehnten Jahrhundert!«

Ich ließ als erste los und lief um die Theke herum.

Ich begann, die Regale an der Rückseite der Theke nach einem Flaschenöffner abzusuchen, und Majka schaute in den Kühlschrank. Hinter der Theke war es dunkel und staubig, dort war Schutz und ein Geheimnis. Majka fand eine Flasche Bier. Ich fand keinen Flaschenöffner.

»Żywiec«, sagte Bocian anerkennend. »Den Öffner bitte!«

»Ich kann keinen finden«, sagte ich.

»Was soll ich nehmen, du dünnes Fröschlein, dein Schulterblatt?« Stattdessen hakte Bocian die Flasche unter den Thekenrand und hebelte den Kronkorken weg. Ein Stück von der Theke splitterte ab. Bocian setzte die Flasche Żywiec an den Mund und trank mit zurückgelegtem Kopf, das Bier gurgelte innen um seinen Adamsapfel, und Majka und ich sahen zu. Wir hatten ihn bedient! Wir hatten einen Gast bedient!

»Scheiße, ihr solltet doch festhalten!« sagte Tata, als er uns und Bocian da stehen sah, »und warum habt ihr den Verrückten hier hereingelassen?«

»Ich bin der Bürgermeister«, sagte Bocian.

»Klar«, sagte Tata, »dir haben sie doch sogar die Lizenz zum Räuchern entzogen! Nimm das Bier und hau ab, wir haben noch nicht geöffnet, und meine Töchter sind keine Bardamen!«

Bocian legte seine Hand auf meine nackte Schulter.

»Deine Töchter sind Schlampen.«

»Wenn du nichts verträgst, hör auf zu saufen«, sagte Tata.

»Haben ihre Tage noch nicht und sind schon richtige Schlampen!« sagte Bocian.

Tata nahm ihm die halbleere Bierflasche aus der Hand, schlug ihr an der Thekenkante den Boden ab und hielt sie Bocian unter die Nase. Bocian schien es gar nicht zu merken.

»Weiß die Nazihexe, was hier passiert?« fragte Bocian uns und zeigte an die Decke. Dann wischte er mit dem Arm über die Theke, die voller Mörtelstaub und Farbspritzer war, und ließ seine weiße Hand wieder auf meine Schulter fallen. »Dieser Gestank, der sich aus dem Dorf nicht weglüften läßt! Sie hat es mit den Nazis getrieben in den Bunkern am Strand, weil mein Vater sie nicht ficken wollte. In der Schlafzimmereinrichtung meiner Eltern hat sie es mit den Nazis gemacht, schon damals war sie dünn wie eine verfaulte Sprotte, und so stank sie auch. Die Nazis haben alles dahin geschleppt, in die Bunker unter den Dünen, die Häkeldeckchen, die Nachttöpfe mit kaschubischem Muster, die Gardinen in Netzknüpferei. Sogar unsere Socken haben sie getragen!«

»Raus«, schrie Tata.

»Scheißpolacken! Scheißnazis!« schrie Bocian.

»Keine kaschubische Folklore in meinem Lokal«, sagte Tata, »du hast deinen Spaß gehabt!«

»Ich kann dir den Laden hier zusammenhauen lassen.«

Ich duckte mich unter Bocians rauher Hand weg. Auf seinen Armen wuchsen die gleichen roten Haare wie auf den Beinen, die nassen Locken auf seinem Kopf aber waren grau und an den Enden schwarzknotig, wie angesengt.

»Leg dich an den Strand und schlaf dich aus!« sagte Tata.

»Ist gut.« Langsam ging Bocian zur Tür. »Ich hab unrecht und ihr Typen habt recht. Entschuldigung!«

»Klar«, sagte Tata.

»Trotzdem hau ich den Laden hier zusammen!«
brüllte Bocian. »Ich bin der letzte der Ceyns, obwohl
ich darauf scheiße! Ich stecke eure Nazikneipe in
Brand!«

»Empfiehl uns weiter!« schrie Tata ihm hinterher.

Das Korkimitat warf Blasen.

»Wo sind die Zwingen?« fragte Majka.

»So muß das halten«, sagte Tata.

Mit dem Tag von Bocians erstem Rausschmiß aus dem
Café Saratoga begann die Freundschaft zwischen Tata
und Bocian, die vom gegenseitigen Zuteilen und Ent-
ziehen von Alkohol geprägt war, von ihrem Wissen
über die Beschaffenheit der Welt und davon, wie sie
sich erklären ließ.

Jeden Tag im Café Saratoga erklärten uns Tata und
Bocian die zwei Deutschlands. Eines bestand aus drei
Buchstaben, dem N, dem R und dem D von Niemiec-
ka Republika Demokratyczna, Deutsche Demokrati-
sche Republik. »Vor allem aber aus einem großen, großen N!« sagte Bocian. Die Leute in NRD waren noch
immer Nazis, das lernten wir von Tata und Bocian,
und der Sozialismus tarnte diese Leute schlecht. »Die
haben doch immer noch den Finger am Abzug«, sagte
Tata. Neunzehnhundertneununddreißig waren sie
gekommen, auf der »Schlesien« und der »Schleswig-
Holstein« – »Schleswyk-Holsztyn«, sagte Bocian –
und hatten vom Meer aus auf Hel geschossen. Von
ganz Polen hatten sie sich Hel ausgesucht, und auf eine
Bastion aus Dünen und Hecken und Sonnenschirmen
waren sie gestoßen, die Nazis, auf eine Armee von Fi-
schern, Räucherern, Touristen und Kellnerinnen und
auf dreitausend tapfere polnische Soldaten, die Hel bis

zum 2. Oktober verteidigt hatten. So war Hel als letztes Stück Polens gefallen: eine Sandbank von vierunddreißig Kilometern Länge und ein paar hundert Metern Breite. Das lernten wir von Tata und Bocian.

»Es ist ein Symbol«, sagte Tata.

»Wofür?« fragte ich.

»Hel ist einzigartig«, sagte Bocian, »es ist unvergleichlich.«

»Dann ist es kein Symbol«, sagte ich.

»Alles ist ein Symbol«, sagte Tata.

»Wenn Hel fällt, fällt Polen«, sagte Bocian, »und deswegen beobachten sie uns seit ein paar hundert Jahren.«

Leider mußte man den Weg durch Nazideutschland nehmen, wenn man in das gute Deutschland wollte; das aber hatte einen Namen, der Majka und mir weich auf der Zunge lag: Bundes. Tata sagte Bundes. Bocian sagte Reich. »Ja, wenn man Verwandte im Reich hat ...!« sagte Bocian, wenn wir Exportbier hatten, Alleskleber, eine gute Heckenschere oder Anglerbedarfkataloge. Tata sagte Bundes, Bundes, weich und rund, wie etwas sehr Süßes, Schaumiges. Dieser Name klang nach Sommer, nach dem Sommer auf Hel, und ich stellte mir die Straße nach Bundes wie unsere Straße auf Hel vor, eine Straße ohne Links und Rechts. Auch kurz vor der Stadt Hel mußte man Papiere zeigen, wegen des Militärgeländes hinter dem Stacheldrahtzaun, wegen der Grenzschützer, die achtgaben, daß niemand uns beschoß und keine feindlichen U-Boote vom Großen Meer in die Danziger Bucht. Doch in Naziland konnte es passieren, daß sie einem den Paß wegnahmen und das Auto vollkommen auseinanderschraubten, um nach doppelten Bö-

34

den zu suchen. Jeden Tag erhielten die Nazis an der Grenze einen neuen Befehl, wie durchreisende Polen zu quälen waren. »Morgens kriegen sie ein Papier in die Hand gedrückt«, sagte Tata zu Bocian, »auf dem steht zum Beispiel: Klaut ihnen die Tankverschlüsse! Unterzeichnet: Sturmbannführer Soundso. Und dann schraubt einer von ihnen den Tankdeckel ab und steckt ihn ein, während der andere in den Kofferraum guckt.«

»Sie hören den Wetterbericht«, sagte Bocian, »und wenn Regen angesagt ist, ziehen sie dir die Gummis von den Scheibenwischern!«

Bocian hing schon nachmittags um halb zwei mehr an der Theke, als daß er lehnte, und unseren Besen benutzte er als Krücke. Wie immer hatte er eine halbe Stunde vor dem Café darauf gewartet, daß die Kellnerin die Tür einen Spalt öffnete, um den Dreck und die Papierservietten und die Holzspießchen und die Kronkorken hinauszukehren. Dann hatte er ihr wie immer den Besen aus der Hand gerissen und damit auf die Theke gehauen, wo Tata saß und die Kasse nachzählte, denn jede unserer Kellnerinnen verrechnete sich ständig.

»Und wenn du Pech hast«, sagte Bocian, »klauen sie dir auch noch die Wurst und vergewaltigen deine Frau auf der Toilette. Die Nazis sind schon immer verrückt gewesen nach unseren Pässen, Würsten und Frauen.«

Bocian warf der Kellnerin den Besen wieder zu, die in der Tür lehnte und darauf wartete, daß sie weiterfegen konnte, die Augen müde und wund von hineingeschmierter Wimperntusche. Die Kellnerin fegte langsam. Wenn sie damit fertig wäre, würde sie die Stühle von den Tischen nehmen und ein bißchen herumrükken, dann die Tische abwischen und die rotbezogenen Sitzflächen der Stühle. Sie würde neue Papierservietten nehmen, sie in zwölf Stapel teilen, die Stapel auffächern und damit die Serviettenhalter füllen, bis sie aussähen wie ein Flotte roter Schiffe mit weißen Segeln. Majka und ich beobachteten sie dabei mißtrauisch, denn unsere Kellnerinnnen machten gewöhnlich nichts richtig.

Die Straße nach Bundes war wie die Straße auf Hel, auf der wir Eis holen fuhren mit Tata: Am Ende stand etwas sehr Weiches, Süßes, Lohnendes. Bundes zerfloß auf unseren Zungen wie Vanilleeis. Auch Bundes roch nach Neuem, nach Meer, wie damals das Café Saratoga an unserem ersten Tag.

»Ahoj, jawoll, jawoll!« schrie Tata und salutierte, wenn ein Päckchen von Onkel Tuba aus Bundes kam, unserem Verwandten im Reich. Vielleicht, weil die Stadt, in der Onkel Tuba jetzt wohnte, auch fast am Meer lag, an einem anderen Meer. Und Tatas Ahoj gab Majkas und meinem Bundes endgültig etwas Maritimes. Bundes, das war auch eine Plattform im Meer. Bundes war unser Ponton aus ungehobelten Brettern und blauen Kanistern, der im flachen Wasser der Buchtseite dümpelte, an eine Boje gekettet. Auf dem Schwimmtier paddelte ich hinüber. Dieses Schwimmtier kam übrigens selbst aus Bundes und hielt deswegen auch schon den dritten Sommer, es war in einem Paket von Onkel Tuba gewesen, klein zusammengefaltet, bis Tata es aufblies: eine braune Schildkröte mit gelben Griffen, die Piz Buin hieß. Wenn ich auf Piz Buin nach Bundes paddelte, kam von dort Majka gesprungen. Sie flog weit, tauchte unter und schwamm wie ein Schleierschwanz in ihrem alten Badeanzug, von dem die Fäden hingen, und Majka konnte sehr gut schwimmen, das hatte sich schon in unserem ersten Sommer auf Hel herausgestellt. Sie schwamm, und ich nahm ihre Zeit. Sie schwamm schneller als die Zeit. Wenn sie den Kopf aus dem Wasser hob, rief sie sofort: »Wieviel? Eine Minute?« – »Besser«, schrie ich, »acht-undfünfzig Sekunden!« Majka bekam im Laufe der Sommer Schultern wie Kissen, mit einem Netz von ge-platzten Adern darauf, sie fing an, beim Gehen ihre Zehen zu spreizen wie ein Frosch, und jeden Abend mußte sie sich mit einer Glasscherbe das Meersalz vom ganzen Körper rasieren. Ich nahm nur immer die Schildkröte. »Du wirst nie vollständig naß werden«, sagte Mama. Nur meine Unterhose war vom Hocken auf den Ufersteinen immer in der Mitte feucht.

An unserem ersten Tag in Chałupy kam Mama die Treppe herunter, eine große Schüssel vor sich, aus der es stank. Es sah seltsam aus, wie Mama die Schüssel hielt, man konnte ihre Hände nicht sehen in den wei-ten Ärmeln, und sie hielt die Schüssel so hoch, daß wir nicht hineinsehen konnten.

»Das Klo ist hinterm Haus«, sagte Tata.

Mama verschwand. Nach ein paar Minuten kam sie zurück, mit der leeren Schüssel. Die Schüssel war in-nen gelblich verfärbt und so zerkratzt, als wäre jemand darin Schlittschuh gelaufen. Mama knallte sie auf die Theke.

»Was soll ich hier?« fragte Mama.

»Die Kinder«, sagte Tata, »und da ist noch das Pro-blem unter dem Dach. Du machst das gut, meine Ge-hilfin, meine wunderschöne Sekretärin! Ich stelle dir den großen Tisch vor das hintere Dachfenster, und du kannst deine Bücher da drauflegen, und ich stelle dir einen Stuhl dazu, und dann kannst du arbeiten und aus dem Fenster aufs Meer gucken wie die Fischersfrauen.«

»Ich meine nicht, wozu ich hier nützlich bin, sondern was ich hier soll!«

»Du bist meine Frau«, sagte Tata.

Majka und ich kratzten uns die Arme und warteten auf die Entscheidung, ob wir mit Mama zurück nach Gdingen fahren müßten oder hier bei Tata bleiben dürften. Wir mochten Gdingen im Sommer nicht. Alle Kinder, die sonst zwischen den Blocks herumliefen, waren dann im Zeltlager, und Mama hatte Ferien. Mama wäre immer da. Sie würde uns den ganzen Tag nicht beachten, oder im unpassendsten Moment von ihrem Trieb überwältigt werden, mit uns etwas unternehmen zu müssen. Dann hatten wir innerhalb von zehn Minuten am Bahnhof zu sein, wo Mama von einem Augenblick auf den anderen entschied, wohin es ging mit der Kolejka, der Vorortbahn. Nach Gdingen-Orlowo? Nach Orlowo waren es nur ein paar Stationen, und dort gab es Steilklippen, auf die man klettern konnte. Mama riß sich an Zweigen und Kiefernwurzeln Löcher in ihre Kleider und schimpfte auf die Leute, die auch auf den Steilklippen herumkletterten, weil die Steilklippen in der Einsamkeit am schönsten wären, ohne die lärmenden Großfamilien und die Pioniergruppen mit ihren pickligen Führern. Wir sollten nur auf das Strudeln des Meeres hören und auf das Geschrei der Möwen, die in den roten Hängen nisteten. Manchmal fuhren wir nach Sopot und liefen stundenlang am Strand entlang. Oder wir stiegen in Wejherowo aus, einer Stadt, die bekannt ist für ihre Irrenanstalt und die sie umgebenden Wälder. Beides war Majka und mir nicht geheuer, vor allem die Verbindung von beidem und vor allem dann, wenn Mama mit uns die markierten Pfade verließ und wir nach Einbruch der Dunkelheit noch nicht wieder aus dem Wald herausgefunden hatten. Im Gegensatz zu anderen Müttern, die mit ihren Kindern nie aus dem Haus gingen, ohne irgend etwas einzupacken, nahm Mama auf unsere Ausflüge nichts mit. Wir hatten nur das dabei, was wir am Leib trugen, und immer war das genau das Falsche. Daß Mama immer anfing zu rennen, sobald wir wegsames Gelände verließen, was wir immer taten, war nicht schlimm. Schlimm war, daß Majka und ich gern einen Apfel gehabt hätten. Nur einen Apfel. Immer kaufte uns Mama Eis oder Zuckerwatte oder das ganze Gesicht einer Sonnenblume, aus dem wir unterwegs die Kerne klaubten. Aber Majka und ich hätten gern einen Apfel gehabt, einen Apfel, den Mama aus der Tasche geholt hätte. Vielleicht noch ein Messer, eingewickelt in eine Serviette, womit sie den Apfel in zwei Hälften geschnitten hätte.

»Was willst du denn in Gdingen?« fragte Tata.

»Was will ich hier?« fragte Mama zurück. »Ich habe mit dir nichts mehr zu tun.«

»Du bist meine Frau.«

»Ich bin nicht deine Frau. Wir sind geschieden.«

»Du redest wie meine Frau«, sagte Tata. »Du bist die Mutter meiner Kinder! In Gdingen langweilst du dich bloß.«

»Das ist demütigend«, sagte Mama.

»Du bleibst hier«, sagte Tata, »komm, meine Sekretärin!«

»Das ist meine Entscheidung!«

Tata zog eine Zigarette aus der Packung, die in der Brusttasche seines Hemdes steckte. Sie war voller Farbe wie das Hemd.

»Was soll ich denn hier machen?« fragte Mama. »Was bin ich denn – deine Kellnerin, Putzfrau, Krankenschwester?«

»Du bist meine kosmische Sekretärin«, sagte Tata, »du dienst mir ein bißchen in dieser Dimension, und dafür nehme ich dich später mit in die nächste.«

Mama sah mich an. Wir gingen ins Hinterzimmer. Wir setzten uns an den Tisch, den Tata für Mama auf den Dachboden schleppen und ans Fenster stellen wollte. »Warte!« sagte Mama und verschwand. Mit einer von Tatas Zigaretten kam sie zurück und mit einem vollen Aschenbecher, den sie auf den Tisch stellte. Sie setzte sich und zündete die Zigarette an. Mamas Gesicht wurde, wenn sie sich eine Zigarette anzündete, spitz und klein zwischen all den Haaren. Augen, Nase, Mund liefen um die Zigarette herum zusammen.

»Was soll ich tun?« fragte Mama und blies Rauch aus. »Die ganze Situation ist für mich sehr erniedrigend«, sagte sie. »Warum bin ich bloß hergekommen? Ich halte sein kosmisches Gerede nicht aus. Ich weiß nicht mal, ob er hier Mädchen hat, was er überhaupt hier macht, es geht mich auch nichts an, wenn er mich bloß raushalten würde! Er halst mir Dinge auf wie diese Sache hier unter dem Dach, für die ich nicht geschaffen bin. Er weiß genau, daß ich ihn nicht loswerde, nicht, solange ihr da seid, das ist kein Vorwurf, Sonja, und es geht doch um euch, daß ihr glücklich sein sollt! Ich habe mein Unglück besiegelt, ich habe mich durch euch an ihn gekettet. Die Scheidung hätte ich mir sparen können. In der Nacht nach der Scheidung hat er mich schon wieder vergewaltigt. Entschuldige, Sonja. Du willst hierbleiben? Das sehe ich doch! Das Meer ..., ihr könnt schwimmen lernen! Ich fahre zurück nach Gdingen und lasse euch hier, ich hätte Ruhe zu Hause, könnte arbeiten, studieren, endlich allein sein. Aber Sonja, ich kann euch nicht allein mit ihm in dieser Umgebung lassen, verstehst du? Und wenn ich fahre, muß ich euch mitnehmen. Hierzubleiben wäre ein großes, großes Opfer für mich, Sonja, aber ich mache es, wenn du willst. Ich sehe, daß es dir hier gefällt. Dann fange ich eben einfach wieder von vorne an. Dann bin ich eben einfach wieder da, wo ich schon unzählige Male war.« Mama schrieb mit der Zigarettenglut einen Kreis in die kalte Asche im Aschenbecher. »Dann bin ich wieder hier, hier, hier!« sagte sie und stieß die Zigarette dreimal in die Asche. »Aber ich will euch euren Sommer nicht verderben. Majka ist noch klein. Es ist deine Entscheidung. Vergiß alles, was ich gesagt habe! Ich mache es dir zu schwer. Vergiß, was ich gesagt habe, und entscheide dich!«

Ich schwamm nicht, wenn es nicht sein mußte. Ich hatte mir eine Grenze gezogen, am Strand, und diese Grenze war genau auf der Linie, gegen die die Wellen ihren Schaum schoben, auf einer Linie, die manchmal aus Treibholz bestand, aus Seegras und blindgeschliffenen Flaschen, aus blutig aufgequollenen Damenbinden, Muscheln und Quallen. Diese Linie verschob sich nie, sie nahm kein Ende und zog sich laut Tata bis hin an den Strand von Bundes. Sie war der Breitengrad Null, mein Äquator. Der nächste nördliche Breitengrad war der Saum des Meeres, der übernächste war dort, wo der Meeresgrund so steil abfiel, daß man ins Schwimmen kam. Die Wellenbrecher waren Längengerade und reichten bis nach Schweden. Ich wollte abheben und alles von oben sehen. Ich wußte immer, wo ich war. Meine Schwester Majka hatte keine Ahnung von Geographie, von den Linien und Graden und Rastern. Meine Schwester schwamm gegen die Zeit. Ich teilte Majka ihren Breitengrad zu, den Horizont, der zufällig mit der Schiffahrtslinie Gdingen-Karlshamn zusammenfiel. Kurz vor den Horizont, ins Gegenlicht, gehörte Majka, wo sie sich händeschlagend im Kreis drehen und weit in alle Richtungen schauen konnte. Wenn sie sich drehte, sah sie das Grün des Waldes in das Blau der Sonnenschirme wischen, das Weiß des Strandes in das Silbergrau des Meeres, und Hel verschmierte mit dem Himmel. Majka drehte sich, bis sich Tang um ihre Beine wickelte, glitschiges Zeug, vor dem mir ekelte, aber Majka machte es nichts aus. Majka hielt nie still. Weil sie nie stillhielt, fühlte sie das Meer nicht in seiner Tiefe, und es kam ihr nicht in den Sinn, zu warten, bis sich die Dinge von selbst bewegten. Majka drehte sich schnell, und sie konnte kaum abwarten, daß die Dinge nachkamen. Wenn ich dagegen auf meiner Linie hockte, das Meer im Rücken, konnte ich zusehen, wie sich das Grün den Sommer über langsam aufpumpte und in den Himmel vorstieß und wie sich der Himmel am Ende des Sommers wieder in das Grün zurückfraß. Am liebsten saß ich am Kleinen Meer, an der Buchtseite, auf den Ufersteinen, wo die Bojen die Oberfäche des Wassers mit Rasterpunkten überzogen. Ins Wasser kam ich auf Piz Buin. Ich hielt mich an den gelben Griffen fest und strampelte, um vorwärts zu kommen. »Paß auf, daß dir die He-

ringe nicht die Zehen abkauen!« brüllte Majka von
der Plattform her. Wir spielten Bundes. In ihrem alten
Badeanzug mit den losen Fäden und tausend Abzeichen, die immer wieder angenäht werden mußten,
übte Majka Kopfsprünge und zeigte im Flug ihre weißen Fußsohlen. Sie schwamm, tauchte unter und kam
immer genau dort wieder hoch, wo ich es nicht erwar-
tet hatte. Bundes hieß das Spiel der Sommer. »Paßkon-
trolle!« schrie Majka. Sie versuchte, Piz Buin zu kip-
pen. Ich wußte, daß ich mich auf Piz Buin noch eine
Weile würde halten können, aber ich schrie jetzt schon
in Erwartung des Moments, in dem Majka mich unter
Wasser ziehen würde. Ich schrie, weil es mich vor dem
Wasser ekelte, weil ich es besser kannte als Majka und
wußte, was es anzuschwemmen imstande war. Ich
schrie und pumpte alle Luft aus meinen Lungen, doch
dann hatte mich Majka, und es war überwunden, und
mit der Angst war es vorbei. Majka drängte sich an
mich. Sie verschränkte die Hände über meinem Kopf
und drückte mich mit ihrem ganzen Gewicht unter
Wasser. Ich fühlte Majkas glatten Körper an meinem
auf und ab rutschen. Ich fühlte die Hitze ihrer *cipka*
unter dem Badeanzug, als sie meine Taille zwischen
ihre Beine klemmte. Sie schüttelte mich wie ein Hai seine Beute. Wenn ich meinen Gliedern befahl, schlaff
und weich zu werden, wenn ich mich dem Schütteln
hingab und mich nicht rührte, machte mir der Luft-
mangel nichts aus. Je näher der Tod kam, desto weniger schrecklich war er. Ich wartete darauf, daß es kein
Unten und Oben mehr gäbe, keine Orientierungs-
punkte, nur noch ein Rauschen. Der Tod brachte ein
Gastgeschenk mit. Das war der Moment, bevor alles
aufhörte. Ein kurzer Augenblick des Glücks. Ich hielt

die Lider geschlossen und ließ gelbe und rote Blumen aufblühen, bis mich Majka mit harten Schenkelbewegungen zurück an die Oberfläche trieb, in einem Schwindel. Der Tod platzte mit einem Knall von mir ab. Wasser lief in Strömen aus all meinen Öffnungen wie dem Leviathan, dem Urfisch, der als Holzschnitt in Tante Apolonias Gartenhaus hing.

Jasnaja Poljana

Wir zogen ins Gartenhaus, Mama, Majka und ich. Im Gartenhaus hatte früher Tante Apolonia gewohnt, und es bestand aus einem einzigen Zimmer, in dem es nach Kompost roch. Majka und Mama schliefen auf der gelben Amerikanka, der Klappcouch, und ich bekam eine Liege an der Wand.

»Das ist ja nett geworden«, sagten die Leute von Hel, »aber wer hat sich denn da so scheußlich auf dem Schild verschrieben?«

Früher hatte das Café »Zatoka«, geheißen, »Bucht«, Tata aber hatte ein neues Schild über der Tür befestigt: Café Saratoga. Saratoga war die Lallform von Zatoka nach vielen Flaschen Bier. Gleichzeitig war es ein fernes, fremdes Atlaswort, das nicht nach Hel paßte, wo alles »Meerblick«, »Bernstein«, »Möwe« oder »Ostsee« hieß oder nach den Frauen, die in den Küchen ihrer Cafés und Fischbars standen und Flundern fritierten, Kaffee kochten und Waffeln buken: »bei Irena«, »bei Mariola« oder »bei Anna«.

Niemandem glich Mama weniger als diesen Irenas, Mariolas und Annas, und trotzdem stand sie am Tag der Eröffnung in der Küche und belegte dünne Scheiben Graubrot mit allem, was wir hatten, rieb Karotten und zerschnitt Salzgurken, schlug Berge von geraspeltem Kohl flach, daß der Saft die Säume ihrer Ärmel färbte, und hackte Petersilie.

Tata schickte Majka und mich auf Tante Apolonias

altem Fahrrad los, damit wir Reklame machten. »Laß
mich fahren«, sagte Majka, »mit dir sind wir ja morgen noch hier.« Ich setzte mich auf den Gepäckträger,
und Majka trat im Stehen in die Pedale, mit ihren kurzen Beinen. Sie bäumte sich nach jedem Tritt auf und
riß am Lenker, als ginge es steil bergauf. Mit meinen
Beinen wußte ich wie immer nicht wohin. Ich winkelte
Knie und Füße an und ließ die Fersen schleifen.

»Wie heißt ihr?« fragten die Leute.

»Herrmann«, sagten wir.

»Dann seid ihr nicht von hier?«

»Aber unsere Tante Apolonia.«

Wenn wir Tante Apolonia erwähnten, baten uns die
Leute herein. Eine Frau setzte uns an den Küchentisch
und gab uns eine staubige Süßigkeit.

»Wo habt ihr Apolonia denn begraben, um Himmels willen?« fragte sie.

»Wir haben Apolonia nicht begraben, sie ist nicht
tot«, sagte ich.

»Ihr hättet sie ja wohl auch bei den Evangelischen
begraben, oder nicht?« fragte die Frau.

»Weiß nicht«, sagte ich.

»Fast alle, die hier jemals deutsch und evangelisch
angekommen sind, sind irgendwann kaschubisch und
katholisch geworden, aber doch nicht eure Tante!«

»Wir sind nicht deutsch«, sagte Majka.

»So habe ich das auch nicht gemeint«, sagte die
Frau. »Ich spreche ja selbst ein bißchen Deutsch. Ihr
habt davon keine Ahnung, aber wir sind hier immer
alle gut miteinander ausgekommen, Deutsche, Kaschuben und Polen, obwohl die Kaschuben in allem
die Nase vorn haben, weil das von Natur aus so ist,

biologisch. Hel ist ein friedliches Stück Erde, obwohl sie uns immer alle bewacht haben wie Schwerverbrecher. Das ist der Neid. Wir sind hier alle mit einer goldenen Haube geboren: Alle, die hier geboren sind, sind mit einer goldenen Haube ... – aber davon habt ihr keine Ahnung. Die alte Apolonia ... Manchmal kann der Tod auch eine Erlösung sein.«

Wir fuhren nach Jastarnia. Jastarnia war sehr weit, aber Majka konnte nicht aufhören zu fahren, und ich wollte auch, daß sie immer weiterfuhr, weil die Straße so gerade war, weil auf den Eisenbahnschienen neben uns der Urlaubszug Kattowitz-Hel fuhr, aus dessen Fenstern Köpfe ragten und Hände, die uns klatschend anfeuerten.

Gegen Chałupy war Jastarnia eine Großstadt, es gab dort das Kino »Segler«, die Fischkonservenfabrik »Jantar« und eine Kirche mit einem metallisch glänzenden Zwiebelturm. Jeder auf Hel hatte irgendeine Art von Bude, aber in Jastarnia waren die Buden professioneller und sauberer als in Chałupy, die Schilder ordentlich gepinselt. Es wurde gebaut. Aus den Fenstern halbfertiger Häuser hingen Badetücher zum Trocknen. Zäune wurden gestrichen; es gab mehr Zäune und Hecken als in Chałupy, und die Häuser zeigten der Straße ihre Seite und nicht ihre Türen. Wir fragten uns, ob in Jastarnia überhaupt jemand Tante Apolonia kannte. Wir liefen zur Kirche und sahen uns die Kopie der Madonna von Swarzewo an, die auf dem Kirchhof stand und die Fischer beschützte. Wir zogen Kreise um die Kirche und schauten schließlich hinein. Jemand spielte Orgel. Wir beugten das Knie in der Tür. Erst dann begriff ich, daß das keine richtige Kirche sein konnte: Die Weihwasserbecken sahen aus

47

wie kleine Boote, die Kronleuchter wie Anker, und um die geschmiedeten Kreuze an den Wänden wickelten sich eiserne Fische. Überall Muscheln, Fische und Anker, sogar die Kruzifixe endeten unten in einem Doppelschweif wie Angelhaken oder bogen sich an den Seiten auf wie Dreizacks. Die Kanzel sah aus, als gehöre sie auf ein Karussell: Niemals hätte ich mir einen Gdingener Kaplan auf dieser buntangemalten Schnitzerei vorstellen können, die ein Schiff darstellte, das in einem aufgewühlten Stück See trieb. Eine weißschäumende Welle hob das Schiff empor. Die Welle blühte aus dem Boden wie ein Atompilz, und durch ihre Schaumkämme bohrte sich der Schiffsanker, ohne Halt zu finden. Über der Kanzel versuchte eine Jahrmarktsorgelgöttin einen Himmel zusammenzuhalten, der aussah wie ein zerknülltes Bettlaken.

Majka tippte in das Weihwasserbecken und bekreuzigte sich mit dem feuchten Finger. Ich hatte Angst um sie, denn die Kaschuben hatten in allem die Nase vorn, biologisch, und wir waren keine Kaschuben, und diese Kirche schien irgendwelchen Götzenanbetern zu gehören, die dem Meergott Gosko dienten. Majka leckte an ihrem Finger. Ich schlug ihr die Hand aus dem Gesicht. »Was machst du denn, bist du verrückt?«

»Probieren, ob es salzig schmeckt«, sagte Majka.

Erst zwei Straßen weiter hörten wir auf zu rennen, und damit hatten wir Jastarnia eingeweiht, denn eine Gegend kannte man erst, wenn man einmal durch sie geflüchtet war, das war die Regel. In Gdingen, zwischen den Blocks, rannten wir ständig. Manchmal flüchteten wir ohne Grund, nur um unsere Haare hinter uns herwehen zu fühlen und das Klatschen unserer Fußsohlen auf der Straße zu hören. Kindheit hieß das

Stück, in dem wir spielten, das wußten wir, obwohl wir mittendrin steckten. Wir spielten uns selbst in einem tschechischen Märchenfilm und gleichzeitig alle Bauernmädchen und Prinzessinnen der Welt. Wir wollten perfekt sein darin, uns fürchten, wir wollten die Augen aufreißen, uns verstecken, etwas in unseren zusammengerafften Röcken herumtragen und unsere nackten Füße bewundern, die über Steine, Gras und Asphalt flogen. Tiere retteten, pflegten, streichelten und begruben wir, weil Tiere in ein Märchen gehörten, tot oder lebendig, das machte keinen großen Unterschied, wir liefen über die Gräberfelder zwischen den Blocks mit dem Wissen, daß dort unter der festgestampften Erde Heere von Amseln, Mäusen und Fröschen auf ihre Wiedererweckung warteten, den nächsten Auftritt. Wie Tata glaubten wir lose an die Reinkarnation. Von Tata und von den Tieren bekamen wir das Märchen von Tod und Auferstehung am besten erzählt. Tiere verwandelten sich von lebendig in tot, dank Tata, und manchmal auch wieder zurück, wenn wir die Fische, die Tata im Hafen von Gdingen fing, heimlich wieder ins Wasser warfen. »Schlachtung und Zucht«, sagte Tata im Café Saratoga zu Bocian, »Schlachtung und Zucht sind die einzigen Berufszweige mit Zukunft. Auf jeden Fall im Sozialismus. Und beides hält die Weltgene in Schwung.«

»Dein scheiß-buddhistisch-biologistisches Weltbild ist einfach zum Kotzen«, sagte Bocian.

»Das Wichtigste sind die Gene«, sagte Tata, »die müssen zirkulieren. Wenn die Gene nicht mehr zirkulieren, ist das schlecht. Deswegen werden die Nazis das Spiel verlieren und die Zionisten auch; weil die Nazis ihre Gene genausowenig mischen wollen wie die Juden. Der ganze andere Kram ist unwichtig, Politik, Religion, Moral. Es gibt kein Gut und kein Schlecht, außer in den Genen. Warum haben die Russen den Krieg gewonnen? Warum sind sie eine Weltmacht? Weil sie rumvögeln! Die vögeln wie wild in ihrem Reich herum, die vögeln mit Kaukasiern, Tataren, Eskimos und Mongolen, und das ist das Geheimnis der Sowjetunion. Was wollen die denn sonst von den ganzen Republiken, Bodenschätze hin oder her? Die Gene!«

Wegen der Gene fand Tata, daß wir Tieren oft beim Kopulieren zusehen und sie nach Kräften dazu ermuntern sollten – wenn es schöne, starke Tiere waren, die vielversprechende Gene hatten.

»Ihr lernt was«, sagte Tata, »und tut etwas Gutes. Die Gene leben! Das Blut lebt! Das ist Leben! Das ist Liebe!«

»Das ist alles vollkommen durcheinander bei dir«, sagte Bocian und nahm sich ein neues Bier, »weil du keine Ahnung hast. Als ob es die letzten zweitausend Jahre nicht gegeben hätte. Jesus ist Liebe«, sagte Bocian, »und Jesus ist Gottes Sohn. Der Weltensohn. Das ist doch die Auflösung der Blutsbande, Cybula, die Auflösung der Gene! Das ist Liebe!« Tatas Name war Kazik, aber Bocian nannte ihn nur Cybula, Zwiebel, vielleicht, weil Tata in Bocians Augen noch in einem dumpfen, vorchristlichen Stadium steckte wie eine Zwiebel in grober, urslawischer Erde. »Blut ist Haß, das wissen wir seit Kain und Abel. Abgesehen davon verstehst du weder was von Religion, noch von Biologie. Du weißt ja nicht mal, wo die Gene überhaupt sitzen, du Trottel! Die reine Blutpanscherei ist das bei dir! Eine einzige Katastrophe!«

»Aber sieh dir diese Kinder an«, sagte Tata, faßte

Majka und mich an den Schlüsselbeinen wie an Henkeln und schüttelte unsere Knochen durcheinander, »das sind doch gute Gene, das kannst du doch nicht leugnen! Das sind meine Gene, sie leben! Sollen diese Körper in der Erde verrotten und Jahrtausende auf irgendeine Auferstehung warten? Nein, sie werden hier auferstehen, und sie werden bald auferstehen, sie werden sich vermehren, Leben geben und Leben nehmen, sie werden leben, sie werden sterben, ihre Gene werden reinkarnieren – das ist alles zyklisch«, sagte Tata, »ich bin Buddhist!«

»Du bist ein Nazi«, sagte Bocian, »und du denkst nur ans Vögeln!«

In mir sah Tata seine Gene deutlicher weiterleben als in Majka, vor allem seine Sport-Gene, widersinnigerweise. Es war nur natürlich, daß ich alles können mußte, was Tata konnte, und alles, worin Tata Meister war, mußte auch für mich leicht zu lernen sein. Als Tata mich zum ersten Mal mit zum Schlittschuhlaufen nahm und in die Mitte eines zugefrorenen Tümpels stellte, fiel ich einfach um. »Steh auf und lauf!« sagte Tata. Ich stellte mich auf alle viere, drückte meinen Hintern hoch und stieß mich mit den Händen vom Eis ab, bis ich wieder aufrecht stand. Ich trug meine Lieblingshose, eine knallrote aus Lackleder, die vorne einen Latz hatte und daran silberne Schnallen. »Lauf!« schrie Tata. Er zog Kreise um den Tümpel und um mich in der Mitte des Tümpels, die Hände auf dem Rücken wie ein Eisschnelläufer. Es war Krähenwetter, ein Tag, an dem die Bäume gleichzeitig in der Erde und am Himmel festgewachsen waren. Ich stellte einen Fuß vor. Der Schlittschuhklumpen hing schwer daran. Der

Tümpel war voller gefrorener Blätter und Zweige, Äste ragten aus dem schwarzen Eis, und tief unter mir sah ich eingeschlossene Luftblasen und einen erfrorenen Fisch. Ich fiel hin. »Lauf!« brüllte Tata. Ich stand auf. An meinen Knien klebten schmierige Rindenstükke und mit Eiskristallen überzogene Blätter, die zerbröckelten, wenn ich sie wegwischte.

»Schläfst du?« schrie Tata. »Bist du behindert? Lauf, lauf einfach los!«

Ich lief los. Das Eis war warzig wie ein Krötenrükken und voller Dreck. Es war so uneben, daß es mir vorkam, als gebe es nach. Ich mußte nach dem Fisch sehen, dem kleinen silbernen Körper tief unten im Eis; er sah aus wie in Aspik. Unter meinen Kufen fühlte ich das Eis weich werden und sich auflösen wie Gelatine. Ich hatte mich vorsichtig abgestoßen, aber ich glitt nicht dahin, wie Tata und wie meine Gene es verlangten, stattdessen holperte ich über das Eis, schlug Splitter los, stolperte und fiel ein letztes Mal hin.

Tata raste auf mich zu. Die Kufen seiner Schlittschuhe kamen direkt vor meinem Gesicht zu stehen. Ich kniff die Augen zusammen, und Eisbröckchen trafen meine Lider. Tata packte mich am Hosenträger und zog mich über den Tümpel, er schleifte mich einmal um den ganzen Tümpel herum, schleifte mich über das harte Eis, über die spitzen Äste, die herausstanden wie Nägel, über die Beulen und Hügel, die überfrorenen Narben, schleifte mich noch, als der Tümpel schon hinter uns lag, quer durch den Wald, über den Schnee, der sich in meinem Kragen staute, die Böschung hinauf bis zur Landstraße. Dort parkte der Mirafiori. Mit der einen Hand raffte Tata meine Hosenträger vorne zusammen, mit der anderen griff er mir zwischen die

Beine. Er hob mich hoch und warf mich der Länge nach auf die Rückbank. Die ganze Fahrt über blieb ich auf dem Rücken liegen. Durch das Hinterfenster sah ich die Umrisse der halbkahlen Bäume vor dem Himmel. Der Himmel war leer, und die Krähen waren verschwunden, die Bäume harkten über mich hinweg mit ihren schwarzen, spitzen Ästen. Erst zu Hause fühlte ich das Brennen und sah das Blut, das in hundert kleinen, runden Tröpfchen aus meinem rohen Fleisch quoll. Es hatte dieselbe Farbe wie meine Hose, die in Fetzen hing.

Die Regeln, nach denen Tata spielte, waren einfach zu durchschauen. Wer sich nicht daran hielt, aus Bosheit oder Schwäche, was nach Tatas Gentheorie dasselbe war, spürte Tatas Enttäuschung am eigenen Leib. Schläge machten die Gene stark, sie brachten das Blut zum Kreisen, und das war gut. Schlachtung und Zucht hatten Zukunft, überall und erst recht im Sozialismus, denn hier ersparten Schlachtung und Zucht es einem, sich um vier Uhr morgens in die Schlange vor einer Schlachterei einreihen zu müssen. Und sie waren das Leben.

»Muß denn immer irgend etwas ausgerechnet in unserer Badewanne leben?« fragte Mama, und häufig fing ein Streit damit an, daß Mama das von Tata Getötete weder weiterverarbeiten wollte, noch die Gäste damit bewirten. Meistens endete der Streit mit Mamas Leben, das Tata zerstört hatte. Dann beherrschte sich Tata mühsam und sagte: »Laß mich in Ruhe mit dem Leben und dem Tod, ich bin Buddhist!« Buddhist sein bedeutete, daß man Tiere ruhig schlachten konnte, und um die Menschen war es auch nicht schade. Sie würden ja ohnehin wiedergeboren. Vielleicht sogar als etwas Besseres.

Als Tata uns für das Café in Chałupy verlassen hatte, war ich frühmorgens aufgewacht, hoch oben im Block. Vielleicht war es auch mitten in der Nacht gewesen, denn in Gdingen unterschieden sich Nacht und Morgen nicht so sehr voneinander. In eine helle Gdingener Nacht hinein war ich aufgewacht, in das ferne metallische Klopfkonzert des Hafens hinein. Das war das Hintergrundgeräusch des Lebens in Gdingen, und ich beachtete es nicht und dachte nicht darüber nach, außer nachts, wenn es keine anderen Geräusche gab. Ich stand auf, ging in den Flur und lief am Schlafzimmer vorbei. Die Tür stand offen. Im Schlafzimmer war die Deckenlampe angeschaltet. Sie war sonst nie angeschaltet, denn sie gab ein grünlichgraues Licht, in dem alles aussah wie verschimmelt. Stattdessen brannten die Nachttischlämpchen, die Mama mit gelbrosa Stoff bezogen hatte.

Auf dem Bett lag ein aufgeklappter Koffer. Ich lief in die Küche, weil ich ein Glas Wasser haben wollte, und in der Küche saß Mama auf einem Stuhl und riß sich Wimpern aus. Ich zog einen anderen Stuhl vor den Schrank, kletterte darauf, öffnete die Schranktür, nahm ein Glas heraus und kletterte wieder herunter. Ich ging zum Spülbecken, drehte den Hahn auf und ließ Wasser in das Glas laufen. »Trink nicht soviel, du machst ins Bett!« sagte Mama. Sie stand auf und ging ins Schlafzimmer. Schluck für Schluck trank ich und hörte zu.

»Ich verstehe nicht, warum«, sagte Mama. »Ich bin froh, daß du endlich abhaust, ich bitte dich seit Jahren darum, aber ich verstehe nicht, warum!«

»Was verstehst du denn noch immer nicht?« Tatas Stimme klang staubig, wie sie immer klang, wenn er durch eine Zigarette sprach, die an seinen Lippen klebte. »Ich mach das doch auch für euch, meine Sekretärin, ich werde ein Geschäft haben, einen Biznes. Einen eigenen Biznes! Ich werde euch Geld geben. Das Café ist eine Goldgrube! Alle interessanten Leute kommen im Sommer nach Chałupy.«

»Aber nicht zu dir!« sagte Mama. »Was soll das für eine Goldgrube sein? Eine Bude, in der eine halbtote Deutsche seit vierzig Jahren Limonade verkauft und nicht mehr verdient als ein paar Groschen! Und was braucht sie auch mehr als ein paar Groschen? Ich habe es selbst gesehen: Auf einem Puppenherd hat sie für sich gekocht, oben unter dem Dach, mit Spiritus, in dem einen Puppentopf eine Kartoffel und in dem anderen Puppentopf ein Kohlblatt. Und unten im Hinterzimmer hat sie die Kanapees belegt: verschimmeltes Brot mit vergammeltem Weißkäse, der in Eimern auf dem Klo herumstand, und mit alten, vertrockneten Gurken aus der Zwischenkriegszeit. Soll das dein Biznes sein? In einer Bude stehen und Limonade verkaufen und Kanapees schmieren? Du kannst doch gar nicht kochen! Und wo willst du all die Sachen herkriegen, dafür braucht man Beziehungen, und Apolonia meiden alle wie die Pest! Weiß sie überhaupt, daß du kommst?«

»Sie wird sich freuen«, sagte Tata, »sie kann im Bett liegen und einen ruhigen Lebensabend haben, und ich renoviere den Laden und mache ihn zu einer Goldgrube. Das Geld, das ich verdienen werde, und Tante Apolonias deutsche Gene – das sind unsere Fahrkarten nach Bundes. Sie hat einen Haufen Papiere da oben, alle vollgestempelt mit Hakenkreuzen. Und ich werde so viel Geld verdienen, daß die uns noch den Arsch vollstempeln werden. Wir werden lebende Pässe sein!«

»Erst mal mußt du Tante Apolonia den Arsch abwischen«, sagte Mama, »sie ist halb verhungert, und sie hat tausend Krankheiten.«

»Ich werde ihr vielleicht noch ein paar Tage den Arsch abwischen müssen, dann ist es vorbei.«

»Was bist du nur für ein Monster? Auf den Tod einer alten Frau warten, ihr das Haus abluchsen!«

»Reg dich nicht auf«, sagte Tata, »vom Tod verstehst du nichts!«

»Ich studiere den Tod«, sagte Mama, »in der russischen Literatur, nichts als Tod, Tod, Tod. Aber es gibt einen moralischen Umgang damit.«

»Nein«, sagte Tata, »es gibt nur Tod. Und nicht mal den gibt es wirklich!«

Mama kam aus dem Schlafzimmer gestampft und Tata lief ihr nach.

»Sie hat doch ihr Leben gehabt«, sagte er. »Und was für ein Leben! Den größten Spaß hatte sie im Krieg, als die ganzen deutschen Soldaten da herumgelungert haben, 60 000 deutsche Soldaten auf einer kleinen Insel. Da hatte sie Spaß, die alte Hure! Dann fünfundvierzig der russische Soldat, der sie vergewaltigt hat, immer zu Weihnachten mußten wir uns die Geschichte anhören, wie der russische Soldat sie vergewaltigt hat, auf deutsch, darüber hat sie sich furchtbar aufgeregt, über diesen einen russischen Soldaten. Stell dir vor: 60 000 Nazis und ein Rotarmist! Das nenne ich Spaß! Danach war sie trockengefickt, hat sich nicht vermehrt, ist eingeschrumpelt, und nun ist es ganz vorbei, sie krepiert und kommt als Stein wieder, als Ente oder nochmal als Hure. Aber vorher macht sie uns reich, und wir gehen nach Bundes!«

Mama nahm sich eine Zigarette aus der Packung, die sie auf dem Küchentisch liegengelassen hatte, und zündete sie an. »Jetzt verläßt er uns«, sagte sie. »Bevor er mich geheiratet hat, habe ich ein Jahr darauf gewartet, daß er mich verläßt. Ich bin umgezogen, in ein anderes Wohnheim, damit er mich nicht finden kann. Aber er hat mich verfolgt. Er hat mich gesucht und gefunden und nicht mehr in Ruhe gelassen. Einen Abend am Strand habe ich ihm noch gegeben, einen einzigen Abend, ich wollte ihm die Gelegenheit geben, sich zu verabschieden. Und die Gelegenheit hat er genutzt und mich vergewaltigt. Und jetzt sitze ich hier. Ich habe versucht, ihn loszuwerden. Ich habe mich scheiden lassen, aber er ist einfach nicht gegangen. Und es gibt euch. Ich weiß, Kinder denken immer, es ist ihre Schuld, aber es ist nicht deine Schuld, Sonja!«

Ich stand da, mit dem leeren Glas.

»Die Kinder werden schöne Sommer haben«, sagte Tata sanft und streichelte Mama über das Haar. »Ich lasse dich in Ruhe. Aber du bist immer noch meine Frau, meine schöne Frau, was mein ist, ist dein. Du wirst ein Café in Chałupy haben. Chałupy, welcome to!« sagte Tata.

Mama konnte nicht sprechen, bis sie ihre Zigarette ganz ausgesaugt hatte. »Ich will kein Café in Chałupy«, sagte sie dann, »ich will ein Haus, ein vernünftiges Haus. Bundes! Wir wohnen ja noch nicht einmal in Danzig oder in Sopot, wo es schön ist! Ich will einen Garten, eine Veranda, wo ich meine Kinder erziehen kann, ohne Alkohol, ohne Blut, ohne Witze, ohne Gerede, ohne tote Tiere, die den Kühlschrank verstopfen. Mit einer Veranda. In Schönheit. Ich will Jasnaja Poljana!«

Jasnaja Poljana war Mamas Spiel. Es war ein Spiel ohne Regeln, nur mit Wünschen. Jasnaja Poljana war Tolstojs Haus. Darin schaltete und waltete die Gräfin Tolstoj. Ich stellte das Glas auf den Küchentisch und schaffte es kaum noch ins Badezimmer.

Das Gesicht der Gräfin hing in meinem Zimmer in Gdingen, von Mama in Tusche nach dem berühmten Foto gemalt: die siebzehnjährige Sonja Baer kurz vor ihrer Hochzeit. Das Gesicht der Gräfin war wie das eines Harlekins von der Stirn abwärts in Schatten und Licht geteilt, und ich hatte es so oft vor dem Einschlafen anschauen müssen, in den hellen, unruhigen Nächten von Gdingen, daß ich die weiße Hälfte immer unter den Lidern hatte, wenn ich die Augen schloß, die halbierte Stirn der Gräfin mir am nächsten, ihr Zopf über der Stirn zu einer Schüssel gesteckt, als sollte ihr bald etwas Schweres auf den Kopf gestellt werden.

Nachdem Tata uns für Chałupy verlassen hatte, war Mama kein einziges Mal mehr in die Universität gegangen, bis zu den Ferien nicht. Die meiste Zeit des Tages verbrachte sie im Bett und spielte ihre unsichtbaren, stummen Spiele. Wenn sie aber doch einmal das Bett verließ, stand sie nicht einfach auf, wie wir jeden Morgen aufstanden, langsam und widerwillig; wenn Mama das Bett verließ, hörten wir das Zurückschlagen der Decke bis in die Küche. Manchmal sprang sie aus dem Bett, bevor Majka und ich in die Schule gingen. Sie kam in die Küche gelaufen, stellte sich an die Kredenz, nahm zwei Tassen heraus, machte uns Kaffee und fragte: »Was möchtet ihr zum Frühstück? Omelette?«

»Wir haben keine Zeit zum Frühstücken«, sagte ich.

Sie wartete, bis Majka im Bad verschwunden war, um sich die Haare zu bürsten.

»Bleib hier Sonja«, sagte sie, »nur heute, dies eine Mal. Ich habe gestern das Bewußtsein verloren, ganz kurz – hier!« Sie raffte ihre Haare an der rechten Schläfe auseinander und zeigte mir eine verschorfte Wunde. Dann deutete sie auf die Tischkante. »Es beruhigt mich, wenn jemand in der Wohnung ist. Du siehst alle halbe Stunde nach mir, und inzwischen kannst du in Ruhe lernen, damit du nichts verpaßt.« Mama flocht sich hastig einen Zopf und kämmte ihn mit den Fingern wieder auseinander. »Mach einfach heute einen Lerntag!« sagte sie fröhlich. »Wir machen beide einen Lerntag, ganz in Ruhe«, sagte Mama, »es soll heute regnen, und deine Mandeln sind bestimmt immer noch geschwollen. Gestern hast du so blaß ausgesehen, als du aus der Schule gekommen bist.«

»Gestern war Sonntag«, sagte ich.

»Das ist gut«, sagte Mama, »dann ist ja heute Montag, und du verpaßt den Appell! Der ganze Zirkus an den Schulen, die Appelle und Abzeichen und Olympiaden, das alles macht euch nur verrückt und hält euch vom Lernen ab. Überhaupt lernt man nur in Ruhe und durchs Lesen. Wenn ich Zeit hätte, würde ich euch selber unterrichten.« Mama nahm mich bei der Hand und zog mich in den Flur. Dort standen rechts und links unsere Bücherregale. Über die Bücher in den obersten Fächern konnte ich nur spekulieren, denn sie waren zu weit oben, und ich hatte nicht so scharfe Augen wie Majka. Die Titel versuchte ich zu lesen, indem ich die Lider zusammenkniff. Mit dem Entziffern der oberen Bücherreihen hatte ich angefangen, bevor ich in die Schule gekommen war, und dann hatte ich in der Schule das Lesen noch einmal von vorn lernen müssen, es war, als ob ich eine Uhr auseinandernehmen und neu zusammensetzen mußte. Nach einiger Zeit begannen sich die Wörter in den oberen Fächern dann plötzlich wild zu vermehren, fast jeden Tag kam ein neues dazu. Es waren immer die gleichen Wörter, die die stärksten Signale zu mir herunterschickten, wenn ich mit dem Kopf im Nacken den Flur entlangging, die Arme ausgebreitet, die Fingerspitzen an den Buchrücken, und las: Sturm, Land, Hitler, Aufgabe, Geliebte, Nähen, Mozart, Kapital, Pilze. Es klang wie die Auflösung eines Rätsels, das ich nicht kannte.

Ich fühlte die Wärme von Mamas Hand auf meiner. Mama legte meine Hand auf die Buchrücken, nahm mich sanft zwischen sich und die Bücher.

Majka kam aus dem Badezimmer. Frisch gebürstet, verschwand sie unter der gleichen rötlichen Haarpyramide wie Mama.

»Fertig«, sagte Majka.

Majka würde allein in die Schule gehen müssen, ohne meine Schulter auf der Höhe ihrer Schulter neben sich. Aber das konnte Majka nicht viel ausmachen, denn seit einiger Zeit wartete an der Kreuzung jeden Morgen Ania auf uns. Ania ging neuerdings mit uns, das heißt, sie ging mit Majka, denn wenn wir zu dritt nebeneinanderher liefen, vergrößerte sich der Abstand zwischen Majkas und meiner Schulter allmählich, und der zwischen Majkas und Anias Schulter wurde kleiner. Und wenn die Straße zu schmal wurde für drei, blieb ich zurück oder trat in den Rinnstein.

Doch obwohl es Ania gab und Majka keinen Grund hatte, böse zu sein, sah mich Majka mit zusammengezogenen Augenbrauen an, wie Mama einmal Tata angesehen hatte, als er ihr ein Kaninchen auf den Küchentisch geklatscht hatte, das ihm unter die Räder gekommen war.

Wenn ich mit Mama allein blieb, war es oft so still, daß ich meinte, Mama lausche ununterbrochen auf mich. Wenn ich ein Buch aus dem Regal nahm, hatte ich das Gefühl, sie höre genau, welches. Ab und zu sah ich nach ihr. Sie saß aufrecht im Bett, die Knie angewinkelt, und las. Sie stand vor dem Schreibtisch am Fenster und schichtete die Bücher um. Es waren immer dieselben Bücher. Sie holte sie aus der Bibliothek, und wenn die Frist abgelaufen war, brachte sie sie zurück, nur um sie gleich darauf wieder auszuleihen. Sie kniete vor der Kommode und las einen Brief. Sie saß im Schneidersitz auf dem Bett und machte ihre Nägel. »Heute mache ich mir die Nägel«, sagte sie, und das klang, als habe sie eine Verabredung. »Sonja!« rief sie ab und zu, und dann schaute ich zur Tür herein. »Ja, gut«, sagte Mama dann. Manchmal schlief sie. Einmal sagte sie: »Komm, wir gehen telefonieren!« Wir gingen zur Nachbarin, und die Nachbarin machte uns Kaffee. Sie hatte uns in die Küche gebeten und sich zu uns an den Tisch gesetzt, nachdem sie je drei Löffel Kaffee in drei Henkelgläser gegeben und mit kochendem Wasser aufgegossen hatte. Mama wartete, bis das Kaffeepulver ganz abgesunken war. Dann trank sie vorsichtig von der Oberfläche. Sie bot der Nachbarin eine Zigarette an. Abwechselnd spitzten Mama und die Nachbarin die Lippen, um zu rauchen oder am

Kaffee zu nippen. Mit steifen Zeigefingern klopften sie Asche ab. Dann fing Mama an zu erzählen, als sei es das Stichwort gewesen. Von Tata erzählte sie. Ich hörte nicht hin, ich bemühte mich, unter dem Tisch nicht mit den Zehen gegen Mamas Schienbeine und die Schienbeine der Nachbarin zu tippen. Dennoch hätte ich es gern getan, und manchmal fragte ich mich, was mich daran hinderte, Dinge zu tun, die so einfach waren und die ich dennoch nie tun würde: Mama zu treten, etwas Giftiges zu trinken, das Fenster zu öffnen und hinauszuspringen.

»Möchtest du jetzt telefonieren?« fragte die Nachbarin.

»Danke, gleich«, sagte Mama. Sie setzte sich schon einmal aufrecht hin, stellte die Füße eng nebeneinander auf den Boden.

»Entschuldige, aber du müßtest jetzt telefonieren«, sagte die Nachbarin, »meine zwei Männer kommen gleich nach Hause.«

Mama blies Rauch aus. Sie ließ die Zigarette im Aschenbecher, ohne sie auszudrücken. Die Zigarette glühte und qualmte weiter, als Mama schon im Flur verschwunden war.

Die Nachbarin fing an, etwas für ihren Mann und ihren Sohn aufzuwärmen, die beide im Hafen arbeiteten. Es roch säuerlich und scharf nach *żurek*, Brotsuppe. Die Nachbarin redete nicht mit mir, aber hin und wieder lächelte sie mir über die Schulter hinweg zu. Ich saß am Tisch und wartete. Mama wurde und wurde nicht fertig. Die Nachbarin stellte drei Teller auf den Tisch, einen davon direkt vor mich, legte Besteck daneben. Mein halbvolles Limonadenglas schob sie ganz dicht an die Tischkante, als wolle sie, daß es herunterfiele und ich dann daran schuld sei. Schnell trank ich es leer.

»Sie telefoniert wohl gar nicht«, sagte die Nachbarin. Wenn Mama telefoniert hätte, hätten wir ihre Stimme zumindest leise durch die Glastür hören müssen. Ich zuckte die Achseln.

»Darf ich auf die Toilette gehen?« fragte ich.

»Natürlich«, sagte die Nachbarin.

Ich ging in den Flur. Neben der Flurkommode, auf einem buntbemalten Melkschemel mit Fransenkissen, saß Mama und weinte. »Gut, daß du kommst, Sonja«, sagte sie, »was soll ich nur machen?« Es sah aus, als sei Mama geschrumpft, wie sie da auf dem niedrigen Schemel in sich und in ihr Kleid zusammengesunken war, das orangefarbene Telefon in Scheitelhöhe neben sich auf der Kommode. Das Telefon und Mamas blaues Kleid waren die einzigen Farben in diesem dunklen Flur, in dem es nach Essen roch, nach Parfüm, Schuhen und Klo.

»Ich kann es nicht«, sagte Mama, »nein, doch, ich kann! Bleib eine Sekunde hier und geh, wenn ich anfange zu sprechen!« Sie streckte sich, wischte sich die Tränen ab und drückte die Zeigefingerknöchel einen Moment lang gegen ihre Unterlider. Sie lächelte, dann nahm sie ihr Kinn in die Hand und versuchte, es mit ein paar Rucken zu lockern. Leise summte sie eine Tonleiter hinauf und hinunter. »Gut!« sagte sie. Sie nahm den Hörer ab, wählte eine Nummer und legte auf. »Ich kann nicht in diesem Flur!« sagte sie. Die Tränen begannen wieder zu laufen. »Soll ich anrufen, ja oder nein?« fragte sie. »Ja«, sagte ich, denn ich dachte, sie wolle Tata anrufen, irgendwo auf der Halbinsel Hel, die ich damals noch nicht kannte. Mama versuchte es noch einmal. Sie wählte, hielt den Hörer ans Ohr, sie lauschte mit geradem Rücken. Gerade wollte sie wieder auflegen, als sich am anderen Ende der Leitung jemand meldete. »Herrmann«, sagte Mama, »ist Herr Wróbel im Haus, Cyprian Wróbel?« Sie nickte mir mit geschlossenen Lidern zu, und ich ging aufs Klo. »Könnte ich ihm eine Nummer hinterlassen, unter der ich zu erreichen bin?« hörte ich Mama sagen, bevor ich die Tür hinter mir zuzog. Innen an der Tür hingen zwei bemalte Glöckchen aus Ton. Mama las die Nummer unserer Nachbarin zweimal laut vor. »Danke«, sagte sie dann. Ich blieb sitzen, bis Mama so heftig an die Badezimmertür klopfte, daß die Glöckchen einen häßlichen Ton von sich gaben.

Als Majka und ich am letzten Schultag nach Hause kamen, hatte Mama zum ersten Mal, seit wir zur Nachbarin telefonieren gegangen waren, wieder Schuhe an den Füßen. Unsere Zeugnisse wollte sie nicht sehen. Auf unseren Betten lagen unsere geöffneten, leeren Kinderkoffer, und Mama setzte sich in die Mitte des Zimmers auf den großen runden Knüpfteppich mit dem Hund, sie sah uns beim Packen zu und sagte: »das!« oder »das nicht!«, und obwohl es nicht weit zum Bahnhof war, mußten wir rennen, um den Zug noch zu erwischen. Wir fuhren bis Chałupy, wo Tata auf dem Bahnsteig stand und auf uns wartete. Und dank meiner Entscheidung blieben wir, und ich konnte das Ja rächen, daß ich Mama im Flur der Nachbarin gegeben hatte, und ich wußte, daß ich noch viele Entscheidungen würde treffen müssen, Entscheidungen gegen alle Vorgaben und Wünsche, die ich in Mamas Augen lesen konnte.

Delfine

»Dürfen wir Tante Apolonia sehen?« fragte Majka. Es war mutig von ihr, diese Frage zu stellen, denn niemand war je auf die Idee gekommen, uns mit hinauf aufs Dach zu nehmen, wenn die Schüssel hinaufgebracht werden mußte oder die hellblaue Schnabeltasse. Seit dem Gespräch in Gdingen, als Tata gepackt und Mama nicht verstanden hatte, warum, war Tante Apolonias Name nicht mehr erwähnt worden.

»Warum auch nicht«, sagte Tata.

»Wir bringen ihr etwas zu essen und füttern sie«, sagte ich.

»Eure Tante ißt nicht, sie trinkt nur«, sagte Tata.

Ich hätte mich gern dabei gesehen, wie ich Tante Apolonia fütterte. Es wäre eine große Tat voller Wichtigkeit und Überwindung gewesen, wie die, allein einen großen Hund auszuführen und ihm vor anderen Leuten mit der Leine eins überzuziehen, wenn er nicht gehorchte. Ich sah mich an Tante Apolonias Bett sitzen und ihre Hand halten. Sie würde dankbar sein, daß jemand ihre Hand hielte. Anscheinend war sie voller Sünden, und das mußte sie doch quälen, denn 60 000 Nazisoldaten waren die größte Sünde, die ich mir vorstellen konnte.

»Wann?« fragte Majka.

»Später«, sagte Tata.

Majka und ich trugen die gelben Tops und standen hinter der Theke auf Kisten.

»Möge die Erde leicht auf ihr sein«, sagten die meisten Leute von Hel, wenn wir ihnen das Bier hinstellten, das Tata gezapft hatte.

»Unsere Tante ist nicht tot«, sagten wir dann und machten sie auf das Scharren unter dem Dach aufmerksam.

Die Leute gingen herum und prüften die Farbe an den Wänden, ob sie schon trocken wäre. Sie betasteten die Korktheke und fragten Tata nach dem Material. »Ihre Tante kann aber froh sein, daß hier nochmal alles so schön gemacht wird«, sagte die Frau, in deren Küche wir Süßigkeiten bekommen hatten. »Was ist denn mit der Konzession? Hier!« sagte sie und rieb Daumen und Zeigefinger aneinander. »Solange ihre Tante noch lebt, geht's ja, aber was, wenn sie, bewahre!, stirbt?«

»Diese Tante macht es noch fünfzig Jahre«, sagte Tata. »Sie ist nur etwas schlecht zu Fuß.«

Majka und ich waren hinter die Geheimnisse der Theke gekommen. Wir wußten, wo der Flaschenöffner lag. Wir wußten, wie die Zapfanlage funktionierte. Jede griff alle paar Minuten nach dem Lappen und wischte alles sauber, wischte auch über die Ellbogen der anderen. Wenn etwas von unten heraufgeholt werden mußte, aus dem Kühlschrank oder aus einem der Abstellfächer, stieg eine von ihrer Kiste und tauchte in die staubige Kühle hinter der Theke. Alle lachten, wenn sie uns sahen, alle zwinkerten uns zu und bedankten sich übertrieben für ihr Bier, und ich fühlte meine Schulter an Majkas, wie damals, als Majka in die erste Klasse gekommen war und angefangen hatte, morgens mit mir in die Schule zu gehen, und beim Gehen hatte sie sich damals an mich gelehnt, als würde sie ohne mich umfallen müssen.

Zwei Mädchen mit langen Haaren und Mittelscheitel saßen auf den Barhockern und lachten besonders laut. Immer wieder beugten sie sich über die Theke, um uns auf unseren Kisten stehen zu sehen. Sie lachten und blickten dabei zu Tata hinüber, der am Zapfhahn stand.

Bocian, der Rock'n'Rocian Ceyn, stand in der Tür, in seiner kurzen Hose und einem schmutzigen Unterhemd, auf dem kein Fleck dem anderen in der Farbe glich. Er hatte schon eine Bierflasche in der Hand.

»Hier kommt Kaplan Ceyn mit der letzten Ölung!« rief er, und es wurde still. Die Mädchen mit den Mittelscheiteln lächelten noch immer, aber ihre Augen waren starr auf die Wand hinter uns gerichtet, in den Spiegel, in dem sie Bocians langbeinige Gestalt sehen konnten.

»Die Krähen kreisen über diesem Haus!« brüllte Bocian. Er machte zwei Schritte und blieb in der Mitte des Raumes stehen. »Die Krähen sitzen auf dem Schornstein, wie sie vor hundertvierzig Jahren«, schrie er, »wie sie vor hundertvierzig Jahren hier auf dem Schornstein einer anderen Hexe gesessen haben, über dem Haus einer anderen Hexe aus diesem Fischkaff gekreist sind! Übrigens war das eine Verwandte von mir«, sagte er, »die, die damals das letzte Gottesgericht der Kaschubei getroffen hat. Krystyna Ceynowa, das könnt ihr alles nachlesen. Krystyna Ceynowa. Ein bißchen mit Hechtaugen und Seehundbarthaaren experimentiert, 'ne Menge gewußt über das, was die Leute so redeten. Vor allem, was sie über sie redeten. Bis so ein Wunderdoktor kam, ein Polacke vom Festland,

67

Stanisław Kamiński, der hat das Dorf aufgehetzt, bis
ihr Idioten dem Doktor die Arbeit abgenommen und
seine Konkurrenz ersäuft habt, die Hexe Krystyna
Ceynowa. Gottesgericht! Und die Krähen kreisen wieder und immer noch, und es hat überhaupt keine Bedeutung! Unter diesem Dach ist eine Denunziantin, die
meinen Vater und mich ins Lager gebracht hat, ins
Reich, weil mein Vater sie nicht ficken wollte. Und
dann hat sie es in der Bettwäsche meiner Eltern mit
den Nazis getrieben, in den Bunkern. Warum erzähle
ich euch das?« fragte Bocian in die Runde. Die Touristen kicherten, und die, die sich fürchteten und nicht
zu kichern wagten, liefen hinaus und blieben mit ihrem Bier auf der Terrasse stehen. »Die Nazis sind Verräter. Die Polacken sind Verräter. Und die Kaschuben
sind Idioten, die sich für schlau halten. Das wollte ich
euch sagen. Und euch ein bißchen gepflegten Irrsinn
bieten für mein Bier, danke, Cybula!« sagte er zu Tata,
aber Tata rührte sich nicht.

»Gib mir ein Bier, Erbsenfötzchen!« sagte Bocian zu
mir, und ich sprang, ohne zu überlegen, von meiner
Kiste, langte in den Kühlschrank und holte eine Flasche heraus. Ich öffnete sie und stellte sie auf die Theke. Die beiden Scheitelmädchen rückten vorsichtig mit
ihren Hockern beiseite. Bocian setzte sich neben sie.
»Unter uns«, sagte er leise, während sich die Leute
wieder zu unterhalten anfingen, »dieses Scheißdorf
gehört mir schon seit ein paar hundert Jahren, und ich
würd's lieber heute als morgen loswerden.«

Es war ein Geräusch wie von einem Besen, der mit einem Knall umfällt. Bocian redete mit den Mittelschei-
telmädchen. Majka spülte Gläser. Tata zapfte. Ich

sprang von meiner Kiste und ging ins Hinterzimmer. Stufe für Stufe stieg ich die Treppe zum Dach hinauf. Die Tür war nicht abgeschlossen. Ich öffnete sie, langsam, damit mich die Dunkelheit, der Geruch nach alter Haut, nach Urin und Desinfektion nicht umwarfen. Etwas blockierte die Tür. Ob Tante Apolonia schlief? Ich wollte durch den Türspalt schlüpfen, sie mir einmal ansehen, im Schlaf, ihr die Sünden verzeihen und die 60 000 deutschen Soldaten, und dann schnell wieder hinunterrennen zu den kurzen Hosen, den Bikinis, den langen Haaren, den Sonnenbränden, dem Meergeruch und der Helligkeit. Aber um mich durch den Spalt zwängen zu können, mußte ich die Tür noch ein bißchen weiter aufdrücken, und was dagegen gerückt war, gab nach, es konnte keine schwere Kommode sein, höchstens ein Stuhl, ich lehnte mich gegen die Tür, bis sie einen Ruck machte und sich keinen Zentimeter mehr bewegte. Etwas hatte sich festgeklemmt. Ich sah auf den Boden, und da schaute es neben meinen nackten Füßen unter der Tür hervor, ein graues Stück Stoff. Ich hockte mich hin, faßte nach dem Stoff und zupfte daran. Er war weich. Ich versuchte, durch den Türspalt in das dunkle Zimmer zu sehen. Hinter der Tür lag etwas Helles, Eingespindeltes, und ich streckte meine Hand danach aus, zog sie wieder zurück, griff dann endlich fest zu und in weiches Haar.

Mit dem Delfine-Spielen auf Hel begann Tata noch in dieser Nacht, als alle Gäste gegangen waren, als Tante Apolonia in aller Heimlichkeit von Tata wieder in ihr Bett unter dem Dach gelegt worden war und Mama auf die Amerikanka im Gartenhaus. Nur Tata, Bocian und die beiden Mädchen mit den Mittelscheiteln saßen noch an der Bar, und Majka und ich paßten jede in ein Fach unter der Theke wie Bienenlarven in ihre Waben.

»Ihr kleinen, schlüpfrigen Fischlein«, sagte Bocian nicht zu uns, sondern zu den Mädchen, »ihr trocknet hier doch allmählich aus! Das Bier ist alle, und diese Nacht ist so verflucht warm, daß man euch mal wieder ein bißchen befeuchten müßte.«

»Ich kann nichts mehr trinken!« stöhnte das eine Mädchen, das nichts als einen Häkelbikini trug und ein buntes Tuch um die Hüften. Das andere Mädchen trug einen langen roten Rock mit Schellen.

»Wir geben euch eurem Element wieder zurück«, sagte Tata. »Kommt, wir spielen ein Spiel für schöne, feuchte Mädchen! Es heißt »Delfine«, und ich möchte euch glänzen sehen wie Delfine, denn Delfine seid ihr, und mit mir verhält es sich so, daß ich den Frauen, die mit mir spielen, ihre wahre Identität zurückgebe. Ich kenne solche Mädchen wie euch. Mit euch muß man Delfine spielen!«

Majka und ich hörten die Mädchen von den Hokkern rutschen. Die Schellen klingelten leise.

»Wo geht ihr hin?« rief Majka in ihrem Verschlag.

»Spielen«, sagte Tata.

»Dürfen wir mit?« fragte Majka.

»Nein«, sagte Tata, »Katzenwäsche, und dann ins Bett zu Mama!«

Wir blieben bei Tata, Bocian und den Mädchen. Wir schlichen ihnen nach bis zum Rand des Kleinen Meeres, auf dem Sandweg hinterm Haus, wir hielten Abstand und duckten uns hinter den Deich. Das Wasser glänzte wie heißer Teer, und in der Ferne sahen wir die Lichter von Puck. Tata, Bocian und die Mädchen kletterten über die Uferbefestigung. Die Mädchen wedel-

ten mit den Armen, und Bocian hob seine Beine wie ein
Storch. Auf den Steinen, die das Meer davon abhalten
sollten, Hel noch dünner zu fressen, auf dieser Linie,
die wie alles auf Hel die Kontur der Insel nachzeichne-
te, zog Tata zuerst das Hemd aus und dann die Hose,
bis er nur noch in Unterhose dastand. Bocian schüttelte sich seine Fußballershorts von den Hüften und
schleuderte sie mit dem Fuß fort. Ich wartete auf den
Augenblick, da Tata dasselbe tun würde. Die Mädchen
würden, wie ich wußte, eine Überraschung erleben
und aufhören, über Tata und Bocian zu lachen, die vor
dem flackernden Himmel herumhüpften, im ätzenden
Licht der Sterne. Tata zog seine Unterhose aus. Die
Mädchen wurden still, bis Tata wieder anfing zu hüpfen und sich am ganzen Körper vom Sternenlicht kitzeln ließ. Tata und Bocian tanzten, und ihre langen
Penisse schlugen von einer Seite auf die andere, Majka
und ich nannten sie *sisiaki*, Pipimänner, und einen anderen Namen hatten sie nicht. Die Mädchen standen
da wie aus dem Himmel geschnitten und sahen ihnen
zu, und schließlich banden sie sich gegenseitig die Bi-
kinioberteile auf, ließen den Rock und das Tuch fallen,
liefen zu Tata, und Tata nahm eine an jede Hand. Nur
der Dunkelheit hatten sie es zu verdanken, daß sie
nicht so erschrocken waren wie Mädchen und Frauen,
die Tata zum ersten Mal im Hellen sahen.

Bocian setzte seinen Kopfsprung flach an, denn die
Bucht war seicht wie eine Pfütze. Tata ging mit den
Mädchen langsam hinein, und erst als ihnen das Wasser bis zur Brust reichte, nahm Tata die Mädchen in
den Schwitzkasten wie sonst Majka und mich. Er ließ
sich fallen und zog sie mit sich. Ich sah den Rock und
das Tuch auf den Steinen liegen und dachte an den

Jungen Mikołaj, der den Frauen des Meergottes Gosko die Kleider gestohlen hatte, als sie sie zum Baden ausgezogen und auf Steine gelegt hatten. Zur Strafe hatte ihn Gosko in eine grünblaue Dünendistel verwandelt.

Tante Apolonias Tod war ein Problem, über das gut und sorgfältig nachgedacht werden mußte, gleichzeitig verlangte es nach einer schnellen Lösung, denn Tante Apolonia war ja tot. Der warme Geruch nach Milchsäure und Harnstein verflog, bald aber wehte vom Dachstuhl etwas herunter, das an den Duft blühender Linden erinnerte, das sich kalt und krustig in der Nase absetzte wie Asche und dazu führte, daß Majka und ich von Tag zu Tag weniger essen konnten.

Von Apolonias Tod erzählten wir niemandem. Nicht einmal Bocian.

»Ich will einen Biznes, der Geld bringt und nicht Geld kostet!« sagte Tata. »Das hier ist eine Familienangelegenheit, und keiner hat sich da einzumischen, schon gar nicht die Regierung oder irgendwelche Fremdenverkehrsstalinisten!«

»Du mußt jemanden fragen, der sich damit auskennt«, sagte Mama, »zum Beispiel diese Frau Dorota von ›bei Dorota‹!«

»Damit sie alles weitertratscht?« fragte Tata. »Ihr Mann oder Onkel oder Geliebter ist bestimmt bei der Behörde, und sie spekuliert schon auf das Schmiergeld, damit sie sich einen Fernseher kaufen kann oder einen neuen Grill oder Dachpappe.«

»Du bist selber schuld«, sagte Mama, die hinter dem Haus stand und den Teppich ausklopfte, der in Tante Apolonias Zimmer gelegen hatte und in dem die süßlichen Sporen des neuen Geruchs schon angefangen hatten zu wurzeln. »Du hast den Tod heraufbeschworen, und jetzt macht er dir einen Strich durch die Rechnung. Wer sich mit dem Tod einläßt, wird ihn nicht mehr los. Du hast einen Pakt mit ihm geschlossen, und jetzt wendet er sich gegen dich.«

»Klopf deinen Teppich, Kassandra!« sagte Tata. »Es gibt den Tod, und es gibt ihn nicht.«

»Du hast keine Ehrfucht vor dem Tod!«

»Nein«, sagte Tata, »natürlich nicht. Wenn einer kommen würde und zum Beispiel meine Tochter vor meinen Augen erschießen, ich würde keine Träne weinen. Warum auch? Es gibt den Tod, und es gibt ihn nicht.«

»Weil du nicht liebst!«

»Studiert und doch so blöd! Sie könnten kommen und mir deine Eingeweide auf einem Teller zeigen, und ich würde sie genauso lieben wie dich und sagen: Sie ist mein Meer und mein Regen und mein Feuer. Ich würde deine Eingeweide ansehen wie dich damals, als ich dich zum ersten Mal gesehen habe, am Meer und im Regen und am Feuer. Aber ich würde sagen: Nehmt dieses Zeug und verbuddelt es irgendwo, verbrennt es, schmeißt es ins Meer oder eßt es, das ist alles Asche, und den Tod gibt es nicht. Man muß nur den Prediger Salomo richtig lesen. Ich könnte dich erschießen, wenn ich einen Grund dazu hätte, und es wäre große Liebe.«

Mama haute auf den Teppich ein, den Klopfer in beiden Händen.

»Wenn du studiert hättest, würde ich sagen: Du bist wahnsinnig und gefährlich«, keuchte Mama. »Aber da du in deinem ganzen Leben nichts gelernt hast, bin ich sicher, daß es nur dein Gehirn ist, das sich immer um seine eigene Achse dreht, weil es nichts zu tun hat. Ohne deine Faulheit und Dummheit wärst du ein Schlächter und Mörder.«

»Der größte Spaß im Leben ist doch, jemanden umzubringen«, sagte Tata. »Eines Tages gehe ich vielleicht los und bringe jemanden um, obwohl das nicht meine Art ist. Vielleicht bringe ich noch heute jemanden um. Vielleicht mich!«

Majka und ich konnten nicht essen und nicht schlafen. Das Haus war mit dem unsichtbaren Schimmelpilzrasen des neuen Geruchs ausgekleidet, und wir wußten nicht, ob der Tod ein Feind war, der uns jederzeit auslöschen konnte und uns womöglich als nächstes Ziel ausgesucht hatte, oder ob er ein harmloser Vorbeireisender war, wie Tata es ausdrückte, der hin und wieder den einen oder anderen ein Stück mitnahm. Wir wußten nur, daß der Tod stank. Und solange Tante Apolonia noch immer unter dem Dach war, verließ uns der Ekel nicht. Ob es nun an Tante Apolonia selbst lag oder an ihren Sünden, die schwer unter den Dachsparren hingen wie Qualm von etwas, das schlecht brannte – bei jedem Atemzug im Café Saratoga würgte es uns.

In den Nächten flüchtete ich zu Tata, in den Geruch nach Schweiß, Terpentin, Zigaretten und Zwiebeln. Tata erzählte mir vom Meergott Gosko, der freche Kinder in Dünendisteln verwandeln konnte und ganze Inseln mit einem Faustschlag zerschmettern. Ich war müde gewesen, aber ein starker Druck hatte mich nicht schlafen lassen, ein Druck, der mich in die Matratze preßte, ein Druck auf Schläfen und Trommelfelle, ein Geräusch, das nicht zu hören war. Eine Schwere war da und ein Dröhnen, und ich konnte nicht einschlafen. In den grauen Gdingener Nächten war das Einschlafen leicht gewesen, ein fiebriges Abheben vom Bettlaken, das sich sogar beschleunigen ließ, wenn ich die Fußsohlen am Laken rieb. In Gdingen wurde ich in den Schlaf gesaugt. Auf Hel hatte die Nacht ihren eigenen Körper, sie bog die Fensterscheiben nach innen und ging als große schwarze Walze über das Gartenhaus. Um einschlafen zu können, mußte ich etwas verändern, den Druck von mir ablenken. Ich legte mich verkehrt herum ins Bett, aber es nützte nichts. Ich konnte nicht mehr sagen, wo die Amerikanka war, mit Majka und Mama darauf. Majka und Mama atmeten absichtlich nicht. Ich streckte die Hand aus. Ich stand auf und tastete mich an Wänden entlang zur Tür. »Wo gehst du hin?« fragte Mama. Sie klang hellwach.

Draußen war das lautlose Dröhnen einen Ton höher. Ich stand still und hörte zu. Die Sterne rauschten in breiten Bahnen über mich hinweg. Mein Scheitel brannte. So mußte das sanfte Rauschen gewesen sein, in dem Gott zu Elias gekommen war. Es war schlimmer gewesen als das Gewitter oder der Sturm, in dem Elias Gott nicht gefunden hatte. Die Sterne machten mir Kopfschmerzen, die Beine wurden mir schwer und die Blase. Ich sah den schwarzen Umriß des Cafés Saratoga, den Schatten des Klohäuschens und verspürte den Drang zu pinkeln. Plötzlich faßte ich in Drahtzaun und lief daran entlang in Richtung Straße. Ich taumelte, fiel hin. Ein Schatten schluckte mich. Ich stützte mich mit einer Hand im feuchten Gras ab, mit der anderen riß ich das Nachthemd hoch. Ich pinkelte so laut, wie ich noch nie gepinkelt hatte, und dazu fühlte ich das erlösende Prickeln von Brennesseln.

»Was?« schrie jemand neben mir. »Du pinkelst mir ja auf den Schuh!«

Ich konnte nicht weglaufen, ich duckte mich nur, denn das Pinkeln hatte die größere Macht über mich, ich hätte mich auch erschlagen lassen, aber ich hätte nicht aufhören können.

»Ein herrliches Geräusch, wenn ein Mädchen pinkelt, und ein so guter Geruch nach Hopfen! Da sitze ich hier, und mir fällt ein Mädchen vor die Füße, das pißt, als würde es dafür bezahlt. Wie das schäumt! Das nenne ich aber gut gezapft!«

Ich war fertig und mußte ächzen. Als ich ich mich am Drahtzaun hochzog, schüttelte es mich nachträglich.

»Wo willst du denn hin?« fragte Bocian aus dem Dunkel.

»Zu meinem Tata«, sagte ich.

»Ja, dann geh doch zu deinem Tata und laß mich in Ruhe!«

Ich spürte, wie die Haut an meinen Schenkeln aufblühte an den Brennesseln und wie es noch ein wenig kühlend darüberrieselte. Ich verließ Bocian, der offenbar in den Brennesseln saß, ohne daß es ihm etwas ausmachte, und lief auf das Café Saratoga zu, wo Tata auf mich wartete.

»Mein Gott!« hörte ich Bocian in der Dunkelheit sagen. »Wie die Sterne wieder schreien!«

Bocian kam jeden Morgen. Er wartete, bis es dreizehn Uhr war und Tata Bier ausschenken durfte, und dann trank er eins nach dem anderen. Obwohl Mama überall Blumen aufstellte und Schüsselchen mit Wasser und ein paar Tropfen Parfüm darin, obwohl sich Tata tagsüber eine Zigarette nach der anderen ansteckte, wußte Bocian bald, daß der Tod hier war. Er ließ sich nicht täuschen. Bocian räucherte nicht mehr, seit er seine Lizenz verloren hatte, seit die Räucherei fast abgebrannt wäre und mit ihr Bocians Haare, weil er besoffen mit dem Kopf auf der Türschwelle davorgelegen hatte. Aber Bocian war ein Ceyn, und noch immer hatte er eine Nase für Rauch.

»Mit Rauch kenne ich mich aus seit mehreren hundert Jahren«, flüsterte Bocian und funkelte Tata böse aus Augen an, deren Bindehäute seit mehreren hundert Jahren so rot waren wie Erdbeeren. »Wollt ihr hier mit Weihrauch, Myrrhe und Zigarettenqualm den Teufel ausräuchern? Das ist rührend, wie sich deine Frau Mühe gibt, aber, entschuldige, Cybula, es ist lächerlich, die alte Hexe da oben stinkt zum Himmel!«

»Wir haben geschlossen«, sagte Tata und nahm Bocian das Bier weg.

»Cybula?«

»Ich bin nicht da«, sagte Tata.

»Es gibt zwei Dinge, über die ich von Kindheit an Bescheid weiß«, sagte Bocian, »das ist Rauch, und das sind Leichen. Die Ceyns räuchern, seit es sie gibt, das ist unser gottverdammter Biznes seit über zweihundert Jahren, und das kann ich belegen, ich habe die Quellen in Abschrift hier, und sie sind im Heimatmuseum in Hel. Ich bin der letzte der räuchernden Ceyns, das ist mir aber egal, weil mich der Fortbestand der Dynastie mal am Arsch lecken kann. Ich erkenne jeden Menschen und jeden Fisch im Rauch, auch wenn es vom Fisch nur eine Gräte ist und von der Leiche nur ein Knochen.«

In der Nacht hörten Mama, Majka und ich die Türen des Fiat Mirafiori knallen. Wir lagen im Gartenhaus, Majka und Mama auf der Amerikanka, ich an der Wand auf meiner Liege. Ich war fast eingeschlafen, unter meinen Lidern das Porträt der Gräfin und die zwei Bilder, die noch von Tante Apolonia im Gartenhaus hingen: ein Holzstich vom Leviathan und einer von Jesus als Menschenfischer.

Tata fluchte im Hof, und wir hörten Bocian lachen. Wenig später wurde der Motor angelassen.

»Jetzt fahren sie tatsächlich mit ihr weg«, flüsterte Mama.

Später sahen Majka und ich einen richtigen Leichenwagen. Wir waren mit Tata zu Frau Gutgraf Eis holen gefahren, mitten im Kriegsrecht, und vor der Stadt Hel gab es Kontrollen. Polizisten, Soldaten und Grenzer bewachten den Ort, wo die Spitze der Halbinsel in die Ostsee hineinleckte wie eine Kuhzunge. Im Norden wuchs die Spitze weiter ins Meer, im Süden bröckelte sie in die Bucht. Und im Osten trafen sich die Meere. Dort waren jahrhundertelang Flotten von Heringen vorbeigezogen, auf derselben Route wie später die »Schleswig-Holstein«, die »Schlesien« und unsere Verteidiger, die H.-Laskowski-Batterie unter Kapitän Przybyszewki, auf derselben Route wie die Robben und die Sandwanderung.

Der Stacheldraht war weiter in den Wald hineingewuchert. Überall aus den Dünen um Hel wuchsen Schilder, auf denen »Militärgebiet« stand. Von Hel fuhren kaum noch Schiffe ab. Tata mußte seine Papiere vorzeigen, obwohl wir nur Vanilleeis wollten. Wir fuhren in die Stadt, und hinter dem Bahnhof hielt uns ein Milizionär an. Er fragte noch einmal nach Tatas

Papieren, nach der Passiererlaubnis. Und es ging doch nur um Vanilleeis, und es regnete, und wir stiegen aus, und der Milizionär sah in den Fiat, und Majka und ich standen auf der Bürgersteigkante im Regen. Ein Wagen fuhr an uns vorbei, der aussah wie ein zu großer Spielzeugeisenbahnwaggon. Er fuhr so langsam, daß man hätte nebenhergehen können, und rechts und links schritten je drei Männer in schwarzen Anzügen. Der Wagen war ebenfalls schwarz, mit goldenen Palmblättern an den Flanken und einem schwankenden Baldachin darüber, und von den Stangen, die den Baldachin trugen, hingen Bahnen von Trauerflor und zeigten auf die Erde wie der Regen. Auf dem Wagen stand ein Sarg. Ich schaute nicht auf den Sarg oder die Leute, die hinter dem Sarg her gingen, ich schaute auf den Wagen und dachte daran, wie Tata und Bocian Tante Apolonia nachts weggebracht hatten im Fiat Mirafiori, ohne daß wir wußten, wohin. So war meine deutsche Tante Apolonia verschwunden, von der ich nur den Geruch kannte und die klebrige Weichheit ihrer Haare, wie Pusteblumensamen.

Der Leichenwagen rollte an Majka und mir vorbei, dem Schild mit dem Pfeil nach, das in Richtung Friedhof zeigte. Der Friedhof war der bunteste Ort auf Hel, künstliche Blumen quollen aus allen Ritzen und legten sich in Rüschen und Girlanden um die Steine. Ich konnte mir nicht vorstellen, daß der traurige schwarze Wagen zu diesem bunten Ort unterwegs war. Er sah aus, als nehme er den gleichen Weg, den Tante Apolonia genommen hatte, den Weg ins Nichts.

Zehn Minuten später standen wir immer noch dort, wo der Milizionär uns angehalten hatte. Es hörte nicht auf zu regnen. Majka und ich hatten nasse Füße. Über

Majkas Stirn und Wangen krochen Haarschlangen. Als der Milizionär endlich fertig war, gab er Tata seine Papiere zurück, und wir stiegen ein und fuhren weiter zu Frau Gutgrafs Eisdiele. An der Peter-und-Paul-Kirche überholte uns der Leichenwagen. Jetzt fuhr er in die entgegengesetzte Richtung. Der Sarg war fort, und unter dem Baldachin saßen die sechs Sargträger, sie mußten sich mit einer Hand an den Stangen festhalten, so schnell fuhr der Wagen, und jeder hielt eine Flasche Bier. Der Trauerflor flatterte im Fahrtwind. Seine Enden schlugen an den geteerten Kirchenzaun und auf das Dach unseres Fiat Mirafiori.

»Das Nirwana ist das Allerschlimmste«, hatte Tata einmal gesagt, »dort sammeln sich die verdampften Seelen aus Auschwitz und Hiroshima. Sie lassen nichts zurück, sie gehen nigendwohin, und sie werden nicht wiederkommen. Die größte Scheiße, in der man stecken kann, ist das Nichts.«

Engerlinge

Auf die Idee mit dem Eis und mit den Kellnerinnen war Tata gleichzeitig gekommen. Beides sollte das Geschäft in Schwung bringen, denn besonders gut lief das Café Saratoga nicht. Es kamen Pakete und Briefe von Onkel Tuba und Tante Danuta aus Bundes, in denen Onkel Tuba Tata klarmachte, daß aus diesem Laden nicht viel rauszuholen sei. »Was ist das schon für ein Biznes?« schrieb Onkel Tuba. »Ja, so wird Biznes bei euch gemacht: Ich kaufe mir eine Bude, nagele ein Schild daran und schreibe ›Flundern‹ drauf oder ›Bernstein‹ oder ›Zimmer frei‹. Da muß ich dir mal was erklären!«

Mama glaubte genau wie Onkel Tuba nicht daran, daß aus dem Café Saratoga ein richtiger Biznes werden könnte, geschweige denn eine Goldgrube. Und an den Erfolg der Kellnerinnen glaubte sie auch nicht.

Onkel Tubas Brief ließ Tata für zwei Tage mit finsterem Gesicht herumlaufen.

»Er denkt, er kann mir was erklären«, sagte er zu Bocian, »nur weil er bei Mercedes Schrauben nachzieht und eine Angel hat, die aus etwas gemacht ist, womit die Amerikaner zum Mond fliegen!«

Seit Onkel Tuba nach Bundes gegangen war, hatten wir ihn nur einmal gesehen, und das war auf der Beerdigung unserer Großmutter gewesen, der Mutter von Tata und Onkel Tuba. Onkel Tuba hatte die ganze Zeit in der Küche gesessen, den Kopf geschüttelt und gesagt: »Wenn ihr wüßtet, wenn ihr wüßtet, wenn ihr bloß wüßtet...!«

Durch Bocian hatte Tata Witek, den »Abzocker« kennengelernt, der seinen Spitznamen daher hatte, daß er die Tankstelle in Jastarnia leitete und zwei Biwakfelder in Chałupy. Er vermietete unzählige Zimmer auf der ganzen Insel und besaß dazu noch einen kleinen Kutter, mit dem er sogenannte »Mondscheinexkursionen« in der Bucht veranstaltete. Später, als wir Kellnerinnen hatten und ich manchmal nachts zum Pinkeln auf die Steine draußen an der Pucker Bucht gehen mußte, weil vor dem Gartenhaus eine Kellnerin mit ihrem Bekannten saß und rauchte, sah ich diesen Kutter oft vorbeifahren, ein einzelner Klumpen aus Licht und Lärm, der in der stillen schwarzen Bucht trieb. Der Abzocker hatte ein paar bunte Lampions am Führerhäuschen befestigt, es gab einen Plattenspieler, auf dem David Bowie und Czerwone Gitary lief.

Der Abzocker war es, der Tata die Adresse von Frau Gutgraf gab. Frau Gutgraf hatte eine Eisdiele in Hel. »Eine Goldgrube«, sagte der Abzocker. Er war zusammen mit Bocian gekommen, um ein Bier zu trinken. »Ich kenne Ilonka, seit wir so klein waren«, sagte der Abzocker und deutete ungefähr die Größe einer Katze an, »wie man sich hier eben kennt. Wir sind alle Brüder und Schwestern, davon habt ihr keine Ahnung, wir sind mit einer goldenen Haube geboren. Hier wird niemand verhungern, den man kennt, seit er klein war. Niemandem werden auch nur die Zigaretten ausgehen. Man hilft sich gegenseitig. Jedenfalls kann Ilonka euch ein paar Ratschläge geben, wie man diesen Laden wieder einigermaßen hochpäppelt.«

Hel kam Majka und mir vor wie der Bernsteinpalast von Goskos Frau, bevor der Meergott Gosko ihn aus Eifersucht zerschmettert hatte, weil seine Frau in einen Fischer verliebt gewesen war. Vom Palast waren nichts als Bernsteinsplitter geblieben, die immer noch in Wellen eingerollt an alle Strände reisen. In Hel hing Bernstein in langen Ketten von den Fensterngriffen, und in den Fenstern lehnten Frauen, und zuerst begriff ich nicht, daß sie den Bernstein verkauften. Ich wunderte mich nur über Hel, wo die Frauen sogar ihre Fenster mit Bernstein behängten.

Wenn jemand auf Hel mit einer Glückshaube geboren war, dann Frau Gutgraf. Sie hatte die Lizenz, eine Eisdiele zu betreiben, die einzige Eisdiele auf Hel, und diese Eisdiele war eine Goldgrube. Frau Gutgraf war mit jedem auf Hel verwandt oder befreundet. Während alle sichtbaren Linien auf Hel parallel liefen, wegen der länglichen Form der Halbinsel, bündelten sich die unsichtbaren Linien der menschlichen Beziehungen in einem einzigen Punkt, und das war die magere Gestalt von Frau Gutgraf, die jeden Tag auf Pfennigabsätzen über die Straße lief, an den Waffelbuden und Fischbratereien vorbei. Frau Gutgraf trug immer Schwarz und kurze Röcke und so viel Schmuck, daß ihr dünner Hals und ihre schmalen Handgelenke aussahen wie vergoldet.

»Kein Problem«, sagte Frau Gutgraf zu Tata. »Hier gibt's genug Mädchen, die die Nase voll haben vom Waffelbacken. Und das sind nicht irgendwelche Trampel. Die Helanerinnen waren immer berühmt für ihre Schönheit. Es ist unsere Schuld, daß Hel heute nicht mehr an seinem richtigen Platz steht. Vor ein paar hundert Jahren, als Hel noch aus vielen kleinen Inseln bestand und im Meer lag wie eine zerrissene Perlenkette, so daß man sich ständig nasse Füße holte, fingen die Männer an, durchzudrehen, weil die Frauen um sie herum so schön waren. Die Männer waren rund um die Uhr spitz. Sie liefen herum wie mit heißen Kartoffeln in der Hose. Aufs Fischen konnten sie sich nicht konzentrieren, und sie gingen nicht mehr in die Kirche. Zur Strafe holte das Meer den Sand unter der Stadt weg. Hel versank und wurde hier wieder aufgebaut. Aber immer noch gehen die Frauen von Hel auf dem Meeresgrund spazieren, in der Bucht, ein gutes Stück südlich des Hafens, und wenn eine von ihnen hochschaut und ein Fischer lehnt sich gerade zufällig hinaus und sieht ihr Gesicht da unten, wird er sofort scharf und vergißt das Fischen und holt die Netze zu früh ein, um so schnell wie möglich nach Hause zu kommen zu seiner Frau. Und wenn er keine Frau hat, dann braucht er eine Nutte.«

»Kannst du mir für Dienstag schon ein Mädchen besorgen?« fragte Tata.

»Kein Problem«, sagte Frau Gutgraf. »Such dir eine aus. Geh zu den Waffelbuden, sieh sie dir an und sag mir, welche du willst. Die haben alle die Nase voll von mit Sahne oder ohne.«

Majka und ich bekamen ein Eis und wurden auf die Straße geschickt. Wir liefen hinunter zum Hafen. Von dort fuhren die Schiffe nach Gdingen, Sopot und Danzig, und gerade, als wir auf der Mole standen, legte die »Rubin« an. Wir sahen den Leuten dabei zu, wie sie die Fähre vertäuten, und Majka wollte gar nicht mehr fort von der »Rubin«, die einen Schwall bunter Leute ausspuckte, Ausflügler, die erst einmal eine Weile orientierungslos auf der Mole herumstanden. Wir spielten Einheimische, indem wir uns nah an die Kaimauer stellten und zeigten, daß wir den Gleichgewichtssinn der Helaner besaßen, die traditionell nur dann ins Wasser fielen, wenn irgendeine heidnische Macht sie gezielt ins Wanken brachte.

Nach Tante Apolonias Tod schliefen wir unter dem Dach. Den Leuten erzählten wir, daß wir dort mit Tante Apolonia lebten, denn ihre unsichtbare Gegenwart war Tatas Ausschanklizenz. Im Dachzimmer blieb es stickig. Wir lüfteten Tag und Nacht, aber immer roch es nach Lindenblüten. Der Wind wehte Gräserpollen herein, die durch das Zimmer rollten wie Büschel von Apolonias Haar.

Bis die Kellnerinnen ins Gartenhaus zogen, stand es ähnlich schlecht um das Café Saratoga wie um das alte Café Zatoka zu Apolonias Zeiten. Tata brauchte Geld, denn Onkel Tuba hatte ihn offiziell nach Bundes eingeladen. Längst hatte Tata Apolonias Dokumente zusammengesucht und ein Touristenvisum beantragt.

»Es ist Zeit, in ein neue Dimension einzutreten«, sagte Tata. Was die Zukunft seiner eigenen Seele betraf, so hatte er die Nase voll von der Wiedergeburt. Er würde nach diesem Leben in die nächsthöhere Dimension vorrücken, wenn er es nur schaffte, in dieser Dimension Großes zu leisten. Er mußte das Café Saratoga zu einer Goldgrube machen, und er mußte nach Bundes gehen, in die nächsthöhere Dimension auf Erden.

Ich konnte mir nicht vorstellen, daß die Zeit in Chałupy je zu Ende gehen könnte. Herbst und Winter verbrachten wir in Gdingen, wir gingen in die Schule, und Mama arbeitete als Sekretärin an der Danziger Universität. Majka ging jeden Tag in die Schwimmhalle, wo sie mit ihren Kolleginnen in bunten Staffeln durch das Wasser zog. Doch im Sommer gehörten wir nach Hel. Dort war das Aufwachen so einfach. Wir schlugen die Augen auf, und da war ein perfekter Tag. Ein perfekter Tag für den Strand, ein perfekter Tag zum Angeln, ein perfekter Tag für einen Besuch bei Frau Gutgraf, ein Tag für perfekte Spiele. Ein Tag auf Hel war wie der Zug, der durch Chałupy fuhr, rasend schnell und immer auf dem richtigen Gleis, denn es gab nur eines. Und Majka behielt die Zeit im Auge. Seit sie gegen die Uhr schwamm, hatte sie nichts anderes im Kopf, als die Zeit zu besiegen. Sie gab mir ihre Armbanduhr und das Handtuch, ging ins Wasser und schwamm. Sie schwamm draußen auf dem Meer, von einem Wellenbrecher zum anderen, sie schwamm in der Bucht zwischen den Bojen, und ich zählte die Sekunden. »Wieviel?« schrie Majka, wenn sie anschlug, »drei Minuten?«

»Besser!« schrie ich zurück. »Zwei Minuten und vierundfünfzig Sekunden!«

Wenn man Majka fragte, wie spät es war, sagte sie: »Rate!«

»Ich weiß nicht. Zwölf?«

»Besser«, sagte Majka, »viertel nach zwölf!«

Die Zeit auf Hel verging schneller und schneller.

Mama packte auch auf Hel jeden Morgen das Grausen. »Wenn ich die Augen aufschlage, sitzt es schon auf dem Kopfkissen und zischt mir ins Gesicht«, sagte Mama. Das Grausen war eine angefangene Geschichte, eine falsche Umgebung. Das Grausen war Tata. Nur Majka half dagegen. Manchmal sah ich durch halbgeschlossene Lider, wie Mama frühmorgens die schlafende Majka streichelte. Von meiner Schwester sah ich nur Haar und den Halbmond einer angeschnittenen Wange. Mama schaute sie sich genau an. Sie strich über Majkas Wangen und drehte sich Majkas Haar um den Finger. Dabei begann sich Mamas Gesicht zu weiten, und ihre vom morgendlichen Grausen verklebten Augen öffneten sich langsam. Auch tagsüber zupfte Mama ständig an Majka herum. Sie machte ihr die Ohren sauber, ließ sie den Mund öffnen, um ihre Zunge zu kontrollieren, sie schnitt Majka jeden Tag die Nägel und war sogar so weit gegangen, ihr in der Nase zu bohren, bis Majka angefangen hatte, Mamas Hand wegzuschlagen. Immer mußte Majka bei Mama schlafen, damit Mama sie gleich beim Aufwachen hatte.

»Komm«, flüsterte ich jeden Morgen, »wir gehen und spielen Delfine, solange noch niemand am Strand ist.«

»Gleich«, flüsterte Majka, »eine Weile noch. Sie hat sich schon bewegt.«

Dann hatte Majka Geduld.

Nachts schob ich mich manchmal vorsichtig auf die Amerikanka. Flach und reglos lag Majka auf dem Rücken, die braunen Füße mit den weißen Sohlen unter der Decke hervorgestreckt.

Majka war immer heiß, während mir immer kalt war. Als Majka auf die Welt gekommen war, hatte sich Mama an mich erinnert und daran, wie ich als Baby gefroren hatte. Ich wurde geboren mit blauen Lippen und kalten Füßen, die Arme an den Leib gepreßt. Mama erinnerte sich daran, wie ich gezittert hatte, wie ewig feucht meine Windeln gewesen waren und wie ich eine Lungenentzündung bekommen hatte, weil Tata mich hatte abhärten wollen wegen der Gene, und sie packte Majka in eine doppelte Lage Windeln, zog ihr drei Strampelanzüge an und wickelte sie bis zum Hals in Decken. Irgendwann wurde Majkas Gesicht rot. Mit Füßen und Fäusten stemmte sie sich gegen die Decken, und wenn sie es geschafft hatte, sich loszustrampeln, lag sie da wie ein Seestern, alle Glieder von sich gestreckt. Und immer wieder wickelte Mama sie ein, deckte sie zu, zog ihr Mützen über Augen und Ohren und legte ihr Wärmflaschen ins Bett, bis sie einen Hitzschlag bekam. So hätte Majka sterben können, nur weil ich die falschen Maßstäbe gesetzt hatte.

Vielleicht begann Majka deshalb auf Hel, das Wasser so sehr zu lieben. Sie überblickte das Meer nicht, interessierte sich nicht für seine Grenzen, nicht dafür, bis wohin es reichte. Sie liebte das Wasser. Sie liebte es, ihre Hitze daran abstrahlen zu können, sie liebte es als etwas, das sie leicht und kühl umgab. Und je länger und schneller Majka schwamm, desto mehr Hitze nahm das Wasser ihr ab, und gleich nach unserem ersten Sommer auf Hel kam sie in Gdingen in die Schwimmstaffel, zusammen mit Ania. Und von Majkas Siegen sprach Mama mit einer Bewunderung, die man nur für etwas sehr Fernes haben kann.

Später, in Bundes, las ich Mamas Arbeit über Tolstoj und seine Frau, die Mama nie abgegeben hatte. Die Gräfin Sonja Tolstoj, deren Bild über meinem Bett hing, war eine begabte Schriftstellerin, eine gute Hausfrau und eine Nervensäge. Sie bekam ein Dutzend Kinder von Tolstoj, schrieb nachts seine Schmierereien sauber ab, und ein paarmal hätte sie sich fast umgebracht, weil Tolstoj sie behandelte wie Dreck. Die Tolstojs machten den Fehler, ihre Tagebücher überall auf Jasnaja Poljana herumliegen zu lassen, damit der eine jederzeit lesen konnte, wie sehr er dem anderen auf die Nerven ging. Wenn sich die Gräfin umbringen wollte, schrieb sie in ihr Tagebuch: »Dies sind meine letzten Zeilen, denn jetzt stehe ich auf und gehe in den Fluß ...« und legte es auf Tolstojs Schreibtisch. Dann lief sie hinunter zum Fluß und wartete darauf, daß Tolstoj sie wieder einmal aus dem Wasser zog.

Tanja, die jüngere Schwester der Gräfin, kam immer nur zu Picknicks. Sie hatte eine schöne Stimme, sie tanzte und sang und spielte Fangen mit Tolstoj, während Sonja dick und schwanger mit Tolstojs schweren dummen Kindern auf der Terrasse saß, und immer, wenn Tanja da war, bekam Tolstoj gute Laune. Und so, wie Mama Majka ansah, wenn sie aus dem Meer gelaufen kam, nachdem sie versucht hatte, den Horizont zu erreichen, wenn Mama ein Handtuch um sie legte und Majka schwer atmete, wenn Majka sich zwischen den Zehen trockenreiben ließ und aufgeregt nach ihrer Zeit fragte, genauso mußte Tolstoj Tanja angesehen haben; wie einen Lichtstrahl von einer fernen, fremden Sonne.

In Gdingen, wenn Majka in der Schule war, holte mich Mama manchmal in ihr Bett und erzählte den Anfang ihrer Geschichte.

Cyprian Wróbel war Assistent an der Danziger Univerität gewesen, als Mama dort einen Studienplatz für Slawistik bekam. Cyprian schrieb Gedichte und veröffentlichte sie in Literaturzeitschriften. Und Mama schrieb für eine dieser Zeitschriften einen Artikel darüber, wie gut Sonja für Tolstoj gewesen war, so gut, daß Tolstoj zum Beispiel von einer frühen Novelle Sonjas ganz schön abgekupfert hatte. Sonja hatte ihr Werk und ihr Leben freudig gegeben, für die Liebe. Mama wollte auch freudig geben. Sie hatte die Tagebücher der Gräfin gelesen und natürlich die Autobiographie von Anna Dostojewskaja, die ein Leben lang Dostojewski die Wechsel zum Bezahlen seiner Spielschulden hinterhergeschickt hatte. »Und mir wurde klar«, sagte Mama, »daß es Dinge gibt, für die es lohnt, sich hinzugeben.«

Eines Abends machte Mamas Realismus-Klasse am Strand ein Lagerfeuer, direkt neben dem Molo, der berühmten Seebrücke von Sopot. Und Cyprian kam auch und setzte sich neben Mama auf einen Baumstamm, als es plötzlich anfing zu regnen. Mama und Cyprian breiteten eine Decke über sich aus, während die andern unter das Holzgestänge des Molo flüchteten, und als Mama und Cyprian eine Weile ins Feuer gestarrt hatten, das sich unter dem Regen duckte und fast ausging, als es allmählich dunkel wurde und die Laternenkugeln auf dem Molo aufgeflammt waren, sagte Cyprian: »Ich habe deinen Artikel gelesen.« Und Mama sagte: »Ich habe deine Gedichte gelesen.« Und Cyprian sagte: »Gut, daß es dunkel ist. Von einer Frau wie dir habe ich am liebsten nur die Stimme oder nur das Gesicht, beides wäre zuviel auf einmal, die Schönheit wäre nicht auszuhalten.« Und Mama schwieg, weil sie sich ihrer Stimme auf einmal nicht mehr so sicher war.

»Wir fingen natürlich trotzdem an zu reden«, erzählte Mama. »Über Tolstoj. Und Cyp fragte mich, ob ich wüßte, mit welchen Mitteln Tolstoj sich damals Sonja erklärt hatte.«

Natürlich wußte Mama das, es war ihre liebste Gräfinnen-Geschichte, die sie mir immer wieder erzählte. Tolstoj und Sonja Baer waren nach dem Whist-Spiel allein im Salon zurückgeblieben, nur Tania hielt sich noch irgendwo hinter einem Sofa versteckt. Sonja war siebzehn und Tolstoj ein Schriftsteller und Offizier, der die Frauen schlecht behandelte und das in unzähligen Tagebüchern festhielt. »Kindheit« war Sonjas Lieblingsbuch. Und nachdem Tolstoj zum ersten Mal zu Besuch gewesen war, hatte Sonja ein Band an seinen Stuhl gebunden, damit sie sich merken konnte, wo er gesessen hatte. Aber alle dachten, Tolstoj habe es auf Lisa abgesehen, Sonjas ältere Schwester, die eine langweilige Kuh war.

Sonja und Tolstoj sitzen also allein am Spieltisch, und Tolstoj greift nach der Kreide. Das sah Mama vor sich, als sie mit Cyprian in der Finsternis am Strand von Sopot saß und der Regen allmählich die Decke über ihren Köpfen durchzuweichen begann. Sie sah den grünen Filz vor sich und die weiße Kreide in der Hand von Tolstoj, der ja ziemlich häßlich gewesen ist und bestimmt dicke Knöchel gehabt hat und dreckige Fingernägel, die Hand aber, die jetzt schreibt, ist die Hand des Autors der »Kindheit«. Tolstoj schreibt: »I. J. u. I. V. n. G. g. m. a. l. a. m. A. u. d. U. d. G.«, er malt es in großen weißen Buchstaben auf den grünen Filz, und Cyprian konnte die Initialen auswendig. Und Mama sagte ohne Nachzudenken, so, wie Sonja damals den Satz ohne Mühe entschlüsselt hatte: »Ihre Jugend und Ihr Verlangen nach Glück gemahnen mich allzu lebhaft an mein Alter und die Unmöglichkeit des Glücks.«

Wenn Mama zu dieser Stelle kam, ekelte es mich

ebensosehr vor ihr wie beim Essen, wenn ihr Fuß meinen Fuß unter dem Tisch aus Versehen berührte.

Natürlich hatte Cyprian, als es zu regnen aufgehört hatte, einen Stock geholt und die Initialen unzähliger Sätze in den feuchten Sand gezeichnet. Und Mama hatte versucht, sie zu entziffern, was ihr manchmal auch gelungen war.

»I. b. v.«, hatte Cyprian zum Schluß geschrieben, und das war das Einfachste gewesen. »Ich bin verheiratet«, hatte Mama gelesen.

Bis hierhin erzählte Mama und nicht weiter. Die Geschichte von Cyprian war nicht vollständig, sie war nur ein Anfang einer Geschichte. Nicht mehr. Ich fragte nicht nach mehr, und Mama erzählte nicht weiter, denn da gab es nichts, was sie hätte erzählen können. Der Anfang war ja doch zu Ende gegangen, bevor er aufgehört hatte.

Zur selben Zeit begann am Strand von Sopot eine neue Geschichte.

Eine Woche, nachdem Cyprian die Initialen in den Sand geritzt hatte, gab es wieder ein Feuer, diesmal ohne Cyprian. Und diesmal setzte sich ein kleiner Mann mit braunem Bart und schmutziger Hose neben Mama, der ihr die Hand auf den Rücken unter dem Pullover legte und sie seine Sekretärin nannte.

Seit es die Kellnerinnen gab, war es hinter dem Haus nachts nicht mehr so dunkel, denn dann bekamen die Kellnerinnen Besuch von ihren Bekannten und ließen das Licht im Gartenhaus brennen, bis es dämmerte. Ich trat nicht mehr in die Brennesseln. Trotzdem mußte ich achtgeben, wo ich mich hinhockte, mußte aufpassen, daß ich hinter einem Busch kauerte, hinter dem Regenfaß oder einer Mülltonne, denn oft liefen die Bekannten auf dem Weg zu den Kellnerinnen dicht an mir vorbei, und ich lernte, einzuhalten und keinen Laut zu machen, bis der Bekannte im Gartenhaus verschwunden war, obwohl es mich fast zerriß. Manchmal kamen Tata und Bocian und noch ein paar Leute, die mit ihnen im Café Saratoga getrunken hatten, und holten die Kellnerin und ihren Bekannten zu Delfine ab. Das alles sah ich, weil ich eine schwache, kalte Blase hatte, im Gegensatz zu Majka, die neben Mama ruhig die ganze Nacht verschlief.

»Guten Tag, Frau Herrmann, guten Tag, Mädchen!« sagte die neue Kellnerin. Sie war bereits die achte. Sie war blond und ungleichmäßig dick, mit dünnen Beinen, spitzem Bauch und »vorgelagertem Körperschwerpunkt«, wie Tata mir zuflüsterte, mit Blick auf ihre Brüste, und sie hatte überhaupt keine Taille. Majka und ich konnten den dichter gewirkten Höschenteil ihrer Strumpfhose unter dem Minirock sehen, und wir sahen auf den ersten Blick, daß die neue Kellnerin oft im Weg stehen und Sachen verschluren, daß sie sich als faul und illoyal herausstellen würde. Hania vom letzten Sommer hatte uns ihre Ringe anprobieren lassen und unser Haar abends in viele kleine Zöpfe geflochten, damit wir am nächsten Morgen einen Afro hatten.

Unsere Kellnerinnen waren anders als alle anderen Kellnerinnen auf Hel. Sie trugen Pumps und keine Sandalen. Sie steckten sich keine Watte in die Schuhe. Sie waren immer müde und rauchten viel, und keine von ihnen konnte rechnen. Trotzdem gab es auch unter unseren Kellnerinnen bessere und schlechtere, solche, die mit Majka und mir redeten, und solche, die uns nur herumscheuchten und uns ihren Zigarettenrauch ins Gesicht bliesen. Allen gemeinsam war, daß sie überhaupt keine Lust zum Laufen hatten. Und je nachdem, ob sie uns an ihrer Stelle laufen ließen, um mal dies, mal das zu holen, oder ob sie sich freuten, wenn wir ihnen beim Herumsitzen Gesellschaft leisteten, teilten wir sie in Gute und Schlechte ein.

Die Neue hieß Marianna. Sie hatte keine verpflasterten Füße und wie immer keine Ahnung.

»Wo waren Sie bisher beschäftigt?« fragte Mama mißtrauisch.

»Bei der Fischverarbeitung ›Jantar‹ in Jastarnia«, sagte Marianna.

»Da haben ihre Hände aber ganz schön was abbekommen«, sagte Mama.

Kellnerinnenhände mußten spitz und manikürt sein und voller Ringe, wie die Hände von Hania im letzten Sommer, Mariannas Hände aber waren weiß und aufgeplatzt wie zu lange gekochte Eier. Das kam wohl von den Laken und Essigen, mit denen sie hantiert hatte, dort, in der Konservenfabrik des Fischereiunternehmens »Jantar«, bevor sie irgendwie an Tata geraten war und an das Café Saratoga. Marianna drehte ihre wunden Handflächen von unten nach oben und wieder zurück und sah aus dem Fenster. Das schimmernde Rivierablau der Pucker Bucht war von hier aus kaum wiederzuerkennen, weil das Fenster seit dem letzten Herbst nicht mehr geputzt worden war. Noch dazu hatte Tata mit weißer Farbe »Hurrah – Piroggen!« von innen darangepinselt und dabei sehr geschmiert, weil er in Spiegelschrift hatte schreiben müssen. »Ach«, sagte Marianna und zog ihren Rocksaum herunter, »man ruiniert sich doch überall die Gesundheit!«

Die Kellnerinnen im Café Saratoga gingen auf und unter wie Monde. Manchmal vergingen nur ein paar Wochen, bis wieder eine neue gesucht werden mußte.

»Seit du deine schmierigen Finger hier drin hast, bleibt doch keine länger als einen Sommer«, sagte Bocian. »Und du wunderst dich, daß hier alles vor die Hunde geht. Die letzte, die war nett, und sie war am Ende sogar eine gute Kellnerin. Aber du hast sie rausgeschmissen.«

»Die ist hier nicht nur eine gute Kellnerin geworden, sondern auch fett«, sagte Tata. »Warum habe ich sie wohl rausgeschmissen? Die hätte irgendwann noch Zucker bekommen vom vielen Kuchenfressen, und das hätte ihr auch nicht gutgetan. Außerdem habe ich sie nicht rausgeschmissen. Ich habe sie bezahlt, ich habe ihr einen Kuß gegeben und sie zurück zu ihren Eltern nach Rumia gefahren. Zuletzt müssen sie doch alle wieder dahin, wo sie hergekommen sind, sich einen richtigen Beruf suchen. Das hier ist keine Sache für die Ewigkeit, davon werden sie häßlich.«

»So kannst du das aber nicht machen mit den Delfinchen«, sagte Bocian, »hübsch und schlank kommen sie hier an, und mit einer Wampe gehen sie wieder. Sie stopfen sich voll, trinken Bier, fressen dir die Haare vom Kopf. Dann schickst du sie weg, wenn es Herbst wird, oder sie gehen von selbst, noch bevor der Sommer zu Ende ist. Tust du ihnen damit was Gutes? Was sind sie denn so fett und müde und zahnlos noch wert, da, wo sie herkommen?«

»Für manche Sachen sind die ohne Zähne die besten«, sagte Tata.

Hania vom letzten Sommer hatte ich oft im Gartenhaus besucht, frühmorgens, wenn der letzte Gast gegangen war und Majka ihr Gesicht noch Mama hinhalten mußte. Hania lag unter dem Leviathan und rauchte. Ich kroch zu ihr unter die Decke und ließ mir heißen Rauch über den ganzen Körper blasen, bis mir warm war und ich husten mußte. Dann drückte Hania die Zigarette im Aschenbecher aus, der auf dem Nachttisch stand, und packte uns ordentlich ein. Hania stopfte das eine Ende der Bettdecke unter sich, ich legte mich auf Hania, Bauch an Bauch, und Hania wickelte uns ein, bis wir im Bett lagen wie eine fette Raupe. »Ich bin auch so eine Frostbeule«, sagte Hania und berührte mich mit ihren eisigen Fingerspitzen, drückte mir das kühle Metall ihrer Ringe ins Fleisch, daß mir schauderte. Dann lagen wir einfach nur da. »Wir sind Engerlinge«, sagte Hania. »Mach die Augen zu! Wir sind blind. Wir warten auf unsere Transformation zum schönen Schmetterling.«

Ich schloß die Augen, aber mit Hania wollte ich immer Engerling bleiben und mich nie transformieren müssen.

Ächzend holte Hania Schwung und rollte sich auf die Seite, bis ich unten zu liegen kam und fast erstickte, obwohl Hania leicht und schmal war und nur einen Kopf größer als ich. Hania raffte die Decke zusammen und rollte wieder zurück, und so rollten wir hin und her, bis Hania sagte: »So, jetzt muß ich meinen Transformationsschlaf machen.« Ich wartete, bis sie eingeschlafen war. Dann stand ich vorsichtig auf und lief aus dem Gartenhaus.

Hania war die einzige Kellnerin gewesen, mit der sich Mama gut verstanden hatte. Obwohl sie nicht viel Schlaf bekam, war Hania tagsüber freundlich zu allen und gab sich Mühe beim Servieren. Allen anderen Kellnerinnen war es zu mühsam gewesen, auch nur eine Limonadeflasche zu entkorken. Hania half Tata in der Küche, sie achtete darauf, daß genug Tee und Kaffee da war und daß das Eis nicht warm wurde. Jeden Freitag fuhren wir zu Frau Gutgraf Eis holen, das wir in einer von Frau Gutgrafs alten Eisschränken erneut einfroren, nachdem es auf der Rückfahrt von Hel immer fast vollständig geschmolzen war. Wir besaßen jetzt die zweite Eisdiele auf Hel und somit eine Goldgrube.

Hania studierte Theaterwissenschaften in Krakau und wohnte nur im Sommer bei ihren Eltern in Rumia. Ihr Stipendium war knapp, und deshalb verdiente sie sich ein bißchen Geld als Kellnerin. Mama liebte die Gespräche mit Hania. Im Sommer mit Hania kam das Grausen seltener und mit abgemilderter Wucht. Oft saßen Mama und Hania auf den Steinen an der kleinen Bucht und rauchten, und Mama erzählte Hania, was sie sonst mir erzählt hätte. Für mich war es ein Sommer ohne Entscheidungen.

Einmal spielten Hania und ich Engerling, als ein Schmerz durch meine Brust zog. Hania hatte sich auf mich gerollt, und da war der Schmerz. »Mein Herz, mein Herz!« schrie ich und stieß Hania von mir. »Ich habe einen Herzinfarkt!« Ich weinte und krümmte mich und verschränkte die Arme, um Spannung von meiner Brust zu nehmen. »Zeig her! Zeig her!« schrie Hania. Sie zerrte meine Arme auseinander, riß mir das Unterhemd hoch und schaute sich meine Brust an. Dann fuhr sie mit dem Finger über die linke Brustwarze. Da war eine kleine Beule, als bohre sich mein Herz mit der Spitze zuerst durch die Rippen. Ich fühlte mich sehr krank. »Du kriegst Zitzen«, sagte Hania. »Das ist ein großer Tag für deinen Vater.«

Tata drehte fast durch vor Freude. »Die dritte Dimension! An meiner Tochter!« Er strich mir über die Brust, wie Hania es getan hatte. Ich mußte mich auch seitlich vor ihm aufstellen, damit er mein Profil sehen konnte. »Die andere wird auch noch kommen«, sagte er. »Meine Tochter ist eine kleine Frau! Die Saat geht auf! Das ist das schönste Geschenk, Sonja, das schönste, das du mir machen konntest! Kinder sind ein Wunder, aber solange sie noch klein sind, ist dein Same nutzlos. Keine Perspektive. Seine kleinen Kinder anzuschauen ist wie Onanie, wie Sperma auf der Erde. Pubertierende Kinder anzuschauen bedeutet: freie Sicht auf die nächste Generation. Wenn die Drüsen deiner Kinder reifen, breitet sich dein Same aus.«

»Ich habe schon längst welche«, sagte Majka am nächsten Tag, und ich sah das, was ich immer für Majkas Babyspeck gehalten hatte, mit anderen Augen. »Aber erzähl es nicht Tata«, sagte Majka.

Ohnehin beobachtete Tata mich unaufhörlich, doch jetzt wurde es noch schlimmer. Auch wenn es so aussah, als sei er mit irgend etwas so beschäftigt, daß es ihn vollständig absorbierte, ließ er mich nie aus den Augen. »Was ist? Warum guckst du so komisch?« fragte er. »Tut dir was weh?« Oder: »Kann es sein, daß dein rechter Arm länger ist als dein linker?«

»Das Schlimme ist nicht der Streit oder das Schweigen. Das Schlimme ist das Gerede«, sagte Mama einmal zu Hania. »Alle lieben ihn. Ein liebenswerter Verrückter. Ich muß mir das Gerede anhören, jeden Tag, all die Sätze, jeder Satz eine Vergewaltigung der Seele. Mir wird übel davon. Es wird nie vorbei sein, und das ist schlimmer als eine Vergewaltigung.«

Ein Tiefdruckgebiet quirlte gegen Ende dieses Sommers feuchtkalte Luft von Südschweden nach Hel. Ich wachte früher auf als sonst, mit tauben Fingerspitzen. Ich stieg die Treppe hinab und lief hinaus in den Garten, wo der Wind die Brennesseln und Malven umeinanderzwirbelte. Der Himmel hing tief und grau über der Bucht. Von Puck war nichts zu sehen. Regen oder Gischt sprühte mir in die Augen; an solchen Tagen war die Luft voller Wasser und das Wasser voller Luft. Durch das Fenster sah ich, daß Hania gerade dabei war, Engerling zu spielen. Ich setzte mich auf die Bank vor dem Gartenhaus. Ich wollte warten, bis der letzte Bekannte gegangen wäre, wie ich es oft tat. Ich lehnte den Hinterkopf gegen die Scheibe und horchte auf Hanias zweistimmiges Atmen. Es klang, als blase Hania in eine Mundharmonika.

Ich wartete und hörte auf die heiseren Akkorde aus dem Gartenhaus. Plötzlich öffnete sich die Tür, und Tata stand neben mir im Wind. Der Wind hob sein Haar an den Spitzen, und es sah aus, als hinge mein Tata an den Haaren vom Himmel. Er hielt mir die Tür einen Spalt weit auf, und ich lief an ihm vorbei zu Hania und legte mich zu ihr in das Bett, das noch warm war.

Agat und Rubin

Majka konnte den Fahrplan von »Agat« und »Rubin«
auswendig. Ich kannte mich aus mit den Routen. Die
»Agat« und die »Rubin« schlugen jeden Tag weite Bögen von Danzig nach Sopot, von Sopot nach Gdingen
und quer über die Bucht nach Hel. Von Hel fuhren sie
über Gdingen und Sopot nach Danzig zurück. Wie auf
einer Landkarte sah ich die beiden Schiffe gestrichelte
Linien durch das Wasser ziehen, darunter die Wassertiefen in verschiedenen Schattierungen von Blau.

Ich hatte Überblick über den Raum und Majka über
die Zeit. Majka wußte genau, an welchen Tagen die
»Agat« Frühschicht fuhr und an welchen Tagen die
»Rubin«. Um Viertel nach fünf spuckte das Spätschiff
die letzten Gäste auf die Mole von Hel. Um 17 Uhr 35
legte es ab. Majka gehörte die »Rubin«, und mir gehörte die »Agat«. Den Jungen, der auf der »Rubin«
die Karten abriß, nannten wir Rubin, den, der es auf
der »Agat« tat, Agat. Rubin war groß und dünn und
dunkelblond, Agat klein und hellblond, mit einem
Sonnenbrand im Nacken.

Ich hatte buchstäblich den Kürzeren gezogen, denn
Agat war nicht nur klein, sondern auch mürrisch, und
er beachtete keine von uns. Rubin dagegen grinste uns
an, wenn er die Tür aufstieß, die Gangway über den
Spalt zwischen der »Rubin« und der Kaimauer schob
und alle Gäste hinausscheuchte. Die Schlange der Gäste lappte wie eine lange Zunge aus der »Rubin«. Die
Passagiere trugen zusammengerollte Badetücher unter

den Armen und Strandtaschen über den Schultern, sie krochen langsam, Bauch an Rücken, über die Mole, als bunte Raupe mit bleichen Gliedmaßen, denn es waren Ausflugsgäste, und bei jedem Wetter trugen sie kurze Hosen, auch wenn es regnete und die Kälte in Schauern über ihre Beine rieselte.

Fast jeden Tag fuhren wir in diesem Sommer mit dem Bus in die Stadt Hel an der Spitze der Halbinsel. Der Hafen von Hel war häßlich und kahl. Die grauen und blaßblauen Hallen des staatlichen Fischereibetriebs »Koga« lagen da wie riesige Klötze, vom Meergott Gosko gegen die Mole gewürfelt. Die Luft schmeckte nach Rost.

Majka und ich kletterten über die Uferbefestigungen bis an den Rand des Sperrgebiets und sahen zu, wie die »Rubin« oder die »Agat« näher und näher kam. An hellen, horizontlosen Tagen, wenn der Himmel in die glatte Fläche des Kleinen Meeres lief, war die Entfernung so unabschätzbar wie die einer Fata Morgana. Neben uns, auf der anderen Seite des Zaunes, standen die Soldaten und bewachten das Meer, sie bewachten das Meer, Polen, Hel, Majka und mich.

Rubin riß Karten ab, während seine älteren Kollegen auf dem Schiff hin und her liefen oder am Kai standen, ins Wasser spuckten und mit dem Hafenmeister redeten. Majka griff sich alle paar Sekunden an den Hinterkopf und in den Pony, wo das Haar zu flach anlag. Erst unterhalb der Ohrläppchen sprang es wollig auf.

»Macht ihr Ferien oder arbeitet ihr hier?« fragte Rubin. Er hatte spitze Zähne, und sein Mund sah entzündet aus, als bisse er sich ständig auf die Lippen.

»Sie ist Kellnerin, ich bin Rettungsschwimmerin«, sagte Majka.

Rubin lachte, und seine bleiche Haut bekam rote Flecken.

»Wie alt seid ihr?« fragte Rubin.

»Wie alt bist du?« fragte Majka zurück.

»Achtzehn«, sagte Rubin.

»Fünfzehn«, log Majka.

»Mit fünfzehn kann man schon Rettungsschwimmer sein?« fragte Rubin.

»Ich schon«, sagte Majka, »ich bin ein Nachwuchstalent. Wir haben etwas gemeinsam: Wir arbeiten beide mit Wasser. Arbeitest du gern auf dem Schiff?«

»Ja«, sagte Rubin, »aber das ist mein letztes Jahr. Ich gehe zur Armee und fange danach auf der Werft an. Das hier mache ich nur in den Schulferien. Nach dieser Saison ist Schluß mit dem Meer.«

Rubin schaute mich an.

»Habt ihr ein paar Stunden Zeit?«

Zwischen den einzelnen Stationen tat Rubin gar nichts.

»Mußt du nicht arbeiten?« fragte ich.

»Nein«, sagte Rubin. »Ich helfe beim Anlegen, ich schiebe die Gangway raus und helfe den Omas und den Kindern. Ich reiße die Karten ab. Dazwischen habe ich frei.«

Wir saßen auf einer der weißen Bänke auf dem Oberdeck, Rubin in der Mitte. Er hatte die Arme links und rechts auf die Lehne gelegt, aber er berührte keine von uns.

»Ist doch super!« sagte Majka.

Die Kräne von Gdingen kamen in Sicht. Sie hockten

über dem Hafen wie riesige dürre Fledermäuse mit hochgezogenen Schultern. Ich erkannte das Klopfen wieder, das Schlagen von Metall an Metall aus meinen Gdingener Nächten, aber es war Sommer, ich war nur auf der Durchfahrt, und dies war nicht das Gdingen der leichten, hellen Nächte und dunklen Morgen, das Gdingen der Abgase, der feuchten Straßen, der Schulwege, Appelle, der atemlosen Nachmittage zwischen den Blocks. Es hätte genausogut jede andere Stadt sein können.

Rubin sprang auf und lief die Treppe hinunter zum Unterdeck. Majka und ich stellten uns an die Reling und sahen von oben zu, wie sich die Gangway vorschob, wie das metallverstärkte Ende auf die Mole knallte. Rubins Kopf tauchte in der Türöffnung auf. Er prüfte die Lage der Gangway, trat einen Schritt vor, stellte sich an die Seite und lächelte den Gästen zu. In seinem weißen Hemd und seiner dunkelblauen Hose hielt er sich militärisch gerade wie ein Matrose.

Majka beugte sich weit vor und hielt den Kopf in den Wind, als wolle sie springen.

»Ich werde ihn heiraten«, sagte Majka.

Das Schiff zog eine brodelnde Schaumspur hinter sich her, und wir machten lange Pausen zwischen Fragen und Antworten, denn wir hatten vier Stunden Zeit, und es gab nicht viel zu sagen.

Als wir an den roten Klippen von Orlowo vorbeifuhren, sagte Rubin:

»Wollt ihr was trinken?«

»Ja«, sagte Majka.

Rubins Haut flockte aus, und das Rot lief zu großen Wolken auf den Wangen zusammen. »Ich hab vergessen ... – Ich komm gleich wieder. Gehst du den Tee holen?«

»Klar«, sagte Majka. Sie lief zur Treppe und drehte sich noch einmal um. Ihr Gesicht war glatt, ohne den üblichen finsteren Strudel aus Augenbrauen und Konzentration um die Nasenwurzel.

Als Majka verschwunden war, stand Rubin immer noch da.

»Hast du einen Freund?« fragte er.

»Nein«, sagte ich.

»Ich habe auch keine Freundin. Mädchen sind kompliziert. Ich hatte bisher kein Glück. Die Mädchen wollen immer eingeladen werden, und ich hab so wenig.«

»Du hast ein Schiff«, sagte ich.

»Ein Schiff ...«, sagte Rubin. »Das ist ja nun nicht gerade meins.«

»Doch«, sagte ich. »Es heißt sogar nach dir. Wir haben dich Rubin genannt.«

Rubin lachte. Seine Augen waren sehr klein und schmal.

»Ich heiße Edek«, sagte er.

Ich wollte, daß er wieder aufhören würde zu reden, daß wir schweigen könnten wie bisher. Ich wollte, daß Majka endlich wiederkäme mit dem Tee. Es war, als müsse ich einen Platz freihalten, und ständig käme jemand vorbei, der fragte, ob er besetzt sei.

»Ich fahr gern mit dir«, sagte Rubin und setzte sich neben mich.

»Oh ja«, sagte ich, »ich mag das Meer.«

»Ich liebe das Meer«, betonte Rubin und setzte sich neben mich. »I love you, Meer!« rief er theatralisch, breitete die langen Arme aus und ließ sie wieder sinken.

In Sopot ging höchstens ein Dutzend Leute an Bord.

»Ich habe es gleich gewußt«, sagte Majka, während wir Rubin beobachten. »So ist es also, verliebt zu sein. Ich hatte es mir ganz anders vorgestellt. Jetzt ist es eher das Gefühl: Ah, das ist also mein Mann, das war's. Fast ein bißchen traurig. So früh habe ich ihn gefunden. So früh ist es schon vorbei.« Majka schaute mich an. »Nein, ich bin natürlich glücklich«, sagte sie, »und jetzt rede ich nicht mehr davon.«

Sie trank einen Schluck Tee. »Ich bin froh, daß er so groß ist. Hoffentlich gefällt dir Agat auch.«

Als wir vom Molo ablegten, dachte ich an Tata, wie er dort Mama zum ersten Mal gesehen hatte. Der Molo lag im Meer wie ein großes, geometrisches Seeungeheuer.

»Was willst du machen?« fragte ich Majka. »Wie geht es weiter?«

Was würde passieren, da Majka jetzt verliebt war? Würde sie uns verlassen, würde sie auf der »Rubin« als Kellnerin anheuern, um jeden Tag bei Rubin sein zu können? Würde sie auf ihn warten, wenn er zur Armee ginge, würde sie wie unsere Nachbarin in Gdingen jeden Tag in einer vollgestopften Küche darauf warten, daß er von der Werft nach Hause käme? Majka begann mich zu überholen. Sie war bereits so groß wie ich, sie war mir eine Brustlänge voraus, sie hatte sich einen Mann ausgesucht. Majka machte ein Gesicht, das ich aus dem Schwimmbad kannte, wenn sie als letzte Staffelschwimmerin ihrer Mannschaft anschlug, sich umschaute und sah, daß sie den Sieg geholt hatte. Majka war Ausdauersportlerin. Sie war eine Siegerin. Nichts konnte Majka aufhalten, wenn sie in ihrer Bahn war und schwamm und schwamm.

»Ich muß gar nichts machen«, sagte Majka. »Rubin muß machen. Rubin ist mein Mann. Ich kann jetzt nicht mehr allein entscheiden.«

Hinter Danzig wollte ich nur noch so schnell wie möglich wieder nach Hel. Rubin nutzte jede Gelegenheit, Majka fortzuschicken oder mich anzufassen, ohne daß Majka es sah. Wenn wir an der Reling standen und aufs Meer schauten, schob er Majka so nach vorne, daß er hinter ihrem Rücken den Arm um mich legen konnte. Ich hielt meine Glieder steif, bis sie zitterten.

Der Himmel bezog sich kurz vor Hel, und die Kälte legte sich wie ein Gürtel um meine Taille, meine Nieren, dazu kam Rubins Arm, dünn und hart. »Ich muß mal«, sagte ich und rannte hinunter auf die Toilette im Unterdeck. Es roch nach Kalk und Urin, aber ich war froh, nicht bei Majka und Rubin sein zu müssen. Es gab Tata und Mama und Mama und Cyprian und zwei Anfänge am Strand von Sopot. Es sollte keinen neuen Anfang geben.

Als ich mir Wasser über die Hände laufen ließ, um sie aufzutauen, stand Rubin in der Tür.

»Kommst du morgen allein?« fragte er.

»Warum?« fragte ich.

Rubins Hemd leuchtete weiß, seine Hose war glattgebügelt, und doch sah sein Gesicht fast schmutzig aus, weil es mit jedem Satz, den er sagte, eine andere Farbe annahm. Auf Rubins Haut war immer Wetterwechsel.

»Ich mag ein bißchen dünnere Mädchen lieber«, sagte er. »Nein«, sagte er dann, »ich mag dich.«

»Ich bin die Falsche«, sagte ich. Und da wußte ich: Ich spielte in einem tschechischen Märchenfilm die falsche Braut. Jetzt, da ich die Rolle kannte, war alles gut.

»Meine Schwester liebt dich«, sagte ich. »Sobald wir aus diesem Klo hinaus sind, wirst du vergessen, daß du mich je geliebt hast. Ich bin die Falsche. Ich bringe nur Unglück. Meine Seele ist ein schwarzes Loch. Meine Schwester und du, ihr seid füreinander bestimmt. Du wirst das eines Tages verstehen. Denk manchmal an mich wie an einen schönen Traum und liebe bitte meine Schwester!«

Eine Kellnerin ging vorüber mit einem Eimer und einem Schrubber in der Hand. »Das ist die Damentoilette«, sagte sie. Rubin drehte ihr den Rücken zu und ließ eine letzte rote Schamwolke über sein Gesicht ziehen, ganz allein für mich.

An der Mole standen Tata und Frau Gutgraf und warteten auf uns. Sie schleppten uns in Frau Gutgrafs große Wohnung, in der es glitzerte und funkelte. Lampenfüße, Türklinken, Obstkörbe, Rahmen, Aschenbecher – alles in Frau Gutgrafs Wohnung war aus Messing, und was nicht aus Messing war, war aus Kristall. Bei Frau Gutgraf wurde jede Flüssigkeit in Kristallgefäße umgefüllt. Sogar das Desinfektionsmittel stand in einer geschliffenen Kristallkaraffe neben dem Klo.

Tata bot Frau Gutgraf eine Zigarette an und gab ihr Feuer, bevor er sich selbst eine nahm.

»Ilona hat euch auf das Schiff gehen sehen«, sagte Tata. »Dreht ihr jetzt vollkommen durch? Wollt ihr abhauen? Wohin soll's denn gehen – nach Kaliningrad?« Sein Atem roch, als habe er einen guten

Schluck von Frau Gutgrafs Desinfektionsmittel genommen. »Ihr könnt gehen, wohin ihr wollt, ich frag nicht, ihr könnt nach Hause kommen, wann ihr wollt, ich frag nicht, aber bleibt auf der Insel! Sonst muß die Peitsche die Nabelschnur ersetzen!« Frau Gutgraf saß neben Tata auf der Sessellehne, streichelte Tatas Hand und rauchte. »Tut mir leid«, sagte Tata. Er drückte die Zigarette aus und stand auf. Er griff nach dem messingnen Rückenkratzer, der an einem Nagel neben dem Sofa hing, eine kleine, krallige Hand an einem Stiel, der geformt war wie ein Bambusrohr, und mußte sich dabei an der Wand abstützen. Frau Gutgraf ging aus dem Zimmer. »Klassisch!« sagte Tata. Als Tata mit mir fertig war, kam Majka nicht mehr dran, weil Tatas Wut nicht reichte und weil Majkas Blick so voller Verachtung war, daß sogar ich sie um Verzeihung bitten wollte.

»Warum?« fragte Tata. Der Schmerz zog hinauf bis in meine Nieren. Meine neue Brust, auf die Tata so stolz war, hatte mich vor Tatas Wut nicht geschützt.

»Ein Junge«, sagte ich.

»Ein Junge?« fragte Tata. »Das ist schön! Ich wünschte, ihr würdet endlich eure Tage bekommen und richtig loslegen!«

Majka drehte mir den Rücken zu, und Frau Gutgraf kam herein mit einem Tablett voller Waffeln.

Tata hatte begonnen, unentwegt auf deutsch vor sich hin zu murmeln. In Gdingen lernten Majka und ich Deutsch in der Schule, und unsere Großmutter, die Mutter von Tata und Onkel Tuba, Tante Apolonias Schwester, hatte deutsch mit uns gesprochen, gemischt mit kaschubisch und polnisch.

Tata las mit uns Packungsrückseiten von Vitamintabletten und Zutatenlisten auf Schokoladenpapier. Er las die Aufschriften auf den Reklamkas, den Plastiktüten, die Onkel Tuba mitschickte und die Tata überall mit sich herumtrug. Doch am liebsten las Tata den Gardena-Katalog.

Mit Hanias Hilfe hatte Tata einen Gemüsegarten hinter dem Café Saratoga angelegt. Seit Onkel Tubas letztem Besuch war Tata von der sagenhaften Qualität der Gartenwerkzeuge in Bundes besessen.

»Scharf wie Rasierklingen«, hatte Onkel Tuba gesagt. »Meine Heckenschere ... – die könntest du hier einem Chirurgen in die Hand drücken, und er würde damit sauberere Schnitte machen als mit einem polnischen Skalpell.«

In seinem ersten Bittbrief an Onkel Tuba, nachdem Tata bereits angefangen hatte, die Brennesseln hinter dem Haus großflächig auszurupfen, hatte Tata um eine solche Heckenschere gebeten. Die Heckenschere kam tatsächlich an und war von einem so saftigen Blaugrün mit einer leuchtendorangefarbenen Schraube in der Mitte, daß Tata sie nach jedem Gebrauch polierte.

»Gárdena«, sagte er. »Das ist die beste Firma.« Er betonte den Namen auf der ersten Silbe, und es klang wie der Name einer Göttin, der Göttin der Ordnung, des Wachstums und der Unkrautfreiheit.

Große Geräte konnte Onkel Tuba nicht schicken. Er schickte Tata eine Grabegabel, eine kleine Schaufel und die verstellbare Düse eines Gartenschlauchs, die Tata leider an einem polnischen Schlauch befestigen mußte. Das Päckchen mit der Hacke kam nie an, und Tata konnte den Gedanken nicht ertragen, daß damit jetzt irgendein Uniformträger die Humusschicht in seinem Vorgarten auflockerte.

Mit Hilfe der rostfreien Heckenschere, den Forken der Grabegabel, die in die Erde wie drei Finger in Butter drangen, unter dem feinen, regulierbaren Nebel, der aus der neuen Düse sprühte, wuchsen hinter dem Haus Kartoffeln, Gurken, Zwiebeln, Petersilie und rote Beete. Tata besaß sogar Gartenhandschuhe von Gardena, aber aus Angst, sie schmutzig zu machen, trug er sie nur zu besonderen Gelegenheiten. »So muß das halten«, sagte Tata immer seltener. Gardena machte ihn zu einem strengen Gärtner. »Das ist die polnische Einstellung«, sagte er eines Tages. »Alles irgendwie hinmogeln und hoffen, daß es nicht zusammenkracht. So muß das halten – das haben wir in der Zwischenkriegszeit auch gesagt, und dann? Wir denken: Wenn es zusammenkracht, leihen wir uns eben irgendwo was und binden oder nageln oder kleben es wieder zusammen.«

»Ja«, sagte Bocian. »Ich beobachte euch Polacken schon seit zweihundert Jahren. Mein Nachbar Trembel wollte sich einen Gartenteich anlegen. Keine Ahnung, wie er auf diese Idee gekommen ist. Er fing an, eine Grube zu graben. Er stellte noch irgendeinen Zigeuner dafür ein. Dann besorgte er sich so eine Folie, eine sehr dünne Folie, und legte die Grube damit aus. Lange passierte nichts, die Folie regnete voll, die Hühner liefen darauf herum, und sie bekam lauter Risse. Ich habe ihn gefragt: Wozu diesen Teich?, und er sagte: Ach, zur Gartengestaltung und für die Kinder zum Baden. Er fing an, Steine überall zusammenzusuchen. Er stellte einen zweiten Zigeuner ein, und sie legten die

Steine auf die Folie und schichteten eine Umrandung auf. Das alles dauerte ungefähr zwei Wochen, in denen Trembel nichts anderes machte, als Steine aufzuschichten. Dann legte Trembel den Gartenschlauch in die Grube und stellte das Wasser an. Trembel, habe ich gesagt, morgen sind hier die Mücken, und die Hunde pissen dir rein. Am nächsten Tag badeten seine zwei Töchter darin – zwei niedliche kleine Fohlen übrigens damals, mit kleinen Badeanzügen, die sich in ihre kleinen Schlitze zogen, die ältere hat jetzt leider Pickel bekommen – und am nächsten Tag kamen die Hunde, das Wasser wurde erst gelb, dann braun, und dann sickerte es durch die Risse in den Boden. Seit drei Jahren hat Trembel jetzt ein Loch im Garten, mit einer zerrissenen Folie drin und Steinen drum herum. So sind sie, die Polacken!«

»Ich dachte, Trembel ist Kaschube«, sagte Tata.

»Und wenn schon«, sagte Bocian.

Die Saat, die Hania gesät hatte, ging unter Mariannas Händen nicht auf. Marianna schlief morgens so lange, daß Tata das Café um eins allein aufmachen mußte. Mama kam nur noch herunter, wenn sie etwas zu essen brauchte oder Majka suchte. Wenn sie dabei Marianna begegnete, wurde sie sofort in langweilige Gespräche über Mariannas Hände verwickelt.

»Das Spülen!« sagte sie zu Mama, »das Spülen! Keiner hat mir gesagt, daß ich hier auch spülen muß. Meine Hände sind eine einzige Katastrophe. Mein Verlobter bringt mich um!« Sie zeigte Mama ihre Hände, die noch rissiger und entzündeter geworden waren und sich zwischen den Fingern weißlich schuppten. Das Fleisch quoll an vielen Stellen rot unter der zu klein gewordenen Haut hervor, und dort, wo sie noch nicht geplatzt war, war die Haut dünn wie Seide und hatte einen silbrigen Schimmer. »Die Sauerei nachts tut ihnen auch nicht gut«, sagte Marianna. »Nichts kann ich mehr anfassen. Alles brennt wie Feuer!«

Schließlich schleppte Mama Marianna in die Küche, nahm die Ölflasche vom Regal, griff nach Mariannas steifen Händen, knetete sie grob in Form einer Schüssel zurecht und goß Öl hinein. Sie verteilte das Öl über Mariannas Handflächen, ließ Marianna die Hände umdrehen und massierte es auch in die Handrücken ein. Mit wütenden Strichen rieb Mama Öl in Mariannas Hände und machte ein Gesicht, als habe sie selbst den Mund voll Öl. »Ah, ah, das brennt!« schrie Marianna, »ja, so, weiter, weiter, tut das gut!«

»So« sagte Mama, »jetzt wird's gehen wie geschmiert.«

Seit Mamas Ölbehandlung bekam Marianna mehr Besuch als je zuvor. Nie saßen weniger als zwei von Mariannas Bekannten bei Tata im Café Saratoga und warteten darauf, daß Marianna endlich Zeit für sie hatte. In diesem Sommer lief das Café besser als je zuvor, und Tata zeigte uns jeden Tag seine Ersparnisse, die er in Tante Apolonias Schmuckkästchen aufbewahrte: Bündel von zerknitterten, schmierigen, ölfleckigen, nach Rasierwasser und Fisch duftenden Scheinen. Er fieberte vor Nervosität und seine Laune schwankte wie die Windrichtung kurz vor einem Sturm. An manchen Tagen hatte Tata so gute Laune, daß er mitten am Tag nackt vom Café Saratoga den Sandweg zum Ufer hinunterrannte, mit peitschendem *sisiak* über die Steine hopste und sich wie ein Delfin in die Bucht stürzte, so daß die Mütter ihre auf den Steinen spielenden Kinder an sich rissen. An anderen Tagen brüllte er uns an: Er wisse, daß wir ihn im Stich lassen und hintergehen würden, obwohl er alles für uns täte, damit wir eine goldene Zukunft in Freiheit hätten. Marianna beschuldigte er, sie würde mehr Geld einstecken, als ihr zustünde, und Mama schrie er an: »Vergewaltigung? Ich werde dich vergewaltigen, daß dir Hören und Sehen vergeht, damit du mal weißt, wie das ist! Kein Wunder, daß für dich ganz normales Vögeln eine Vergewaltigung ist, nachdem dich der Herr Doktor am Strand nur immer mit seinem Bleistift gepiekt hat!«

Doch dann, endlich, wurde Tata Tourist. Er bekam ein Touristenvisum für Bundes.

»Bundes ahoj!« rief Tata. Er sprang aus dem Fiat Mirafiori und rannte ins Café Saratoga, wo ich hinter der Theke stand und Bocian und Marianna über dem Tresen hingen. Bocian war wie immer betrunken und Marianna wie immer müde; geistesabwesend massierte sie ihre Nagelhaut, die mittlerweile rosig glänzte.

»Nachdem ich hier vier Jahr den Touristen die Ärsche abgewischt habe, bin ich nun selbst ein Tourist«, sagte Tata. »Tourist in Bundes!«

Bocian sank über seinem Bier zusammen. Er schrammte Barhocker, ging auf Tata zu, schwankte und stolperte in seine Arme.

Majka kam herein. Sie sah verschwitzt aus, und ihre Wangen glühten.

»Was ist denn hier los?« fragte sie.

»Denkt immer daran«, sagte Tata, während er Majka und mich an unseren T-Shirts packte, daß die Nähte in unsere insgesamt drei schmerzenden Brüste schnitten. »General Herrmann hat das für euch erkämpft mit seiner tapferen Armee von Kellnerinnen!«

Überall entlang des Strandes, an der Großen Meerseite von Hel, lagen Wracks, Wracks von Fischkuttern, von deutschen und polnischen und schwedischen Schiffen. Die wichtigeren waren auf den Karten eingezeichnet: kleine halbierte Schiffchen in Schräglage, deren Hecks unter eine unsichtbare Wasserlinie gesunken waren. Manche Wracks lagen weit draußen, wo nicht einmal Majka hinkam, vor einem aber warnte eine Tafel zwischen Chałupy und Kuźnica. Wenn ich dort ein paar Schritte ins Meer hineinging, stieß ich auf einen rostigen Eisenpfahl, der aus dem Sand ragte. An Tagen, an denen ich allein war am Strand – und davon gab es mehr und mehr, denn immer seltener verbrachte Majka Zeit mit mir –, setzte ich mich neben den Pfahl ins Wasser und fing an, das Wrack auszugraben. Ich grub langsam, und am nächsten Tag war längst wieder zugespült, was ich tags zuvor freigescharrt hatte.

Majka kam fast nur noch zum Schlafen. Sie mied Tata und das Café Saratoga, solange er noch dort war. Manchmal packten Majka und ich frühmorgens unsere Sachen und gingen zum Strand. Wir stiegen über die Bahngeleise, durchquerten den Kiefernwaldgürtel, der an dieser Stelle so schmal war, daß man schon nach ein paar Schritten das Meer sehen konnte, und ließen uns irgendwo am Strand in eine Mulde fallen. Nach Hel wollte Majka nicht mehr fahren, denn Majka gab Dinge sofort verloren, wenn Tata davon erfuhr.

»Du bist eine Verräterin«, sagte Majka, »du hättest ihm gar nichts davon sagen müssen. Er ist doch schon fertig gewesen. Und jetzt haut er sowieso ab.« Majka war einen Sprint geschwommen, von einem der Wellenbrecher zum anderen. Ich hatte ihre Zeit gestoppt.

»Rubin wollte nicht dich«, sagte ich und hielt ihr das Handtuch hin. »Er hat dich weggeschickt, damit er mit mir allein sein konnte, und du hast es nicht gemerkt. Er hat seinen Arm um mich gelegt. Er hat meine Hand genommen, wenn du nicht hingesehen hast. Als ich aufs Klo gegangen bin, ist er mir hinterhergelaufen.«

Majka hörte auf, ihre Beine trockenzureiben. Sie rollte das Handtuch zusammen, stopfte es in ihre Tasche und ging davon. Nach einer Weile drehte ich mich um und sah sie die Böschung hinaufklettern. Erst warf sie die Tasche hinauf, dann hielt sie sich mit beiden Händen an Kiefernwurzeln und Dünengras fest und zog sich in einer einzigen Bewegung daran hoch. Die Muskeln über ihren Schulterblättern waren so stark und beweglich geworden, daß es aussah, als würden ihr Ansätze von Flügeln wachsen. Ich sah Majka nach, bis ihr rotblondes Haar zwischen den Kiefernstämmen verschwand.

Kommt der Geier, stürzt sich herab

Der Sommer war zu Ende, und Tante Apolonia durfte sterben. Wir brauchten sie nicht mehr, denn wir brauchten das Café Saratoga nicht mehr, und der neue Mittelpunkt der Welt war Bremen in Bundes. Bevor Tata ging, verkündete er Apolonias Tod, und niemand fragte, wie es geschehen war, niemand wollte wissen, wo sie begraben war, sie unterdrückten ein Grinsen und sagten: »Möge die Erde leicht auf ihr sein«, und ich wußte längst, daß es nicht die Erde war, sondern das Meer, das Tante Apolonia und ihre 60 000 Sünden bedeckte. Die Fremdenverkehrsstalinisten konnten uns egal sein, denn wir verließen Hel für immer. Witek »der Abzocker« kaufte das Café Saratoga, und mir wuchs allmählich eine zweite Brust.

»Jetzt hat er uns endgültig im Stich gelassen«, sagte Mama. Tata hatte nur ein Touristenvisum und durfte nicht länger als drei Monate in Bundes bleiben, aber ich wußte, daß Tata alles tun würde, um nicht zurückkehren zu müssen, und auch, daß Tata nicht ohne uns leben konnte, nicht ohne mich. Ich wußte nicht, was es hieß, ohne Tata zu sein. Ich vermutete, ohne ihn zu sein war wie aufzuwachen an einem Ort, an dem ich nicht sein wollte, und an einem unvollkommenen Tag. Ich dachte nicht an die Zukunft. Ich dachte an Tata. Er war nach Bundes gefahren und hatte den Mittelpunkt der Welt mitgenommen.

In diesem Winter fehlten viele in der Schule. Ania war bereits nach Bundes gegangen, und Majka und ich liefen morgens Schulter an Schulter wie früher, nur daß Majkas Schulter jetzt höher war als meine.

Fast jeden Morgen packte sie ihr Schwimmzeug ein und fuhr nach der Schule zum Training in die Schwimmhalle nach Danzig.

»Warum nach Danzig?« fragte ich.

»Die haben ein Fünfzig-Meter-Becken«, sagte Majka.

Manchmal brachte ich Majka zum Bahnhof und sah zu, wie sie sich eine Fahrkarte kaufte und in die Kolejka stieg, die von Gdingen über Sopot nach Danzig fuhr und so die Route von Agat und Rubin spiegelte. Neuerdings toupierte sich Majka den Pony auf. Die Kolejka fuhr davon, rot, gelb und blau wie ein Spielzeugzug. Ich drehte mich um und ging nach Hause.

Weil morgens kein perfekter Tag mehr auf mich warten konnte, ging ich früh ins Bett und konzentrierte mich darauf, so fest zu schlafen, daß ich mit ein wenig Glück nicht aufwachen müßte, nicht einmal nachts zum Pinkeln, denn das bedeutete, an Mama vorbeigehen zu müssen und mich fragen zu lassen: »Wohin gehst du? Was machst du?« oder auf Majka zu treffen, die gerade nach Hause kam in einer warmen Duftglocke aus salzigem Haut- und Haargeruch. Wenn ich dennoch aufwachte vom Stechen in meiner Blase, rieb und schaukelte ich mich zurück in den Schlaf, bis Majka manchmal fragte »Rubbelst du?«, und ich antwortete ihr nicht, damit die Nacht nicht so früh schon zu Ende wäre. Doch die Nacht ging jeden Morgen zu Ende, was immer ich versuchte, und oft wurde ich wach, weil das Laken steif und feucht war unter mir. Aber lieber wachte ich in meinem eigenen Urin auf und bekam eine ganze lange, dumpfe Nacht des Vergessens dafür, als wach zu liegen und an den nächsten Tag ohne Tata zu denken. Einen solchen Tag konnte man ebensogut mit dem Waschen vollgepißter Laken verbringen.

»Trink nicht soviel vor dem Schlafengehen«, sagte Mama zu mir. »In deinem Alter! Merkst du denn nicht, wann du raus mußt?« und zu Majka: »Schlaf bei mir, wenn es dir stinkt«, aber Majka schlief nicht mehr bei Mama, und ich sah erstaunt zu, wie sie anfing, Mamas Berührungen auszuweichen, die sie schließlich genauso mied wie ich. Manchmal kam Majka nachts zu mir ins Bett. Dann redete sie, ohne eine Antwort zu erwarten, und ich hielt die Augen geschlossen und hörte Majka zu, fühlte ihren Atem an meinem Ohr, ihre großen, sich über die Monate gleichmäßig aufpumpenden Brüste in meinem Rücken und roch jeden Tag etwas anderes an Majka. Mal roch sie aus dem Mund nach Pilzen und unter den Achseln nach Zitronenmelisse, mal scharf und säuerlich nach etwas Gegorenem wie Brotsuppe.

»Sie wachsen und wachsen, und deine?« flüsterte Majka. »Mir paßt bald kein BH mehr. Beim Schwimmen ist das blöd, gut, daß ich trainierte Brustmuskeln habe, die alles dicht am Körper halten.«

Majka fing an, mir nachts handwerkliche Instruktionen zu geben, die sich unter der Überschrift: »ein Kissen zwischen die Beine schieben« zusammenfassen ließen.

»Hast du mal versucht, dir ein Kissen zwischen die Beine zu schieben?« fragte sie.

»Hast du mal versucht, deine Nippel zu quetschen?« fragte sie dann. »Entschuldigung, deinen Nippel! Du muß sie zwischen den Fingern quetschen, und dann treffen sich die Schmerzen von jedem Nippel in der Mitte und laufen in einem Strahl hinunter bis zur *cipka*.«

»Hast du mal versucht, an der Spitze deiner *cipka* zu reiben? Du mußt auf deinen Finger spucken und mit dem nassen Finger nach dem Dorn suchen.«

»Hast du mal versucht, etwas in dein Loch zu stekken?«

Ich hatte nichts von alldem versucht, aber ich war sicher: Ich hatte keinen Dorn, und ich hatte kein Loch.

Wenn Majka einmal doch zu Hause war, fing sie nachmittags an zu gähnen und sagte: »Ich mach eine kleine Pause.« Dann verschwand sie für eine Viertelstunde in unserem Zimmer und suchte dort vermutlich nach ihrem Dorn. Einmal zeigte sie mir den Mittelfinger ihrer rechten Hand: Seine Kuppe war wellig und weißlich aufgequollen.

»Du müßtest eigentlich längst deine Tage haben«, sagte sie in der Nacht. »Sogar in meiner Klasse haben sie schon einige.«

»Ich habe kein Loch«, sagte ich.

»Natürlich hast du ein Loch.«

»Ich habe kein Loch«, sagte ich. »Ich fühle keins.«

»Du kannst auch keins fühlen, wenn du nichts hineinsteckst.« Majka wälzte sich auf mich und versuchte, mich an die *cipka* zu fassen. Ich drehte mich auf den Bauch und zog mir das Nachthemd zwischen die Beine. »Was wird Tata sagen, wenn seine kleine Frau kein Loch hat, aus dem die nächste Generation flutschen kann! Das ist, wie wenn sein Scheißsame auf die Erde fällt und seine Scheißgene das Klo runtergepült werden!«

»Laß mich, ich will schlafen!«

»Du willst mit Tata schlafen! Hast du Tatas Schwanz gesehen?« fragte Majka.

»Natürlich habe ich seinen *sisiak* gesehen, hundert Mal, bei Delfine!«

»Sag nicht *sisiak*, mir wird schlecht – sagt *sisiak* und pißt jede Nacht ins Bett! Hast du überhaupt schon mal einen richtigen Schwanz gesehen?«

Ich hatte hunderte *sisiaki* gesehen, Tatas, Bocians, die von Pferden, Hunden und Bekannten. Tata zeigte seinen *sisiak* mit demselben Gestus her wie seine Hekkenschere von Gardena: »Hiermit habe ich die Hecke beschnitten und die Brennesseln ausgerottet.« – »Hiermit habe ich euch gezeugt und eure Mutter erzogen!« Tatas *sisiak* war brombeerfarben, fast schwarz, mit einem bläulichen Hut, wie ein giftiger Pilz, weshalb die Frauen davor erschraken. »Wie der des Teufels, könnte man meinen«, sagte Tata zu Bocian, »dabei bin ich aus demselben Holz wie Jesus. Bestimmt hatte Jesus auch einen schwarzen!«

Seit Majka eine Pionierin der Dornen, Löcher und Schwänze geworden war, begann ich, ohne es zu wollen, von Tatas *sisiak* als Schwanz zu denken. Nachts schlief ich ein mit dem Halbtraum einer Jagd: Tata jagte mich, wie er mich als kleines Kind gejagt hatte, durch die Wohnung in Gdingen. Ich schrie, ich rannte, und Tata rannte mir nach mit ausgebreiteten Armen, angewinkelten Ellbogen und Klauenhänden: »Kommt der Geier, kommt der Geier, stürzt sich herab!« kreischte er. Meistens kreischte Tata wie ein Raubvogel, manchmal aber verfolgte er mich lautlos, und das war das Schönste und Schlimmste. Ich brüllte mir die Zunge heraus, und Tata blieb finster und stumm und rührte sich kaum, und ich wartete auf den Moment, da die ganze Welt kippte und Tatas Gesicht ein fremdes wurde; das Gesicht desjenigen, der mich töten wollte.

Im Winter fuhr ich nach Chałupy.

Niemand stand auf dem Bahnsteig. Das Verkaufsfenster der Fischbraterei »Zum Perron« war vernagelt, und der Trampelpfad, der quer über den erfrorenen Rasen zur Kaperska führte, war eine einzige vereiste Pfütze. Es war, als liefe ich durch ein anderes Chałupy, ein Gegen-Chałupy, das sich auf der anderen Seite der Welt befand. Am Kiosk gegenüber dem Café Saratoga war das Schutzgitter heruntergelassen, und im Café Saratoga stand Joasia Trembel, die Frau von Bocians Nachbarn, hinter der Theke. »Wir haben geschlossen«, sagte sie, als ich durch den Türspalt schaute, und ich fragte nach Bocian.

»Der ist doch immer zu Hause«, sagte Frau Trembel.

Die Armee der Kellnerinnen, der Fischbrater und Postkartenverkäufer hatte sich aus Chałupy zurückgezogen. Vieles war anders geworden seit dem Sommer: Am Giebel des kleinen weißen Hauses hing das neue alte Schild »Kawiarnia Zatoka«: »Café Bucht«. Familie Trembel und der Abzocker aßen jetzt unsere Kartoffeln, und Bocian war immer zu Hause.

Bocian öffnete, die Haare bis an die Wurzeln abgesengt.

»Hast du wieder geräuchert?« fragte ich und zeigte auf seinen Kopf.

»Ich mache das mit einer Kerze«, sagte Bocian. »Ich esse gerade, aber komm rein!«

Ich war noch nie bei Bocian gewesen, da Bocian immer bei uns gewesen war. Bocian wohnte in einem alten ockerfarbenen Fischerhaus mit einem flachen rot-weißen Sechziger-Jahre-Anbau. Das Fischerhaus war vollgestopft mit dem Ceynschen Gerümpel der letzten vierhundert Jahre. Bocian führte mich durch niedrige Zimmer mit gekalkten, balkengeäderten Decken, durch ein Labyrinth aus übereinandergestapelten, speckig glänzenden Tischen und Stühlen, aus Bergen von in alte Zeitungen gewickeltem Geschirr. Zwischen den Türmen aus Kartons und Koffern stand kalte Luft. Bocian wohnte offenbar nur im Anbau. Eine Schiebetür aus geriffeltem Glas führte dorthin, die sehr quietschte, und Bocian ging zum Herd und drehte die Flamme unter dem Topf herunter. Im Anbau war alles aus Kunststoff und Sperrholz, alles vergilbt, aber sauber, nirgends ein Bild, eine Vase, ein Kalender. Es gab einen Herd, zwei Stühle, einen Tisch, einen Schrank und ein Gewürzregal. Auf dem Gewürzregal standen keine Gewürze, sondern Packungen mit den verschiedensten Vitamintabletten.

Seit Tata Bocian kannte, hatte er Onkel Tuba in jedem Päckchen Vitamintabletten mitschicken lassen. Bocian fürchtete Vitaminmangel mehr als den Tod, seit er in Schleswig-Holstein gewesen war – in jenem Land, das dem Schiff, von dem der erste Schuß auf Hel abgefeuert worden war, seinen Namen gegeben hatte. Halb Hel war damals verschleppt worden, Kaschuben und Polen, nur die älteren waren geblieben, zusammen mit 60 000 deutschen Soldaten und unserer Tante Apolonia. Tante Apolonia in ihrem kleinen weißen Haus an der Kaperska war so etwas wie die Samenhülse des Übels gewesen; verdorrt, nachdem sie das Böse über Hel verstreut hatte. Bocians Vater dagegen war die Frucht des Guten gewesen und Bocian sein Keim. Bocians Vater hatte sehr gut ausgesehen. Er hatte von Tante Apolonia, der Nymphomanin, nichts wissen wollen, und so war er, der immer nur hatte räuchern wollen, von ihren Helfern verschleppt worden, wie viele verschleppt worden waren auf die Baustellen und Höfe, in die Fabriken und Lager. Bocian nahmen sie auch mit, aber in Schleswig-Holstein kamen Bocian und sein Vater in verschiedene Lager.

Bocian erzählte die Geschichte seiner Befreiung meinem Tata, nachts im Café Saratoga: Sein Vater kam, Bocian zu befreien, denn ihm war die Flucht gelungen, zurück nach Hel. Dort hatte er sich einen Fischkutter geliehen, denn auf Hel leiht man sich gegenseitig sogar Fischkutter, wenn man sich von klein auf kennt. Es war eine kaschubische Befreiung, nachts über das Meer, bei stürmischem Wetter und in einer ungünstigen Mondphase fürs Fischen. Eine unmögliche Befreiung, aber Bocian behauptete, genauso sei es geschehen. Geblieben war Bocian die Angst vor Vitaminmangel und vor Läusen, die sich in seine Körperhaare verbeißen könnten. Deswegen ging Bocian oft zu nah ans Feuer heran.

Ich setzte mich an den Tisch. Bocian stand am Herd und trug nichts als eine Gummihose mit Trägern, wie sie die Fischverarbeiter trugen. Unter dem Latz kräuselten sich die letzten Reste seines versengten Brusthaars.

»Schön hast du es hier«, sagte ich.

»Es ist übersichtlich und sauber«, sagte Bocian, drehte das Feuer aus und begann, mit einem Kartoffelstampfer im Topf herumzustampfen. »Was willst du, Fröschlein?«

»Ich wollte dich besuchen und Chałupy im Winter sehen.«

»Im Winter gibt es hier nichts zu sehen, das siehst du doch. Im Winter geschieht nichts außer am Himmel. Im Winter haben die Sterne ihr Solo.« Bocian kippte den Inhalt des Topfes in einen tiefen Teller, stellte den Teller auf den Tisch, setzte sich und begann, mit einer Gabel den Matsch aus gekochtem Kohl, Kartoffeln und kleingeschnittener Wurst noch weiter zu pürieren.

»Tut mir leid«, sagte er, »ich biete dir nichts an.«

»Ich hab keinen Hunger«, sagte ich. »Bocian?« fragte ich. Ich mußte weinen. »Ich kann ohne Tata nicht leben!«

Bocian hackte so heftig auf seinen Matsch ein, daß Brühe auf die Tischplatte spritzte. Er tupfte die Spritzer mit dem Finger auf und leckte den Finger ab.

»Was findet ihr Frauen nur an diesem Klugscheißer?« fragte er. »Betatscht euch mit seinen dreckigen Zuhälterfingern, piekst euch mit seinem schwarzen Stöckchen, und ihr denkt, daß es Amors Pfeil selbst ist. Erst letzte Woche saß Ilonka Gutgraf vor mir, genau wie du: Ich kann ohne ihn nicht leben! Und vor zwei Wochen die Kleine. Dieser Cybula, das Arschloch! Haut ab und läßt mich seine Weiber trösten!«

»Ich bin seine Tochter!« sagte ich.

»Jaaa!« sagte Bocian, »Töchter hat er viele!«

Er legte die Gabel beiseite, griff nach dem Löffel, der daneben lag, und schaufelte den Matsch in sich hinein. Es war ein riesiger alter Silberlöffel, und Bocian schob ihn weit in den Mund. Er sperrte die Kehle auf, schluckte wie eine Schlange, ohne zu kauen, und nach viermal Schaufeln und Schlucken war der Teller leer. Sofort stand er auf, lief mit Teller, Löffel und Gabel zum Spülstein, wusch alles sauber ab, auch den Topf, griff nach dem Geschirrtuch und begann mit dem Abtrocknen. Sorgfältig polierte er das Silber und kratzte sogar mit dem in das Handtuch gewickelten Fingernagel die verschlungenen Monogramme aus.

»Flüssige Nahrung ist die beste Nahrung«, sagte er und machte sich ein Bier auf. »Es geht schnell, es paßt mehr in den Magen, und man weiß genau, was man zu sich nimmt.«

Ich sah ihm zu, wie er das Bier hinunterkippte und zwischen den Schlucken eine Pille nach der anderen auf seine Zunge legte. Jede Pille hatte eine andere Form und Farbe, und Bocian hatte sie zuvor sorgfältig vor sich an der Tischkante aufgereiht. Nachdem die letzte Pille verschwunden war, war auch die Bierflasche leer, und er nahm sich die zweite.

»Ich kann es ihm ja nicht verübeln«, sagte Bocian, »bei dieser Frau! Sitzt den ganzen Tag lang oben unter dem Dach, tut so, als würde sie lesen, und wenn sie mal herunterkommt, meckert sie nur rum und beschwert sich über den Gestank, stellt überall Duftschälchen auf, macht ein weinerliches Gesicht. Vollkommen asexuell! Du hast dich übrigens gemacht, Fröschlein, sehe ich da etwa zwei Titten?«

»Ja«, sagte ich. »Tata wird sich freuen, wenn er wiederkommt.«

»Er kommt nicht wieder«, sagte Bocian, »niemand kommt wieder, und nächstes Jahr seid ihr auch dort, im Reich, und werdet nicht wiederkommen.«

»Wir fahren Tata besuchen.«

»Jaja, besucht ihn! Und nehmt eure Nazitante mit, die verseucht hier noch das ganze Meer. Pfui, ich hab seitdem so ein komisches Gefühl beim Baden.«

»Wir kommen zurück«, sagte ich.

Bocian hörte gar nicht zu.

»Die einzige, die in Ordnung war, war die Kleine«, sagte er. »Schade um sie. Hat sich Mühe gegeben, war fleißig und dabei immer nett. Ein gutes, intelligentes Mädchen. Nicht wie diese Ölschlampe Marianna. Ein Mund, aus dem nur heißer Wind kommt, kann vielleicht gut blasen, aber wenn man dabei auf einen Kopf gucken muß, außen häßlich und innen hohl, dann macht das mir jedenfalls keinen Spaß. Vor zwei Wochen saß die Kleine da, wo du jetzt sitzt, ganz bleich, mit einem Schal bis über die Nase. Sie hat nach Cybula gefragt und angefangen zu heulen wie du. Er kommt nicht zurück, habe ich gesagt, und was Besseres kann ich dir auch nicht erzählen.«

Bocian nahm sich eine Zigarette aus der vollen Schachtel, die auf dem Tisch lag.

»Und Zigarette kann ich dir leider auch keine anbieten«, sagte er, »das war die letzte.«

»Danke«, sagte ich, ohne ihn anzusehen. Ich dachte an Hania und ihren kleinen Körper auf mir beim Engerlingspiel, ihre spitzen Hüftknochen, die sich in meine Oberschenkel gebohrt hatten. Ich dachte an Hanias durchsichtige Lider und ihr ruhiges Gesicht im Transformationsschlaf, an Tata im Wind vor dem Gartenhaus, an seinen Geruch in Hanias Kissen und die Feuchtigkeit in der Mitte des Lakens, ich dachte an die Wärme von Hania, als sie mich in die Decke und in Tatas Geruch eingeschlagen hatte, an die Röte, die sich ihr um Brust und Hals gelegt hatte wie ein Kragen und daran, daß vielleicht nur Hania verstand, warum ich ohne Tata nicht leben konnte. Ich fragte mich, ob eine Sehnsucht größer sein konnte, als meine Sehnsucht nach Tata, nach Hania und Hel jetzt bereits war.

»Entschuldigung«, sagte Bocian, »aber ist noch was? Ich hab ein bißchen zu tun.«

»Nein«, sagte ich, »danke. Mein Zug geht gleich.«

»Noch Probleme mit der Blase?«

»Kaum«, sagte ich.

»Ich vermisse deinen Anblick«, sagte Bocian, »jede Nacht zur selben Zeit, das Nachthemd hochgezogen und kurz davor, in die Bennesseln zu fallen.«

Ich stand auf und knöpfte mir den Mantel zu.

»Ich finde schon raus«, sagte ich.

»Das glaube ich nicht«, sagte Bocian. Er nahm meinen Arm und führte mich sicher durch den aufgetürmten Kronschatz der ältesten Fischerdynastie Chałupys zur Vordertür. Bocian schob mich hinaus in die Kälte, und ich sah ihn mir noch einmal genau an, Bocian, den Rock'n'Rocian, wie er dort in der Tür stand, im Wind, mit nacktem Oberkörper, angerußte Haarbüschel überall, sogar unter den Achseln. Die Gummihose schlotterte um seine Storchenbeine, und er lächelte zum ersten Mal, seit ich gekommen war. Ich ging, und er rief »Fröschlein!«, und ich blieb stehen und drehte mich um.

»Frohes Fest!« rief Bocian.

»Ja, frohes Fest!« sagte ich und lief weiter.

»Fröschlein!« rief er.

Ich drehte mich noch einmal um.

»Die Kleine, diese Hania, hat ihn gewickelt auf dem Mangeltisch meiner Großmutter!« brüllte Bocian gegen den Wind an. »Und ich hab seinen winzigen *sisiak* gesehen, Fröschlein! Er war blau wie ein Veilchen!«

Der Winter lag wie ein Hall über Gdingen. Er verstärkte das Klopfen von Metall gegen Metall und verlängerte sein Echo ins Unendliche. Ich ging zum Hafen hinunter und sah den Schiffen zu. »Agat« oder »Rubin« waren nie dabei. Ich wartete nicht auf sie, kannte ihre Ankunftszeiten nicht und rechnete auch nicht nach. Ich wußte nicht einmal, ob Agat und Rubin im Winter überhaupt fuhren. An der Mole stand ich, die Hände in den Taschen, und sah Schiffen zu, die mich nichts angingen. Ich stellte mir nicht einmal ihre Routen vor, sah nur, was sie luden und entluden: Menschen, Kisten, Paletten. Wenn ich Glück hatte, kamen die Kellnerinnen. Sie kamen aus dem Hafenrestaurant getrippelt; ein Aufmarsch der Kellnerinnen in kurzen schwarzen Röcken und dünnen weißen Blusen, sie stellten sich an der Mole auf in Erwartung des Schiffes, das etwas für sie hatte; ein paar Kartons Kondensmilch, eine Ladung Papierservietten, Konserven, Zucker. Die Kellnerinnen bückten sich unter dem Nieselregen und verzogen die Gesichter, sie drehten die Köpfe so, daß ihnen der Wind die Frisur nicht zerstörte, und klemmten sich die Hände unter die Achseln, weil sie froren. Wenn das Schiff kam, nahm jede einen Karton, eine Büchse oder eine Tüte in Empfang, und jede lachte über die Witze der Besatzung, und jede trippelte zurück zum Restaurant, den Karton oder die Büchse oder die Tüte fest an sich gepreßt. Es war, als gebe es auf der Welt nichts Zarteres als die Kellnerinnen.

Zu Weihnachten kam ein Paket von Tata aus Bundes. Neben Süßigkeiten und Schokolade waren darin sechs Äpfel, so grün, daß sie von selbst leuchteten. Sie waren in eine violette Schale gebettet wie Pralinen und mit einer zarten, durchsichtigen Folie glasiert.

»Wieso schickt der uns Äpfel?« fragte Mama. »Ist der jetzt völlig durchgedreht?«

Von Cyprian kam eine Karte. Auf der Vorderseite lag das Jesuskind auf einem Strohballen, darüber schwebten zwei Engel, eine Schild in den Händen, darauf der Schriftzug: »Halleluja«. Auf der Rückseite wünschten Cyprian, Ala und ihr Sohn uns ein frohes Fest. Daraufhin ging Mama ins Bett und stand auch am Abend nicht auf, obwohl es Fisch in Aspik gab.

»Dann kann ich ja gehen«, sagte Majka und schaute auf ihre neue Armbanduhr, die in Tatas Paket gewesen war.

Im Badezimmer zog sich Majka ihr blaues Kleid an, dessen Schulterpolster sie älter machten und noch breiter, als sie ohnehin schon war. Vor dem Spiegel schminkte sich Majka die Lippen. Dann spuckte sie auf ihren rechten Mittelfinger, den Dornsucherfinger, und strich sich damit die Augenbrauen glatt.

Irgendwann im Herbst hatte Majka zu zupfen angefangen, und mit dem finsteren Wirbel über ihrer Nase war auch der böse Blick verschwunden. Als Majka klein gewesen war, hatten fremde Leute Mama ständig auf sie angesprochen, auf ihre Ernsthaftigkeit und ihre Farben. »Interessante Farben«, hatten sie gesagt, »rote Haare und dunkle Augenbrauen!« Aber meistens hatten sie Majka dazu noch in die Wange gekniffen und gerufen: »Lach doch mal!«

Majka zog eine Strickjacke über ihr blaues Kleid

und darüber den Mantel. Sie setzte ihre Mütze auf und wickelte sich den Schal mehrmals um den Hals. »Es ist doch gar nicht so kalt, aber es regnet«, sagte ich und gab ihr den Schirm.

»Es schneit«, sagte Majka.

»Es schneeregnet«, sagte ich. »Wohin gehst du?«

»Weg«, sagte Majka und ging weg.

Ich ging in die Küche, nahm mir von dem Fisch in Aspik, setzte mich damit an den Tisch und aß. Hinter der Fensterscheibe war es dunkel. Ich sah mich in der Scheibe essen, verschwommen und gedoppelt: ein Mädchen aus dem Kaleidoskop, mit vier Augen und vier Nasen, einem Doppelkinn und einer sehr hohen Stirn. Irgendwann hörte ich Mama weinen. Ich tat etwas von dem Fisch auf einen zweiten Teller, legte Brot daneben und trug beide Teller ins Schlafzimmer.

Mama saß da mit einer feuchten Oberlippe. Ich stellte den Teller neben sie auf das Bett.

»Wo ist Majka?« fragte Mama.

»In der Kirche«, sagte ich.

Ich stand neben dem Bett und ließ mich ansehen, in Vertretung von Majka.

»Setzt dich hin, Sonja«, sagte Mama. Ich setzte mich ans Fußende. »Hierhin«, sagte Mama, nahm ihren Teller auf den Schoß und rückte ein Stück zur Seite. Ich setzte mich neben sie, und Mama schlug mir ein Stück Decke über die Beine.

»Liebe Sonja«, sagte sie feierlich, »jetzt kommt es auf dich an. Mein Leben ist ohnehin vorbei, also ist es deine Entscheidung. Ich weiß nicht, was dein Vater dort drüben macht, in Bundes, ob er Mädchen hat und ob das alles wahr ist, was er über seine Arbeit schreibt. Aber ihr hättet dort eine Zukunft. Ihr könntet Englisch lernen, studieren, arbeiten, reisen, wohin ihr möchtet. Es ist ein gutes Land. Vielleicht hätten wir dort eine Wohnung mit einer Terrasse oder wenigstens mit einem großen Balkon. Mir ist es gleich, denn das Grausen wird mich einholen. Aber wenn du dich für Bundes entscheidest, liebe Sonja, mußt du wissen, daß du mich wieder dem Menschen auslieferst, den ich am meisten verabscheue. Sein Gerede macht mich krank. Es ist ein Teil meines Grausens. Meine Ohren bluten davon. Jetzt erholen sie sich allmählich, und schon will er mich wieder zu sich holen. Du mußt abwägen, Sonja! Ich würde mein Land zurücklassen, meine Heimat, die ich liebe, obwohl ich hier meistens unglücklich war, das kannst du nicht verstehen. Doch einmal, für ganz kurze Zeit, war ich glücklich, und das wiegt am schwersten. Ich weiß, du willst zu deinem Vater, an dem du aus tausend Gründen hängst. Aber denk daran, was ich zurücklassen muß. Meine Liebe ist hier, Sonja, und das wiegt schwerer als alles andere. Meine Liebe ist hier! Ohne die Erinnerung an diese Liebe, ohne den Ort, wo ich glücklich war, bin ich fast tot. Denk daran, wenn du dich entscheidest! Nein, denk nicht daran! Geh auf die Straße! Mach einen Spaziergang wie Majka! Und denk ganz unbefangen darüber nach! Es ist deine Entscheidung.«

Der Fiat Mirafiori war so vollgepackt, daß die Stoßdämpfer knirschten und das Dach sich wölbte. In Rumia fuhren wir an einem Garten vorbei, in dem ein kleiner Junge saß und in Eingeweiden spielte. »Guckt euch das an, wenigstens müßt ihr so was bald nicht mehr sehen«, sagte Mama. Der Junge in den Eingeweiden tat mir leid mit seinen verschmierten Knien, seinen zu kleinen Hosen, seinen dreckigen Haaren und wie er da zwischen der aufgehängten Wäsche spielte, die Streifen von Blut und Ruß abbekommen hatte. Wir sahen aus dem Heckfenster, wo es nicht ganz zugepackt war. Wir fuhren davon, und der kleine Junge mit seinem Gedärm, seiner Wäsche und seinem Dreck blieb zurück, er blieb allein zurück mit seinen schmutzigen Spielen, am Rand der Welt.

Mercedes

An der ersten Tankstelle in Bundes wartete Tata auf uns. Er lehnte an einem silbergrauen Mercedes und trug eine Pappkrone auf dem Kopf. Der Mercedes sah aus wie eine Rakete.

Als wir in Bundes waren, kippte die hellblaue Farbe des Himmels ins Violette. Die Straße war breit; gleich hinter Naziland, das wir, mit angespannten Muskeln und fast ohne uns zu rühren, durchfahren hatten, war sie zur Bundesautobahn geworden, einer Straße aus Samt, und der Fiat Mirafiori war leicht, wir fuhren, und es war wie ein Gleiten. Majka schlief, oder sie tat so. Ich sah die Tankstelle schon von weitem. Ich beugte mich vor. Es gab einen Blitz, eine lautlose Explosion, ein Aufgleißen. Die ganze Tankstelle brannte wie ein Eispalast von innen mit blauem Feuer. Sie hatten das Licht angemacht.

Wir hielten neben dem Mercedes, und ich bekam die Tür vom Mirafiori nicht schnell genug auf. Mama tat nichts weiter, als die Hände vom Lenkrad zu nehmen und mir hinzuhalten. Ich sollte das Zittern beachten, aber ich sah nicht richtig hin, ich stieß die Tür auf, weil ich auf Tata zurennen wollte, doch die Beine knickten mir ein. Kein Blut war mehr darin vom langen zusammengekrümmten Sitzen, sie fühlten sich innen porös und außen pelzig an, aber jetzt schlugen meine Knie vor dem Mirafiori auf den Asphalt, und ich konnte meine Beine wieder spüren. Ich kam hoch und lief zu Tata wie durch Wasser.

»Majbojo!« sagte Tata im Auto und gab mir eine Zigarettenschachtel. Ich zog eine Majbojo aus der Packung.

Tata drückte auf einen Knopf, grinste und deutete mit dem Zeigefinger auf einen Knopf an der Mittelkonsole. Ich sah den Knopf an, ich sah mich um im Auto, nichts passierte, bis es schließlich einen Knack gab. Der Knopf war ein Stück herausgesprungen. »Zieh!« sagte Tata, und ich zog und hielt den Knopf in der Hand. Er glühte an einem Ende. Ich hielt das glühende Ende gegen die Spitze der Zigarette und saugte Glut in die Majbojo hinein für Tata. Er und ich bliesen Rauch aus. Wir schauten über die Schultern zurück. Der Mirafiori war hinter uns, und in seinen starren, eng beieinander stehenden Scheinwerfern verfolgten uns Mamas und Majkas Augen. »Ich erzähle dir von Mercedes«, sagte Tata.

Onkel Tuba hatte beschlossen, Tata mit zu Mercedes zu nehmen, und Tata war früh aufgestanden und erst einmal aufs Klo gegangen. »Und als ich so saß und schiß und eine Majbojo rauchte in meinem Denktempel«, sagte Tata, »hab ich beschlossen, nichts dem Zufall zu überlassen.« Onkel Tuba zog bei Mercedes am Band Schrauben nach, und das war nichts für Tata. Er hatte keine Lust, überall hineinzukriechen und sich dabei die Glieder zu verrenken. »Du siehst so klein und geschickt aus, dich lassen sie auch Schrauben nachziehen«, hatte Onkel Tuba gesagt, und Tata kam zu dem Schluß, daß es besser sei, groß und unbeholfen auszusehen und eine Arbeit zu bekommen, bei der man sich nicht soviel bewegen mußte. Also stand Tata auf und zog sich zwei Hosen an und drei Pullover

übereinander und ging breitbeinig zur Straßenbahnhaltestelle, um zu Mercedes zu fahren. Er paßte kaum
durch die Falttür der Straßenbahn, und schließlich teilte der Meister Tata zum Türenmontieren ein, weil er
so einen kräftigen Eindruck machte. Die Frauen und
die schmächtigen Männer mit den feinen Händen hatten weiche weiße Handschuhe anbekommen und waren zum Polieren abgestellt worden. Vom Polieren erzählte Tata mit Neid und Ehrfurcht.

»Das ist Bundes!« sagte Tata. »Sie massieren das
Auto wie eine Frau. Sie ziehen sich Handschuhe an
und kitzeln die Karosserie und streicheln den Lack und
fahren die Ritzen nach, als ob sie kleinen Babys die
Möschen ausputzen.«

Gleich zu Anfang hatte der Meister einen Film gezeigt. In dem Film ging es darum, daß Tata und die
anderen auf eine Menge achten müßten, damit die
Autos keine Kratzer abbekämen. Ein Arbeiter kam
darin vor, der einen 50 000-Mark-Schaden verursacht
hatte, weil er mit seiner Hand irgendwo dazwischen-
geraten war. »In dem seiner Haut möchtet ihr nicht
stecken«, hatte der Meister gesagt und auf den Pause-
Knopf an der Fernbedienung gedrückt. Das mochte
wirklich keiner, denn der Arbeiter hatte nebenbei noch
einen Arm verloren. Aber leid tat Tata vor allem das
Auto, das, die silberglänzende Haut entlang des Kot-
flügels bestialisch aufgerissen, im Standbild vor sich
hin flimmerte, als zittere es noch vor Schock und
Schmerz.

Genau so ein Auto fuhr Tata jetzt, ein Auto, das eins
war mit der sattgrauen Straße, und ich flog wie in einer Rakete durch Bundes. Die Pfauenfedern. Immer
wieder erzählte Tata von den Pfauenfedern, wie er im

Café Saratoga Bocian davon erzählt hätte: »Sie fahren die *Mercedesy* durch Pfauenfedern, das haben sie in dem Film gezeigt. Sie fahren die *Mercedesy* durch einen Tunnel aus Pfauenfedern, und das sind die größten und besten Pfauenfedern, die es gibt, sie schillern wie Öl auf einer Pfütze, und wenn die Autos da durchfahren, fächeln die Federn ihnen den letzten feinen Staub weg.«

Ich wollte Mercedes unbedingt von innen sehen. Es mußte eine Alhambra sein mit gepolsterten Ecken, ein samtausgekleideter Riesenpalast, glänzend wie die Messingstadt und funkelnd wie Alibabas Höhle, ein stoßgedämpftes Shangri-La voller Salben und Narden für die Autos von Bundes.

»Tata, warum hast du eine Krone auf?« fragte ich.

»Ich könnte sagen, weil ich der König von diesem verrückten, herrlichen Bundes bin«, sagte Tata, »aber ich lüge Kinder nicht an. Die Krone kriegt man hier zum Essen dazu.« Tata nahm die Pappkrone ab und warf sie auf die Rückbank. »Das ist albern«, sagte Tata. »Und du bist vielleicht gar kein Kind mehr. Hast du inzwischen deine zweite Brust?« fragte er.

»Ja«, sagte ich.

»Deine Tage?«

»Nein«, sagte ich.

»Majka?«

»Erst ich, dann Majka.«

»Das ist die richtige Einstellung für eine Erstgeborene«, sagte Tata.

Der Himmel wurde dunkelviolett, und es fing an zu regnen.

»Scheiße, ich seh nichts mehr!« sagte Tata und beugte sich vor.

»Mach doch den Scheibenwischer an!«

Zahlen, Striche und Punkte leuchteten in der Schwärze des Armaturenbretts wie eine giftige Bonbonmischung. Tata sah sich jeden einzelnen Leuchtpunkt genau an.

»Weißt du nicht, wie die Scheibenwischer angehen?« fragte ich.

»Es ist Tubas Auto«, sagte Tata.

Er nahm eine Hand vom Lenkrad und tastete das Armaturenbrett ab.

»Hm«, sagte er. »Es ist ein Automatik.«

»Warum macht er dann nicht einfach die Scheibenwischer an, wenn es regnet?«

Tata legte einen Schalter um, und das Dach war weg. »Tata, wir haben das Dach verloren!« brüllte ich, aber Tata konnte mich nicht hören. Sein Kopf sah aus, als hätte jemand einen Eimer Wasser darübergekippt. Er riß den Mund auf und gab Gas. Wir wurden schneller und schneller. »Das Dach!« schrie ich und sah mich um, ob es irgendwo hinter uns auf der Autobahn läge und kleiner und kleiner würde, und dann brüllte ich noch lauter und packte Tata am Arm, denn wir hatten Mama verloren.

Als ich zum zweiten Mal aufwachte in dieser Nacht, waren meine Wangen noch immer kalt vom Wind und vom Regen, und das Laken unter mir war feucht. Majka schlief, ihr Gesicht leuchtete weiß und streng im Halbdunkel, und ich berührte mit meinem Bein Majkas Bein, das heiß war und mir trotzdem nicht lebendig vorkam. Majka hatte seit dem anderen Deutschland kein Wort mehr gesagt.

Tata hatte sich totgelacht über Majkas und Mamas

nasse Gestalten und über Mamas Kleid, das schmutzig-
blau an Mama herunterhing. Lange hatten Mama und
Majka schon so gestanden. »Warum habt ihr euch
nicht ins Auto gesetzt?« hatte Tata gefragt. »Damit du
das siehst!« hatte Mama gesagt und Majka Tata entge-
genstoßen wollen, aber Majka hatte sich nicht stoßen
lassen. Tata hatte im Kofferraum des Mercedes nach
einem Abschleppseil gesucht, Mama war wieder hinter
das Steuerrad des Mirafiori gekrochen, und Majka hatte nicht mitfahren wollen im Mercedes, auf dessen Sitzen lauter kleine rauhe Pocken aufgeblüht waren, wo
die Regentropfen auf das Leder geschlagen waren.

In der Wohnung setzten wir uns alle an den Tisch,
und Tata ging in die Küche. Im grellen Licht schimmer-
ten seine Haare grau. Er hockte sich vor den Kühlschrank und stapelte Päckchen und Packungen auf seine Knie. Eine Hand schob er unter den Boden des
Stapels und fixierte ihn oben mit dem Kinn, und mit
dem Fuß trat er die Kühlschranktür zu. Wie einen
Fang silbriger Fische ließ er alles auf den Tisch gleiten,
das Essen, in einzelnen Portionen, sauber voneinander
getrennt. Majka und Mama starrten es an, als hätte
Tata blutiges Aas vor ihnen ausgebreitet. Tata riß die
Packungen auf, schälte Folie ab in Durchsichtig, Silber
und Gold.

Ich fing an, Türme zu bauen aus Brot, Wurst, Käse
und Tomaten. Ich konnte nicht aufhören damit, damals in der ersten Nacht in Bundes. Meine Finger wurden fettig, ich fischte zwischen den Folien, und Mama
schüttelte sich vor Ekel. Sie nahm eine Scheibe Brot,
bestrich sie mit Marmelade, schnitt sie durch und gab
die eine Hälfte Majka. Irgendwann gingen wir ins Bett,
Majka und ich. Majka stürzte sich sofort in den Schlaf.

Ich schlief ein unter ihrem Atem, der nach Johannis-beeren roch, und wenig später wachte ich wieder auf, den Mund fest geschlossen um meinen eigenen Atem, in dem sich die starken Aromen von Bundes mischten. Im Wohnzimmer hörte ich Mamas hohes Flüstern. So-fort schoß mir mein Destillat aus den Limonaden von Bundes in die Blase.

Tata und Mama saßen am Wohnzimmertisch, und Tata hatte die Hand auf Mamas Rücken gelegt. Mama krümmte sich auf ihrem Stuhl.

»Die erste Nacht an einem neuen Ort entscheidet«, sagte Mama, ohne sich umzudrehen. »Wenn du heute Nacht an dich halten kannst, sind wir in Bundes we-nigstens dieses Problem los. Wenn nicht, wirst du noch ins Bett machen, wenn du verheiratet bist.«

Morgens aß ich wieder aus den Packungen. Majka aß ein Marmeladebrot. Dann schickte uns Tata hinaus in die Stadt. Mama schlief noch. Den ganzen Vormittag waren Majka und ich um Mama herumgeschlichen und hatten jeden Lärm vermieden. Tata stand in der Küche und beklebte die Fliesen mit Spiegelfolie. »Raus!« sagte er, als er uns sah, »raus auf die Straße mit euch!« Er legte das Teppichmesser hin, lief in den Flur, riß unsere Jacken vom Garderobenhaken und warf sie auf den Boden. »Wir sind jetzt Auswanderer«, sagte er, »Fluchttiere. Wir sind wie Antilopen oder Gnus in der Steppe. Junge Antilopen und Gnus müssen gleich nach der Geburt aufstehen und laufen, damit sie nicht von Raubtieren zerfleischt werden. Wenn ihre Beinchen einknicken und sie sich hinlegen wollen, treten und sto-ßen ihre Eltern sie so lange, bis sie wieder hochkom-men, und das ist ihre einzige Chance in der Steppe.«

Majka und ich liefen den langen grauen Flur entlang,
stiegen in den Fahrstuhl und fuhren sechs Stockwerke
hinunter in die Stadt. Der Fahrstuhl in Tatas Haus roch
nach Erbochenem wie das Wartehäuschen am Bahnhof in Chałupy. Der Fahrstuhl war vollgeschrieben mit
Sätzen, die Majka und ich nicht lesen konnten, und dazwischen bedeckten Hakenkreuze in einem Häkelmu-
ster die Wände. »Immer am Fluß entlanglaufen«, hatte
Tata gesagt, dann könnten wir uns nicht verirren. »Immer an die Wasserstellen halten, das liegt in den Genen.« Der Fluß war breit und grau, und neben uns fuhr
langsam ein Frachter. Tatas Haus war das größte und
schmutzigste. Alle anderen Häuser auf unserer Uferseite waren niedrig und sauber. Auf der gegenüberliegen-
den Seite gab es grünüberschimmelte Kirchtürme. Die
Spitzen der Kirchtürme verschwanden in den Wolken,
und an einem mehrstöckigen Haus leuchtete ein blauer
Anker durch den Dunst zu Majka und mir herüber, er
leuchtete im gleichen eisigen Blau wie die erste Tankstelle von Bundes, und dieses Blau war Bundes, aber
seine Form war Hel, seine Form war das geschwänzte
Kreuz von Jastarnia und der Menschenfischerkirche,
und ich sagte zu Majka: »Laß uns rübergehen«, und
Majka fragte: »Was?«, und ich sagte: »Da ist eine Brük-
ke!«, und es nieselte, und die Brücke war nicht weit.
»Wir sollen uns an das Wasser halten«, sagte Majka.
»Wir halten uns an das Wasser«, sagte ich, »nur auf
der anderen Seite.« Ich hatte keine Angst. »Bremen ist
eine Hansestadt«, hatte Tata gesagt, »wie Danzig. Wir
Hansestädter haben alle dasselbe freie Blut.«

»Was hast du mit der Hanse zu tun?« fragte Mama.
»Du hast das freie Blut eines rumänischen Taschen-
diebs!«

»Die Hansestädter sind *Biznesmeny*«, sagte Tata, »und *Biznesmeny* sind schon aus Zeitmangel gute Menschen; sie sind zu beschäftigt für Raub, Mord und Vergewaltigung.«

Auf der Brücke traf Majka und mich ein eisiger Wind. Der Frachter fuhr unter der Brücke durch, er fuhr hinunter zum Meer, fuhr die Stadt in ihrer ganzen Länge ab, bis hinunter zum Hafen, der eine Stadt für sich war. Wir waren in einer länglichen Stadt, in der sich alles gegen das Wasser schob wie auf Hel. »Mir ist kalt«, sagte Majka. Eine Straßenbahn überholte uns. Ich wollte rennen, aber Majka nicht, sie versteckte ihre Hände in den Ärmeln. Ihre nackten Zehen krümmten sich in den Sandalen. In Bundes war es heute kalt. Auf der anderen Uferseite trugen alle außer Majka und mir Jacken und Schals und hatten Taschen und bunte Plastiktüten in den Händen. Es roch nach Fritten. In den Schaufenstern war es warm. Die Farben darin pulsierten, liefen ineinander, die Jacken und Schals liefen ineinander auf den Straßen, und bunte Fahnen flatterten über unseren Köpfen. In den Regen mischte sich Rosa, Lila und leuchtendes Grün. Es nieselte nicht mehr, die Tropfen waren jetzt groß und funkelten wie Prismen. Meine Ohren fingen an, innen und außen zu schmerzen, und der Fluß war nicht mehr da und der blaue Anker. Wir verloren die Richtung. Wir wußten nicht mehr, wo der Fluß lag. Wir bogen in eine Seitenstraße ein, links und rechts Backsteine. Ich hockte mich hinter eine Mülltonne, und Majka stellte sich vor mich, umfaßte ihren nackten Hals mit beiden Händen, während sie wartete und an den Leuten vorbeischaute. Ich zog meine Hose noch im Hocken hoch, stand auf und sah meiner Pisse zu, wie sie dunkel über rote Bodenplatten floß, die wie Bienenwaben aussahen. Majka befühlte ihre Stirn, die weiche Stelle zwischen Kinn und Hals. Sie sagte, sie habe Fieber.

Lange suchten wir den Fluß. Ab und zu gingen wir in ein Geschäft oder Café, um uns aufzuwärmen, wir warteten, daß es zu regnen aufhörte, aber das tat es nicht. Wir blieben in der Tür stehen, bis die Leute anfingen, uns anzustarren, und ein Kellner oder Verkäufer uns entdeckt hatte. Dann liefen wir wieder hinaus. Glühbirnenketten flammten auf. Aus den Geschäften und Cafés kamen Verkäufer und Kellner, räumten mit Kreide beschriebene Tafeln herein oder Kleiderständer, die sich unter den Markisen drehten. Schließlich fanden wir uns in der Straße mit den Kaufhäusern und den Fahnen wieder, und eine Straßenbahn überfuhr uns fast, sie klingelte, und wir liefen weiter, sie klingelte noch einmal, wilder und länger, und bremste, wir hörten ein Kreischen und liefen schneller, im Laufen schauten wir über die Schulter, und da stand der Mercedes. Er stand auf den Schienen, mitten in der Fußgängerzone, die Nase gegen die stumpfe Nase der Straßenbahn gepreßt, mit böse aufgeblendeten Scheinwerfern. Tata kurbelte das Fenster herunter, und wir rannten zu ihm.

»Nur ein kleiner Kratzer«, sagte Tata. »Da seid ihr ja.«

Nach Friedland mußten wir im Mirafiori fahren. Onkel Tuba war den Mercedes holen gekommen, hatte lange stumm davorgestanden und seine dicke, großporige Nase geknetet, als beruhige ihn der Geruch seiner Finger.

»Nur ein kleiner Kratzer«, sagte Tata, »das kriegt dein Freund Romek doch schnell wieder hin!«

Am Tag, als wir nach Friedland fuhren, war schönes Wetter, und Majka und ich hatten noch immer Fieber. Die Sonne schien durch die Fenster auf Majkas und meine Stirn, wir lagen zusammengekrümmt auf dem Rücksitz, und Tata erklärte uns die Bedeutung des Wortes »Friedland«. Majkas Wangen glühten, und meine Nieren taten weh, der Fiebertraum ging weiter. »Ziehen wir nach Friedland?« fragte ich. »Nein«, sagte Tata.

In Friedland kamen wir in ein Zimmer mit drei Doppelstockbetten. Mama zog die Vorhänge zu, und Licht und Hitze färbten sich dunkler, aber sie verschwanden nicht. Majka und ich legten uns jede auf eines der Unterbetten, während Tata und Mama uns anmelden gingen. Die Matratze unter mir war heiß. Ich konnte nicht stilliegen und träumte von einem Mann am Reck. Er machte einen Umschwung nach dem anderen. Ich klammerte mich an den Metallstangen fest, die das Oberbett trugen, und unter dem Druck meiner Finger schwollen sie an. Ich lockerte den Griff, und das Metall zog sich zusammen. Wie an einem Stahlseil rutschte ich ab, faßte nach und fühlte, wie die Stangen dicker wurden und schrumpften in meinen Händen. Die Gardinen waren gelb. Große braune Blumen wucherten über die Säume hinaus. »Schläfst du, Majka?« fragte ich. »Nein«, sagte Majka und kam herüber.

Majkas Brüste waren weich und fest zugleich, wie Champignons, sie waren so unerträglich wie die Sonne und das Bett und die gelben Vorhänge. Die Vorhänge warfen ein Gittermuster über Majkas Gesicht, ihr rundes Kinn, die dicken Wände ihrer Nasenflügel, die kahle Stelle zwischen ihren Augenbrauen, wo bereits

wieder einzelne Härchen nachgewachsen waren. Ich
rutschte an Majka hinauf und herunter. Es wollte nicht
passen. Ich hätte Majka kneifen können dafür, daß sie
wuchs und nicht mehr paßte, in alles Feste, Große hätte ich sie kneifen können, und meine Beine konnte ich
erst recht nicht mehr stillhalten in Majkas Hitze. Ich
drückte meinen Rücken ins Hohlkreuz. In meinen Nieren zog es. »Zappel nicht!« sagte Majka.

Mittags in Friedland schien die Sonne überallhin. Eine
Schaukel stand vor den Baracken, und darauf saß ein
Kind. Das Kind hatte einen großen Kopf, und weil es
einen so großen Kopf hatte, fiel es hinten über und
schlug mit dem Kopf auf den Betonboden. Das Kind
weinte nicht. Es blieb auf dem Boden liegen und schaute in den hellen Himmel. Eine Frau kam angelaufen,
sie hob das Kind auf, setzte es auf die Schaukel, sie gab
ihm Schwung und ging weg. Das Kind schaukelte weiter. Dann fiel es wieder herunter. »Betonkopf«, sagte
Majka.

In der Kleiderkammer von Friedland lehnten Mama
und Majka an der Wand, verschworen gegen die Kleider von Bundes. Tata ging herum und rubbelte Stoffe
zwischen den Fingern. Es waren so viele Kleider, und
es roch wie in Tante Apolonias Gartenhaus. Ich hatte
die Idee mit der Zweifarbigkeit, die dem Suchen ein
System gab, ich wollte mich für zwei Farben entscheiden, dann würde alles zusammenpassen wie in den
Katalogen. Lila. Gelb. Einen lilafarbenen Trainings-
anzug hatte ich gefunden. Die Jacke hatte gelbe Streifen, wie Uniformabzeichen. Ein gelber Pullover, ein
gelbes T-Shirt, ein lilafarbener Minirock, Schuhe, die

blau, fast lila waren. Ich suchte in den Gitterkörben nach Socken. »Super!« sagte die Frau, die hinter dem Tresen in der Kleiderkammer stand. Sie zog eine Schublade auf und gab mir zwei lilafarbene Haarkämme.

In meinem Rücken pochte es. Ich wollte mich krümmen, um den Schmerz aus meinen Nieren zu pressen, ich knickte in der Mitte ein, und der Schmerz wurde gegen meine Wirbelsäule getrieben, er lief das Steißbein hinab, kroch mir zwischen die Pobacken, umfaßte meine *cipka* mit einer großen, heißen Hand und streckte sich nach meinem Unterleib aus. Ich lehnte mich gegen die Theke, die Kante bohrte sich mir in den Bauch. »Ich muß«, sagte ich und hörte Mama in der Tür stöhnen. In der ersten Nacht in Bundes hatte Majka das nasse Laken unter uns weggezogen. Sie hatte es ins Bad getragen, mit halbgeschlossenen Augen. Dann hatte sie sich wieder zu mir gelegt, auf das bloße Polster.

»Toilette?« fragte die Frau, die mir die Kämme gegeben hatte, und ich sagte ja und sah Mama den Kopf in den Nacken legen. »Sie ist krank«, sagte Majka, »das ist normal, sie hat Fieber.« Die Frau schaute Mama an, die an die Decke starrte, die Frau stieß eine graue Metalltür auf, und ich wollte meinen Schmerz ausströmen lassen, als er auch schon floß, aus den Nieren, aus dem Bauch, aus der *cipka*, und ich lief zum Klo, in dem es kein Licht gab. Ich ließ die Tür einen Spalt offen.

»Ich bin sehr krank«, sagte ich, als ich wiederkam.

»Ja«, sagte Mama und stand auf, »wir gehen zum Arzt, hier gibt es einen Arzt.«

»Ich kann nicht gehen«, sagte ich.

In der Tür stand Betonkopf mit seiner Mutter, und die Sonne leuchtete in dem kleinen weißen Haarbüschel ganz oben auf seinem blaugeäderten Schädel. Die Mutter von Betonkopf lächelte mir zu. Sie sagte etwas auf russisch zu Mama, und Mama kam zu mir, nahm mich an den Schultern und drehte mich um, faßte mit zwei Fingern die hintere Hosennaht und zog daran, daß sie sich kalt und feucht in meine *cipka* kerbte. Mama sah mir auf den Hintern. »Ich danke Gott!« sagte sie.

Es gab ein Denkmal aus Beton in Friedland, ein Denkmal für uns, die Steppentiere, ein Denkmal zu Lebzeiten. Tata fotografierte uns davor: Mama, das Haar ins Gesicht gezogen. Majka, dunkelgesichtig, das Kinn auf der Brust. Ich, bleich in Gelb und Lila, eine leuchtend weiße Binde in der Hand, Tata zuliebe. Das Denkmal hinter uns ein Koloß, ein in Beton versteinerter Mammut.

Wir machten ein Picknick vor dem Denkmal, mit Keksen und Saft. Um uns herum andere Steppentiere und normale Leute aus Bundes. »Du bist jetzt eine Frau«, sagte Tata, das Auge hinter der Kamera. »Wenn ich bloß auch eine Frau wäre, ich liebe Frauen! In Afrika hätten sie dir mit dem Blut ein Zeichen auf die Stirn gemalt, damit es jeder sieht, jeder soll wissen, daß du eine Frau bist, und ich sollte auch meinen Finger in dein Blut tauchen, als dein Vater, aber paß auf, wir machen es so: Zu Hause gehst du ans Telefon, wenn es klingelt, und meldest dich: Hallo, hier ist Sonja Herrmann, ich bin eine Frau!«

Als Frau kehrte ich zurück in das große Haus, und die grellen Farben von Friedland mischten sich in die letzten Fieberträume. Dann wurden wir wieder gesund, Majka und ich. Aber ich blutete. Immer noch schlief ich mit einem metallischen Geschmack im Mund ein und mit dem dumpfen Geruch, der mir aus meinem Ausschnitt in die Nase stieg. Majka rückte von mir ab. Stundenlang lagen wir im Bett, ohne uns zu berühren. Majka las. Ich starrte an die Decke und fühlte das Blut aus mir heraussickern.

»Und du dachtest, du hast kein Loch«, flüsterte Majka. »Ich hab dir doch gesagt, guck dir dein Loch an!«

Tata redete unaufhörlich davon, daß ich jetzt eine Frau war. Er hatte mir Binden in jeder Form und Größe gekauft. Sich selbst schob er eine in die Unterhose, um wie eine Frau zu fühlen. »Oh, ich mag dieses Material«, sagte Tata und rutschte auf dem Stuhl hin und her, »und sie sind weißer als in Polen.«

»Warum kaufst du ihr keine Tampons?« fragte Mama. »Viel praktischer, und man riecht es nicht. Hier sind genug Gerüche auf fünfundvierzig Quadratmetern.«

»Das sind Sitten von Bundes«, sagte Tata, »die meine Familie nicht übernehmen wird. Den Arsch stopfen wir uns ja auch nicht mit Watte aus. Was raus muß, muß raus, und Frauen sind nicht umsonst berühmt für ihren Geruch. Eine Frau muß stinken. Als ich dich zur Frau gemacht habe, meine Sekretärin, da fing es bei dir auch an mit dem Gestank. Als Jungfrau bist du zu mir gekommen und hast nach Wind gerochen, nach Strand und Sonne, und dann hast du angefangen zu stinken. Ich habe dich glücklich gemacht. Und eine glückliche Frau stinkt.«

»Ich rieche nichts«, sagte Mama.

»Jetzt ist es soweit«, sagte Tata.

»Was ist soweit?« fragte ich.

»Die übernächste Generation«, sagte Tata, »die Welt ist bereit für meine Enkel, und das verdanke ich dir, meine kleine Frau!«

Majka zog sich die Decke über den Kopf.

Majka und ich gingen nicht raus. Wir lernten. Tata wollte, daß wir Deutsch lernten. Das Deutsch, das wir in der Schule und von unserer Großmutter gelernt hatten, war nicht das richtige. Die Aussprache war falsch. Jeden Tag kam Tata mit einer Tüte voll neuer Sachen nach Hause und kippte sie über dem Boden aus, Sachen, die uns die Aussprache lehren sollten. Mama hustete und lief in die Küche oder ins Bad, denn die Sachen waren neu, aber schmutzig. Der Ruß blieb an den Fingerspitzen kleben.

Die Sachen waren von Harms, Schadensfälle und Restposten. Jeden Tag fuhr Tata nach der Arbeit zu Harms nach Gröpelingen und kam mit vollgestopften Tüten wieder. Wir lernten die Wörter aussprechen: »Harms« und »Gröpelingen«, säuerliche Wörter, die Lippen zogen sich davon zusammen. Wir bekamen Musikkassetten und schoben sie in den Recorder, der auch von Harms war und leierte, weil Dreck in allen Ritzen steckte und knirschend ins Innere der Kassetten gezogen wurde. Wir lernten Deutsch von den spitzen, süßen Stimmen der Schlümpfe und vom Mainzelmännchengesang. Die Mainzelmännchen sangen, als hätten sie selbst Ruß und Staub in der Kehle und müßten sich die ganze Zeit räuspern. Auch im Fernsehen sahen wir sie und sprachen ihre Einwortmonologe mit.

Tata gab uns deutsche Bücher, aber die rührten wir nicht an. Wir lasen Gebrauchsanleitungen von Weckern, von Schreibtischventilatoren und batteriebetriebenen Miniquirls, wir lasen die Packungsrückseiten und ergänzten verstümmelte Wörter, dort, wo die Packung zerknickt und eingerissen war, aufgequollen oder von einer Dreckschicht überzogen. Wir bekamen eine sprechende Puppe, mit einem Wortschatz, kaum größer als der der Mainzelmännchen. Wir gingen nicht raus. Wir waren ungeborene Steppentiere. Wir waren nicht im eigentlichen Sinne auf der Welt. Niemand konnte sagen, ob wir in der Savanne zertrampelt würden oder nicht, Mama, Majka und ich, nicht einmal Tata, der König von Bundes, konnte das. Wir hatten kein Bild von der Zukunft. Wir waren blind, und unter unseren Lidern klebten die Reste unserer nutzlosen Vergangenheit. Mit geschlossenen Augen sah ich Gdingen und Hel, aber das waren blasse Abzüge, ich wußte nicht, ob ich die Originale wiedersehen würde. Immer häufiger schloß ich die Augen und sah nur noch Dunkel. Das war das Nichts zwischen uns und der Vergangenheit. Und wenn ich aus dem Fenster schaute auf den blanken grauen Fluß, war es, wie in das andere Nichts zu gucken, das zwischen uns und der Zukunft. Jeden Tag ließ mich Tata auf deutsch sagen: »Ich bin eine Frau.« Ich sagte es mit einem Mainzelmännchenkrächzen in der Stimme, damit es noch fremder klang. Tata hatte sich gleich aufgerappelt in Bundes, war mit Onkel Tuba gerannt wie mit einem Muttertier, zu Harms und zu Mercedes. Mama, Majka und ich aber schwammen immer noch in unserer Zweizimmerfruchtblase hoch über der Stadt.

Tata war zum Starter befördert worden. »Das ist wie Russisch Roulette«, sagte Tata, »oder so, als würdest du eine Frau entjungfern. Du kannst vorher nie wissen, ob sie schreit, dich verflucht und dann daliegt wie ein toter Fisch, oder ob sie stöhnt und anspringt. Da kommt dieser nagelneue Wagen angefahren, auf dem Band, ganz langsam. Der vor dir hat auf den Knopf gedrückt, er ist fertig, alle sind fertig, und du bist der letzte und der erste. Alle anderen haben daran herumgewischt und herumgeschraubt, aber ich, Kazik Herrmann, bin der erste, der mit diesem Schatz machen wird, was seine Bestimmung ist. Ich gebe ihm seine Identität. Ich steige also ein in das Auto, die Tür macht klack!, fumm!, und ich sitze in diesem Geruch. Ihr müßt euch das vorstellen: ein frisches Auto, kein neues, wie es beim Händler steht, wo schon ein Haufen Interessenten hineingefurzt hat. Ein frisches, unberührtes Auto, es riecht, wie es in der Bundeslade gerochen haben muß oder in der Möse von Eva, bevor Adam ihn hineingesteckt hat. Ich sitze in diesem Auto, der Schlüssel steckt. Ich gucke mich um. Wie bei den Frauen gibt es Standardausstattung, und es gibt Sonderanfertigungen. Manchmal ist das Steuer rechts, für die Engländer. Da ist meistens viel Holz drin und auf dem Tacho stehen Meilen. Bei den Amis stehen auch Meilen, aber das Steuer ist links. Steuer rechts und Kilometer auf dem Tacho, das gibt es auch, sind das die Japaner? Die Japaner wollen es klassisch, mit vielen Extras, die Autos für Japaner sind immer schwarz, wie die Japanerinnen, und die sind auch so kleine Sonderanfertigungen, diese Japanerinnen.«

Bocian hatte einmal viel von Japanerinnen erzählt, deren *cipkas* quer saßen und die mehrere Löcher hatten wie Knöpfe, so daß die Japanerinnen zwei- bis vier-strahlig pinkelten.

»Ich drehe den Zündschlüssel im Schloß«, sagte Tata, »gebe vorsichtig Gas, und der Motor wimmert. Neue Motoren klingen sanft und wehleidig. Neue Motoren sind sehr empfindlich. Es kann gutgehen. Es kann auch schiefgehen. Du kannst ihn nicht einfach so anmachen und aufjaulen und absaufen und knattern lassen. Ein falscher Handgriff, und der Motor ist tot. Das erste Mal entscheidet.«

Ich blutete nicht mehr so stark. Erst kam nur noch ein bißchen lehmige Schmiere, und dann hörte es ganz auf. Tata markierte meine Menstruationsdaten, Dauer und Blutungsstärke, auf dem Apotheken-Wandkalen-der. Mit einem Vierfarbkugelschreiber malte er rote Tröpfchen, in denen sich Fensterkreuze spiegelten. Am ersten Tag, dem Friedlandtag, waren es drei Tröpf-chen, am zweiten vier, am dritten wieder drei, dann zwei, dann nur noch eines. Am Tag, als meine Binde zum ersten Mal weiß blieb, entdeckte ich einen schwarzen Fleck auf dem Badezimmerfußboden. Ich dachte, es sei einer meiner alten, eingetrockneten Blut-flecken und wollte ihn mit dem Fingernagel loskrat-zen, da stippte ich in frisches Blut und zog eine hell-rote Schliere über die Fliesen. Majka lag reglos in der Badewanne, vollständig untergetaucht, mit dem Ge-sicht nach oben und weit geöffneten Augen. Ihr See-grashaar stand in erstarrten Büscheln um ihren Kopf. »Majka«, sagte ich, »guck mal!« Ich zeigte ihr den Finger mit dem Blut. Sie lag da und blinzelte nicht einmal. Ich beugte mich über die Badewanne. »Hat Mama ihre Tage?« fragte ich und hielt den Finger dicht über der Wasseroberfläche vor Majkas Gesicht. Majkas Augen fokussierten noch immer nicht. »Majka!« schrie ich, aber sie blieb stumm und steif, als läge sie in Aspik, nicht im Wasser, und ich sah ihre aufgequollenen Finger- und Zehenpolster, ihren weichen Bauch, die lockigen Härchen an ihren Beinen und ihrer *cipka*. Ich sah ihren Hals, um den sich eine Furche zog, wie von einem unsichtbaren Band in die Haut gedrückt. »Majka!« sagte ich. Sie würde nicht ertrinken, aber ihre Totenstarre machte mich wahnsinnig. Ich beugte mich über sie. Mit dem Finger kam ich näher und näher. Das Blut hing an der Fingerkuppe, ein kleiner Tropfen, er zitterte nicht einmal, ein ruhiger Tropfen wie von einem sauberen kleinen Nadelstich. Ich tupfte auf die Wasseroberfläche. Ich sah, was Majka sehen mußte: Ein kleiner Blutschleier breitete sich aus, direkt vor ihren Augen. Ich nahm den Finger aus dem Wasser, und der Schleier zog sich zusammen, begann zu sinken und segelte als kleine Blutqualle auf Majkas Gesicht zu. Mir wurde schlecht.

Majka war mit einem Ruck hochgekommen und spuckte mir beim Luftholen Wasser ins Gesicht. »Sag es nicht Tata!«

Worpswede

Beim nächsten Ton war es fünfzehn Uhr, dreiundzwanzig Minuten und null Sekunden. Tata bekam uns einfach nicht an die frische Luft und unter Menschen, er bekam uns nicht unter Deutsche, und er machte sich Sorgen um unseren Akzent, um unsere Schlumpf-Tonlage. »Ihr könnt nicht ewig von diesen Zwergen lernen«, sagte er, »das sind Ausländer. Damit ist jetzt Schluß!« Stattdessen mußten wir uns neben das Telefon setzen, den Hörer abnehmen und daran horchen, nachdem Tata die Nummer der Zeitansage gewählt hatte. Beim nächsten Ton ist es fünfzehn Uhr, dreiundzwanzig Minuten und zehn Sekunden. »So lernt ihr die Aussprache und die Zahlen«, sagte Tata. »Aussprache und Zahlen sind die Schlüssel zur Sprache.«

Nach drei Tagen, in denen Majka und ich ununterbrochen am Telefon die Zeit, den Fahrplan, das Wetter und die Toto-Ergebnisse gehört hatten, ging ich zum ersten Mal mit Tata zu Harms. Ich trug meine Kombination aus Lila und Gelb. Wir liefen ein Stück den Fluß hinunter und stiegen in eine Straßenbahn. Die Straßenbahn war so gut wie leer am späten Vormittag, und die Stimme, die die Haltestellen ansagte, war dieselbe, die wir jeden Tag am Telefon hörten. Es war die Bundesstimme, und ich fragte mich, wie die Frau wohl aussähe, zu der diese Stimme gehörte, sehr hübsch und streng wahrscheinlich, wie eine junge Lehrerin. Ich hielt Ausschau nach Lautsprechern, wie sie in Polen über den Plätzen schweben, für Bekanntma-

chungen und Musik, und ich war sicher, wenn es Laut-
sprecher gäbe in Bundes, könnte nur diese Lehre-
rinnenstimme herauskommen, und ich hätte diese
Stimme auch dafür ausgesucht, denn sie war voller
Schönheit und Wahrheit.

Das Sortiment bei Harms war abhängig vom Unglück
anderer Leute, und die Preise waren abhängig vom
Ausmaß des Unglücks, und deshalb war es ein Aben-
teuer, bei Harms einzukaufen. Ich starrte auf einen
Karton voller Puppen mit angesengten Haaren und
rußigen Gesichtern. »Was ist mit den Kindern passiert?« fragte ich Tata. Es schien mir unmenschlich, die
Puppen von Kindern, die bei einem Brand umgekom-
men waren, weiterzuverkaufen. Und was war mit den
Frauen geschehen, deren Lippenstifte bei Harms in einem Plastikkorb lagen? Ich sah die Bilder vor mir, die
Majka und ich in der Schule gezeigt bekommen hatten
und die wir uns mit Tata immer wieder in einem Buch
hatten ansehen müssen, Puppenbilder, Brillenbilder
und Schuhbilder; die Bilder blieben, auch als ich die
Wahrheit wußte, ich sah Puppen und stellte mir vor,
wie Flammen an Kindern und Puppen leckten, Frauen
in rauchgefüllten Zimmern am Boden lagen, die Hen-
kel ihrer Handtaschen noch in der Hand, die Handtaschen aufgesprungen, Lippenstifte, Kämme und
Puderdosen zu einem bunten Plastikklumpen zusam-
mengeschmolzen.

Von meinem ersten Harms-Besuch brachte ich
Majka Schwimmflossen mit und eine Taucherbrille
mit Schnorchel. Das alles steckte in einer durchsichtigen Plastiktüte, die oben zusammengeheftet war.
Majka sah die Tüte nur an und ließ sie liegen.

»Viel zu klein«, sagte sie. »Das ist was für Kinder. Der Schnorchel ist zu kurz.«

»Harms ist toll!« sagte ich zu Majka. Wir waren mitten in der Nacht aufgewacht. Da wir auch tagsüber schliefen, hatten wir jedes Zeitgefühl verloren. Wir legten uns hin, wann immer wir müde waren, und nach einiger Zeit in Bundes wurden wir von einem Rhythmus bestimmt, bei dem auf zwei Stunden Schlaf zwei Stunden Wachsein folgten und darauf wieder zwei Stunden Schlaf.

»Betonkopf!« sagte Majka.

Wir hatten Betonkopf in Friedland noch oft beobachten können. Immer wieder war er von der Schaukel gefallen, war mit dem Kopf auf den Boden geknallt, hatte müde gelächelt und sich wieder auf die Schaukel setzen lassen. Fallen, knallen, schaukeln, fallen, knallen, schaukeln, das war Betonkopfs Leben. Aus irgendeinem Grund hatte sich Mama mit Betonkopfs Mutter angefreundet. Stundenlang hatten sie auf dem Spielplatz gesessen und sich auf russisch unterhalten, und nicht einmal, wenn Betonkopfs Mutter Betonkopf aufheben gegangen war, hatten sie zu reden aufgehört. Majka und ich hatten daneben gesessen. Ich war auf meiner feuchten Binde herumgerutscht, und Majka hatte Betonkopf verachtet. Für sie war Verachten eine Beschäftigung wie Schwimmen oder Schlafen.

»Nein, du!« sagte Majka. »Du bist wie Betonkopf. Du knallst mit dem Kopf auf den Boden, grinst und findest alles toll.«

»Es ist toll«, sagte ich. »Tata findet es toll. Wir müssen uns nur daran gewöhnen.«

155

»Tata findet es toll, und du bist glücklich. Du hast ja auch nichts verloren.«

Ich fing an zu heulen. »Wieso habe ich nichts verloren? Ich habe Hel genauso verloren wie du, und mehr Ahnung von Hel hatte ich auch. Ich habe mich ausgekannt.«

»Hel ist ein Haufen Sand, ein Land«, sagte Majka. »Man kann kein Land verlieren, das bleibt doch, wo es ist, Betonkopf! Ich habe meinen Mann verloren. Weißt du, was das für ein Gefühl war, wegzufahren und nicht zu wissen, wann ich Rubin wiedersehe?«

»Rubin wollte nicht dein Mann sein. Rubin wollte mich.«

»Aber du wolltest Rubin nicht. Mir ist es egal, wen Rubin wollte, darum geht es nicht. Als ich Rubin gesehen habe, habe ich gewußt, er ist mein Mann. Es ist ja ohne dich weitergegangen. Am nächsten Tag bin ich nach Hel gefahren und habe auf die »Rubin« gewartet. Ich habe mir eine Karte gekauft und bin eingestiegen. Ich habe mir an der Bar einen Tee gekauft und mich in den Passagierraum gesetzt. Du erinnerst dich bestimmt nicht, daß es an diesem Tag geregnet hat. Es hat geregnet, und Rubin kam in den Passagierraum, wo alle Leute herumsaßen und rauchten. Die Kinder haben geschrien, Regen und Gischt klatschten gegen die Scheibe, und die »Rubin« hat ein bißchen gerollt. Stickig hier! hat Rubin gesagt, ist dir nicht schlecht? Nein, habe ich gesagt, mir ist nur heiß. Oben ist es kühler, hat Rubin gesagt und mich mit auf Deck genommen. Im Regen sind wir die Treppe hinaufgeklettert, und mir wurde natürlich nicht kühler, obwohl ich kurze Hosen anhatte, aber Rubin legte mir trotzdem seine Jacke über die Schultern. Rubin hat das Absperrseil ausgehakt, und wir haben uns im Abstellraum auf eine Kiste gesetzt. Er hat mir eine Zigarette angeboten. Nein, habe ich gesagt, ich bin Sportlerin, und du solltest auch nicht rauchen. Ich habe ihm die Zigarette aus dem Mund genommen und an der Kiste ausgedrückt. Dann bin ich von der Kiste gerutscht, habe mich vor ihn gestellt, habe meine Hände auf seine Schultern gelegt und ihn geküßt.«

Majka redete von Rubin wie von den Kissen, die sie sich zwischen die Beine schob.

»Es war nicht schwer«, sagte Majka, »es ging wie von selbst, und wie von selbst hat sich Rubins Knie gehoben, als ich vor ihm stand und ihn küßte, sein Knie war zwischen meinen Beinen, ich mußte dicht an die Kiste herantreten, und Rubin hat lange Beine, und seinen Oberschenkel hat Rubin gegen meinen Knochen gepreßt – den Knochen, unter dem der Dorn hervorwächst – und unter dem Druck ist mir der Dorn geschwollen, als Rubin mich emporgehebelt hat mit seinem Knie.«

»Hat er dich geküßt?«

»Er hat mich geküßt und er hat mich mit seinem Knie gestoßen, bis mir der Knochen weh tat, und Rubin ist fast durchgedreht. Das Rot in Rubins Gesicht ist übergeflossen, den Hals hinunter auf die Brust und hat durch das weiße Hemd geleuchtet. Fünf vor Gdingen ist er gegangen und gleich wiedergekommen, und wir haben weitergemacht über Sopot und Danzig nach Hel. Und dann noch einmal von Hel um fünfzehn Uhr dreißig nach Sopot. In Sopot bin ich ausgestiegen, um noch die letzte »Agat« nach Hel zu erwischen. Kommst du morgen wieder, hat er gefragt, allein? Meine Schwester will dich nicht, habe ich gesagt, ich

schon. Ich will keinen anderen«, sagte Majka. »Rubin
ist mein Mann.«

»Wir kommen eines Tages wieder«, sagte ich.

»Wer ist denn jemals wiedergekommen?« fragte
Majka. »Ist Onkel Tuba wiedergekommen? Ist Ania
wiedergekommen?«

»Hat er dich noch einmal geküßt?« fragte ich.

»Er hat mich natürlich immer wieder geküßt, Betonkopf«, sagte Majka, »überall!«

»Wo war ich?«

»Du hast am Strand gesessen und Muscheln gezählt.«

Majka drehte mir den Rücken zu. »Fast jeden Tag
bin ich mit der »Rubin« gefahren. Wir haben die Kiste
im Abstellraum ein Stück von der Wand abgerückt
und eine Decke dahinter doppelt auf den Boden gelegt,
und wenn eine Station kam, ist Rubin aufgestanden
und runtergegangen, er hat die Gangway rausgescho-
ben und die Karten abgerissen und ist wieder herauf-
gekommen zu mir. Wenn er fort war, habe ich die Dek-
ke beiseite geschoben und mich von allen Seiten an
dem Metall gekühlt, ich habe auf dem Boden gelegen
und mit dem Motor gezittert, bis wir angelegt haben.
Die Leute sind nach und nach auf das Deck gekommen, ich habe sie reden gehört, ich habe auf die Möwen gehört und auf den Regen, wenn es geregnet hat.
Wenn Rubin wiederkam, drehte ich mich auf die Seite,
den Rücken gegen die Wand, das rechte Bein zuun-
terst, ich zog das rechte Bein an, und Rubin legte sich
so darauf, daß mein Knie in der Grube unter seinen
Rippen war, und das linke Bein legte ich über seine
Taille, den rechten Arm unter seinen Nacken, und er
schob mir seinen linken Arm unter. Zwischen der Kiste

und der Wand konnten wir nicht auseinanderrollen. Wir konnten uns kaum bewegen. Ich mußte nur den Knopf aufmachen und den Hosenschlitz gespannt halten, damit Rubin den Reißverschluß mit der rechten Hand aufziehen konnte, und dann schlug er mir meistens schon entgegen, ich rutschte ein bißchen nach oben und nahm ihn unter meinen Knochen, daß er gegen den Dorn drückte, der Dorn schwoll an, und davon ging mein Loch auf, und ich rutschte ein bißchen nach vorne und nach unten. So haben wir gelegen, bis Rubin übergelaufen ist. Das hat kaum länger als eine Viertelstunde gedauert. Ich habe auf die Uhr gesehen. Vor jeder Station ist er übergelaufen. Ich lag da, und die »Rubin« fuhr mit uns auf der Bucht kreuz und quer hin und her, und der Motor schüttelte uns durch, und es ging alles wie von selbst. Es ging immer so weiter. In Polen wäre alles einfach so weitergegangen.«

»Wenn Tata will, geht es eines Tages weiter«, sagte ich. »Weißt du, Majka, manchmal stelle ich mir vor, wir sind hier nur zu Besuch.«

»Ein langer Besuch«, sagte Majka. »Mein Leben wird ein einziger Besuch sein, danke, Tata!«

Sie schwieg lange, bis ich nicht mehr sagen konnte, ob sie noch wach war. Endlich schlief ich ein, wachte aber im gleichen Atemzug mit einem Schreck wieder auf, Majkas Mund an meinem, Majka an mir, sie umklammerte mich, ihre Finger trommelten auf meinem Rücken, und sie schabte unruhig auf der Matratze hin und her. Sie roch nach Seife und Creme und aufgeweichter Haut, weil sie am Abend gebadet hatte.

»Laß mich los!« flüsterte ich.

»Du hast doch keine Ahnung«, flüsterte Majka. »Du weißt noch nicht mal, wo dein Loch ist.« Majkas

Finger wanderten über meine Hüfte, krallten sich in die Innenseite meiner Oberschenkel.

»Doch«, sagte ich.

»Nein«, sagte Majka unter einem fremden scharfen Schmerz an einem unbekannten Ort. »Da!« sagte Majka, und der Schmerz begann zu brennen und fraß sich durch bis zum Bauchnabel. »Mach jetzt kein Theater!« sagte Majka.

Ich erstickte fast daran. »Es war das falsche Loch«, sagte ich, als ich wieder Luft bekam. »Nein«, sagte Majka, »garantiert nicht. Ich weiß, was ich tue. Ich kenne mich aus.« Ich stand auf und lief im Dunkeln durch das Wohnzimmer. Ich ging ins Bad, klappte den Klodeckel hoch, ohne vorher das Licht anzuknipsen, ich setze mich auf das Klo und wartete, bis ich innen ausgebrannt war.

Tante Danuta kam zu Besuch, um mit Mama zu sprechen. Doch viel mehr als Mama freute sich Tata, Danuta zu sehen, und fast noch mehr freute er sich über Onkel Tubas und Tante Danutas Sohn Henryk, der mitgekommen war. Majka und ich hatten Henryk nicht gesehen, seit er ein Baby gewesen war, und Majka beobachtete ihn mißtrauisch, als er mit einem knappen Lächeln an uns vorbeiging und sich aufs Sofa fallen ließ. Henryk war ein halbes Jahr jünger als Majka, und beide wurden seit Henryks Geburt als Paar gehandelt. Majka verdankte Henryk einige ihrer frühkindlichen Hitzestaus, denn Mama und Danuta hatten sie zusammen in den Kinderwagen gepackt, wann immer es ging. Da lagen sie in siamesischer Umarmung und sahen aus wie Zwillinge, der kleinere nicht viel mehr als ein Hautlappen oder eine Knochenwucherung des größeren, der die lebenswichtigen Organe besaß. Henryk war ein wenig zu früh auf die Welt gekommen, mit mageren, krummen Gliedern und fleckig durchscheinender Haut. Neben Majka sah er winzig aus. In ihrer heißen Aura fühlte er sich so wohl wie in einem Brutkasten. Majka dagegen wehrte sich gegen den Körper neben sich wie gegen eine Wärmflasche oder eine zusätzliche Decke. Sie hielt Henryk eine Armlänge von sich weg, und oft fand man Majkas Faust in Henryks Mund oder ihre Finger in seinen Augen.

Jetzt war Henryk vierzehn und sah nicht älter aus als elf. Sein Kopf saß tief zwischen seinen Schultern und sein Oberkörper war länger als seine Beine. Danuta versuchte, ihn zu einer Hormontherapie zu überreden, aber Henryk hörte nicht hin, wenn sie von Wachstumshormonen, Kuren und Kraftsport sprach.

Als Henryk aus dem Krankenhaus nach Hause gekommen war, war Tata der erste Mann gewesen, der ihn hatte halten dürfen, denn Onkel Tuba hatte sich geweigert, als fürchte er, daß ihm trotz seiner ruhigen Mechanikerhände Henryk durch die Finger rieseln würde wie Sand. »Ich gebe ihm meine Energie«, sagte Tata und schaute strahlend in die Runde, das kleine bläuliche Baby an der Brust. Obwohl sich Tata von nichts mehr angezogen fühlte als von Stärke und Lebensfähigkeit, liebte er Henryk vom ersten Tag an. Er behandelte ihn anders als uns, nicht wie ein Kind, das in die Welt hinausgestoßen werden mußte, sondern wie einen älteren Freund, der ein langes Leben gelebt hatte und jetzt, alt und zerbrechlich geworden, Tatas respektvollen Schutz verdiente.

»Eine alte Seele«, sagte Tata, »eine sehr alte. Fast so alt wie meine. Er und ich haben viel durchgemacht.«

»Frühgeborene sehen immer alt aus«, hätte Bocian gesagt. »Das mit der alten Seele ist ein Klischee.«

»Klischee hin oder her. Er ist zu früh gekommen, weil er diese Welt schnell hinter sich bringen will. Genau wie ich. Ich fange auch allmählich an, mich hier zu langweilen. Bundes noch, dann – zack – nächste Dimension. Keine Reinkarnation mehr. Ich habe Henryk versprochen, daß er hier auch nicht versauern muß. Es ist sein letzter Auftritt in diesem zweitklassigen dreidimensionalen Schuppen!«

Wann immer wir bei Tante Danuta und Onkel Tuba oder Tante Danuta und Onkel Tuba bei uns zu Besuch gewesen waren, hatte sich Tata mit Henryk beschäftigt. Er hatte Majkas feuchtgezwirbelte Stramplerzipfel aus seinen Fäusten lösen müssen, bevor er ihn aus dem Kinderwagen nehmen konnte, denn Henryk krallte sich reflexartig an Majka fest und versuchte, an ihr zu saugen, obwohl sie nach ihm schlug und trat. Tata hob Henryk hoch, preßte ihn an seine Brust und umwickelte sich und das Baby mit einem von Mamas Umschlagtüchern, das er über der Hüfte festzurrte. Wenn Tata so mit Henryk durch die Wohnung lief, sah er aus wie eine Eskimofrau. Tata kochte mit Henryk vor dem Bauch, er schraubte mit ihm zusammen am Auto herum, er nahm ihn mit auf die Toilette, und manchmal lieh er sich Henryk aus, und sie gingen ins Museum. Unentwegt flüsterte Tata auf ihn ein, das Kinn auf der Brust, die Hände stützend unter Henryks spitzen Hintern geschoben, der durch die vielen Stoffschichten stach. Es war, als souffliere Tata Henryk bei seinem letzten Auftritt.

»Danusia!« schrie Tata, umarmte und küßte Danuta, und Danuta lächelte, wie Frauen oft lächelten in Tatas Gegenwart: nervös, bereit, sich zu verteidigen.

Danuta arbeitete als Sprechstundenhilfe bei Dr. Köster. Dr. Köster war Zahnarzt und Kieferorthopäde. Es hatte die größte Zahnarztpraxis in Worpswede und Umgebung. Worpswede lag außerhalb der Stadt, und auf Worpswede hatte uns Tata schon vorbereitet: ein Ort, den wir uns in unseren kühnsten Träumen nicht würden ausmalen können, eine Oase der Schönheit und Zufriedenheit mitten in Niedersachsen. Allein Niedersachsen war ein Name, aus dem Reichtum und Fruchtbarkeit tropften. Auf »Niedersachsen« biß ich wie auf Wachs.

»Ach, du bist da«, sagte Danuta. »Warum arbeitest du nicht?«

»Fertig«, sagte Tata, »Frühschicht. Du siehst schön aus. Hast du neue Zähne?«

Tante Danuta zog die Lippen über ihre Vorderzähne. »Ich gehe regelmäßig zur Prophylaxe«, sagte sie, »solltest du auch!«

»Ich gehe nicht zum Zahnarzt ohne ein Loch«, sagte Tata.

Mama umarmte Tante Danuta. »Ich wollte mit dir reden«, flüsterte Danuta, »aber jetzt ist er da.«

»Ich höre gar nicht hin«, sagte Tata, »ich bin eine kleine Maus.« Er setzte sich neben Henryk auf das Sofa. Henryk trug Schwarz, und aus seinen aschblonden Haaren war ein chloriges Grün fast herausgewachsen.

»Ich muß mir das nicht anhören«, sagte Henryk.

»Gut!« sagte Tata und klatschte in die Hände. Sie standen auf und ließen uns allein.

»Milch?« fragte Danuta, denn in Bundes trank man Tee mit Milch. Mama holte die Milch, und Danuta zählte sie tropfenweise in ihre Tasse wie eine Biolaborantin, die eine gefährliche Substanz abmißt. Der Tee färbte sich grau.

»Süßstoff?« fragte Danuta, und Mama lief in die Küche und fing an zu suchen.

»Mach dich nicht verrückt!« rief Danuta. Mama klapperte mit den Schranktüren.

»Wir hatten ...!« sagte Mama und fing fast an zu weinen.

»Ganz ruhig!« sagte Tante Danuta und trank ihren Tee. »Tief durchatmen!«

Mama kam aus der Küche und setzte sich zu uns an den Wohnzimmertisch.

»Ich verstehe das nicht«, sagte Danuta, »du hast doch eine Wohnung. Das Sozialamt bezahlt sie seit einem Monat, ihr habt den Schlüssel, warum ziehst du nicht ein mit den Kindern? Brauchst du Möbel? Kein Problem. Ich habe Möbel.«

»Ja, ja«, sagte Mama, »sie ist aber auf der anderen Seite des Flusses.«

»Wir haben eine Wohnung?« fragte Majka.

»Du bist geschieden«, sagte Danuta, »und hockst hier mit deinem Exmann auf zwei Zimmern.«

»Ich bin mit ihm, oder ich bin allein«, sagte Mama. »das war schon immer so. Ich habe die Wahl zwischen Tod und Sterben.«

»Du wolltest immer ein schönes Zuhause«, sagte Danuta. »Mit Kazik sein heißt, auf einer Baustelle leben. Dann hättest du genausogut in Polen bleiben können.«

»Eine Veranda«, sagte Mama. »Ich hätte gern we-

nigstens eine Veranda.« Sie stützte die Ellbogen auf
den Tisch, und ich wußte, daß sie sich in Gedanken
über die grobgeschnitzte Verandabrüstung von Jasnaja
Poljana lehnte.

»Es gibt einen Balkon«, sagte Tante Danuta. »Und
wenn du Möbel brauchst – ich habe den ganzen Keller
voll.«

Bis wir nach Bundes kamen, hatte Onkel Tuba uns
nichts davon erzählt, daß er und Tante Danuta
schon lange getrennt lebten. Als Henryk in die fünf-
te Klasse gekommen war, hatte sich Tante Danuta
bei Dr. Köster vorgestellt, und seit diesem Tag war
sie nicht mehr dieselbe gewesen. »Ich kam in ein ver-
zaubertes Dorf«, erzählte sie später, »Worpswede.
Bis dahin habe ich nicht gewußt, was Schönheit ist.
Fast jedes Haus hat einen Teich im Garten. Am Anfang habe ich die Mandarinenten von Dr. Köster für
echt gehalten, bis eine auf die Seite kippte und ich ihren Kiel sehen konnte. Überall Blumen. Kränze und
Girlanden an allen Türen. Holzstapel sauber aufge-
schichtet wie Puzzles. Jeder gibt sich Mühe, jeder hat
Sinn für Kunst, das ist Tradition. Es ist ein Künstler-
dorf. Viele Maler haben hier gelebt. In jedem Haus
ist eine Kunstgalerie oder eine Töpferei oder ein
Café, wo es selbstgebackenen Kuchen gibt. Natürlich
müssen die Menschen auch arbeiten und essen, aber
sie arbeiten und essen in ästhetischer Umgebung,
und wenn sie mit etwas handeln, dann handeln sie
mit Schönheit.«

Tante Danuta hatte den Job bei Dr. Köster bekommen. Es war eine große Praxis mit mehreren Behand-
lungszimmern und zwei angestellten Zahnärzten.
Danuta mußte das Telefon bedienen, Termine koordi-

nieren und in den großen Kalender schreiben, Rezepte ausfüllen, Lieferungen annehmen und Rechnungen bezahlen. Bald führte sie auch Patienten in die Behandlungsräume, legte ihnen die Papierlätzchen um, fragte, ob die Betäubung schon wirkte. Die Patienten begannen, vor ihr den Mund aufzureißen und ihr lockere Füllungen, beginnende Karies und freiliegende Zahnhälse zu zeigen. In Polen hatte sie in einem Betrieb gearbeitet, der Hygieneartikel herstellte. »Ich wollte eigentlich Ärztin werden«, sagte sie. »Und das medizinischste, womit ich zu tun hatte, waren Monatsbinden und Tampons.«

Bei Dr. Köster machte Danuta jeden Tag Überstunden, und Onkel Tuba arbeitete in Wechselschicht. Schläfrig fuhr Tante Danuta abends den langen Weg von Worpswede nach Bremen. Wenn sie sich dann in einem flüchtigen Moment der Wachheit Onkel Tuba gegenüber am Eßtisch wiederfand, war sie fast überrascht, ihn zu sehen, aber weder angenehm noch unangenehm. Tante Danuta ließ sich abwechselnd eine Dauerwelle machen und zog sie wieder glatt. Sie begann, abends Pullover in Pastellfarben zu stricken, und ließ es wieder sein, weil sie aus Müdigkeit niemals auch nur das Pullunderstadium erreichte. Sie fing an, nach der Arbeit durch Worpswede zu joggen, um die Heimfahrt hinauszuzögern. Dabei lernte sie eine geschiedene Allgemeinärztin kennen, die ebenfalls joggte, Frau Dr. Göbbels. Irgendwann gaben sie das Joggen auf und belegten einen Töpferkurs, und Tante Danuta lernte das Arbeiten an der Töpferscheibe. »Doch während ich an der Scheibe saß oder eine Teetasse glasierte«, sagte Tante Danuta, »mußte ich an die lange Fahrt denken, nach Hause, zurück in die Stadt, zu den häßlichen Häusern, zu meinem häßliches Haus und den schlechten Gerüchen.«

In Worpswede roch es nach mit Regen vollgesogenen Ziegeln, nach Firnis, Ölfarbe und Emaille, nach Kaffee und Apfelkuchen. Tante Danuta verließ Onkel Tuba, aber nicht, wie Onkel Tuba meinte, für Dr. Köster, sondern für ihren Traum von Worpswede. Immer öfter war Danuta bei Dr. Köster und seiner Frau abends zum Essen eingeladen oder nachmittags zum Tee. Dort lernte sie noch mehr Ärzte kennen. Dr. Köster und seine Frau wohnten in einem weißverputzten, verwinkelten Bungalow mit einem monumentalen Schornstein an der Seite und seltsam geformten Fenstern. Über den Schornstein flog eine Formation schmiedeeiserner Kraniche. Im Gartenteich schwammen exotische Plastikenten. Henryk bekam eine kieferorthopädische Behandlung zum Sonderpreis, und Frau Köster vermittelte Danuta eine Dachwohnung in der Nähe der Praxis, in die sie schließlich mit dem frisch silbern eingeschirrten Henryk zog. Die meisten Möbel aus der alten Wohnung nahm sie mit, denn Onkel Tuba brauchte nicht viel, und Geschmack hatte er ohnehin nicht. Doch da die neue Wohnung schräge Wände hatte, konnte Danuta nicht viele Möbel aufstellen. Also stapelte sie den Rest im Keller.

»Ich helfe dir«, sagte Tante Danuta zu Mama. »Wir richten dich schön ein.«

»Sonja«, fragte Mama, »was meinst du?«

Tata hatte Blasen am Zeigefinger bekommen vom Starten. Bei Mercedes wurde von ihm immer dieselbe Bewegung verlangt, immer dieselbe Drehung der Hand, Tag für Tag, Stunde um Stunde. Nachts, wenn ich neben ihm aufwachte, konnte ich sehen, daß er diese Bewegung sogar im Schlaf machte. Seit Mama mit Majka und mir ausgezogen war, schlief ich selten zwei Nächte nacheinander am selben Ort, ich fuhr zwischen Mamas Wohnung und Tatas Wohnung hin und her und verbrachte so viel Zeit damit, daß ich eigentlich in der Straßenbahn wohnte. In der Straßenbahn bekam ich wieder ein Gefühl für Raum und Entfernungen, ich sah an den Gleisen entlang, folgte den elektrischen Leitungen, ich ließ mich durch die Stadt ziehen auf Graden, die ins Pflaster graviert waren, und die Straßenbahn war ein Ort außerhalb der Zeit und jenseits von Entscheidungen.

Majka besuchte Tata selten, und so gab Tata es auf, ihr Deutsch beizubringen. Kurz bevor Majka und ich in die Schule kamen, machte Tata einen letzten Versuch, wenigstens mir vorher die richtige Aussprache beizubringen.

»Niedersachsen«, sagte Tata und zeigte aus dem Fenster. Die Stadt lag hinter uns, und die Abstände zwischen den Häusern wurden immer größer. Wir fuhren schnell. Links und rechts der Straße spritzten braune Felder und grüne Weiden auf und stürzten wieder in sich zusammen, wie in einem Film, der vorwärts und rückwärts gespielt wird.

Alles war klar umrissen, wie vorgezeichnet und ausgemalt. Ich trank »Capri Sonne«, der Bus schaukelte, und mir war übel, ich schlief ein wenig, bis der Bus zwischen einem braunen Feld und einer grünen Weide hielt. Ein ausgefahrener Sandweg führte zur einem Gasthof. Weit und breit war kein anderes Haus und kein Mensch außer uns, nur ein paar Kühe standen am Weidezaun und sahen uns beim Aussteigen zu. Sie sahen uns sehr lange zu, denn es dauerte eine Ewigkeit: Außer Tata und mir war niemand im Bus jünger als siebzig, die hintere Bustür klemmte, und Tata und ich hatten auf der letzten Bank gesessen. Tata lächelte den alten Leuten aufmunternd zu, die sich den Mittelgang entlangquälten, er spielte den Aufräumer, lief hinter ihnen her und trippelte dabei wie eine Geisha, holte Taschen und Mäntel von der Gepäckablage und reichte Schirme und Krücken an. »Hast du gewußt, daß die hier so alt sind?« fragte ich.

»Das ist ein gutes Zeichen«, sagte Tata. »Alte Leute haben ein Gefühl für Qualität.«

»Was sprechen Sie für eine Sprache?« fragte die alte Frau vor uns. Sie zeigte die Zunge beim Sprechen. Sie hatte kein Kinn.

»Polnisch«, sagte Tata.

»Oh, wie schön«, sabberte die Frau.

Endlich stolperten wir ins Freie. In Niedersachsen war die Luft schwer und sauber, und kein bißchen Brandgeruch lag darin, anders als in Polen, wo es auf dem Land immer nach Qualm roch, denn immer brannte dort etwas, ein Haufen Laub oder Abfall, und hier vermißte ich sie, die Leute, die stundenlang um etwas herumstanden, das brannte.

Hinter den alten Leuten her gingen wir in das Gasthaus. Wir setzen uns an lange Tische, auf denen Kaffeetassen und Thermoskannen standen. Tata schnappte sich zwei Kannen und ging damit herum, er schenkte Kaffee ein und machte den Damen Komplimente, bis sie sich die Hälse nach ihm ausrenkten. Ein Mann in einer khakifarbenen Jacke mit Netzeinsätzen kreiste in entgegengesetzter Richtung um die Tische und verteilte Geschenke. »Dürkopp«, sagte er laut zu jedem. Herr Dürkopp verteilte seinen Namen wie einen Segen und dazu eine Mini-Stereoanlage. Die Mini-Stereoanlage war so klein, daß die Mainzelmännchen ihre helle Freude daran gehabt hätten. Die Umlaufbahnen von Tata und Herrn Dürkopp kreuzten sich, und Herr Dürkopp wich nicht aus. »Denn wullt wi mol«, sagte Herr Dürkopp.

»Tata«, flüsterte ich, als Tata wieder neben mir saß, »ich verstehe nichts.«

»Macht nichts«, sagte Tata, »Hör einfach zu. Laß die Wörter fließen, versuch nicht, sie zu stauen. Hör gar nicht hin. Laß die Aussprache sich ein Bett in dein Unterbewußtsein graben.«

Herr Dürkopp hielt nun ebenfalls eine Kanne in der Hand, doch diese Kanne war durchsichtig, und Herr Dürkopp reckte sie in hoch in die Luft wie die Freiheitsstatue ihre Fackel.

»Sie reinigt das Wasser«, übersetzte Tata. »Wozu bloß? In Bundes ist das Wasser so sauber, daß die Bakterien einen großen Bogen drum machen. Sollen die Leute sich freuen, daß das Wasser immer frisch und sauber aus dem Wasserhahn kommt, und nicht daran herummeckern! Das Wasser ist umsonst, es ist ein Geschenk! Und die Deutschen? Anstatt dankbar zu sein, wollen sie wissen, was drin ist! Ich achte die deutsche Gründlichkeit, aber unter einen geschenkten Teller guckt man nicht!«

Neben uns saß die Frau ohne Kinn, sie hörte Tata angestrengt zu, und ich fragte mich, wie man sein Kinn verlieren konnte. Dort, wo es gesessen haben mußte, war ein Loch und zusammengezurrte Haut, und die obere Zahnreihe hackte beim Sprechen ins Leere.

»Dschenkujam«, sagte die Frau, als Tata ihr Kaffee nachgoß. »Wir hatten eine Zementfabrik in Kolberg.«

»Herzlichen Glückwunsch«, sagte Tata. »Wir hatten ein Café in Chałupy.«

»Kenne ich nicht«, sagte die Frau, und ihre Zähne lockerten sich. »Wo liegt das?«

»Hel.«

»Oh, Hela«, sagte die Frau. Ihr Zeigefinger flog hinauf zu ihren Zähnen, und in Sekundenschnelle hatte sie ihr Gebiß in den Oberkiefer zurückgedrückt. »Der Kriech ist ein großes Unglück!«

»Der Kriech?« fragte ich.

»Ja, der große Kriech«, sagte die Frau. »Wir hatten eine Zementfabrik in Kolberg, mit einem extra Eisenbahnanschluß. Und Leute wie Sie. Als Kind lief ich immer weg, und meine Mutter fand mich jedesmal im Leutehaus.«

»Auf die Freundschaft!« sagte Tata. Er hob die Kaffeetasse.

»Der Kriech ist ein großes Unglück«, sagte die Frau und schlug sich ihre Kaffeetasse gegen die Vorderzähne.

Zu spät begiff Tata, daß ich die korrekte deutsche Aussprache auch nicht bei Verkaufsfahrten lernen würde. Nachdem Tata jeden einzelnen am Tisch auf die Arbeit aufmerksam gemacht hatte, die in gutem deutschem Leitungswasser steckte, und vom Kauf eines Filtergerätes abgeraten hatte, aus Demut und patriotischen Gründen, nachdem Herr Dürkopp Tata niedergeschrien und Tata sich von Herrn Dürkopp nicht hatte niederschreien lassen, liefen wir über ein abgeerntetes Maisfeld in die Richtung, in der wir das nächste Dorf vermuteten. »Für zwei Dinge muß man dankbar sein, für das Wasser, das man trinkt, und für das Brot, das man ißt«, sagte Tata. »Das ist die Mitgift der Erde an den Menschen, und einem geschenkten Gaul schaut man nicht ins Maul. Auch in Bundes nicht.« Tata pflügte mit den Spitzen seiner stahlverstärkten Sicherheitsschuhe durch das Feld, er trampelte die Maisstrünke nieder, und meine lilafarbene Hose bekam braune Spritzer ab.

»Außerdem haben sie alle genuschelt«, sagte Tata.

Sibirien

Sibirien ist eine große Düne auf Hel. Auf dieser Düne wurden Häuser errichtet, doch es ist ein unguter Platz zum Wohnen, denn die Düne ist nicht fest. Sie wird vom Meer unterspült und versucht unaufhörlich, der Sandwanderung zu folgen, die Hel seit Jahrhunderten umschichtet und verschiebt. Wer dort wohnt, hat immer Pech. In Sibirien wird man nicht mit einer Glückshaube geboren.

Sibirien nannten Majka und ich die Gegend, in der Mamas Wohnung lag.

Neunzehnhundertsiebenundachtzig wurde zum Jahr eins meiner Zeitrechnung, denn bis dahin hatte ich nur in Raum gerechnet.

Es war das erste Jahr, das ich als große Zahl vor mir sah. Es war das erste, das einen Namen hatte.

Im Jahr neunzehnhundertsiebenundachtzig wurde Tata CDU-Anhänger und versuchte, sich mit Tante Danuta zu streiten, die sozialdemokratisch wählte. Tata verstand nicht, wie Danuta die Kommunisten wählen konnte, wo sie ihnen doch so glücklich entronnen war. Ohnehin ärgerte es ihn, daß er in einer »roten« Stadt wohnte, wie Onkel Tuba immer sagte. »Ich wundere mich, daß hier trotzdem alles so gut funktioniert«, sagte er.

»Es funktioniert doch nicht«, sagte Onkel Tuba. »Es ist kein Geld da, alle sind arbeitslos und die Werften schließen.«

»Werften?« fragte Tata. »Vom Regen in die Traufe!«

Neunzehnhundertsiebenundachtzig übersetzte ich für Mama die Brigitte-Diät, und Mama kaufte Hüttenkäse und Leinsamen und aß fünfmal am Tag kleine Portionen. Sie bekam einen Deutschkurs vom Sozialamt bezahlt, den sie sogar regelmäßig besuchte, und sie bereitete sich eine Woche lang auf den Besuch von fünf Mitschülern vor. Sie putzte und lüftete, sah sich in der kahlen Wohnung um und ließ sich von Harms kleine Clowns und Ballettschuhe und Gänse aus Porzellan mitbringen, die sie an die Wände hängte und auf die Möbel stellte, wo sie sofort unsichtbar wurden, so klein waren sie und so kahl war die Wohnung. Zum ersten Mal seit der Eröffnung des Cafés Saratoga stand Mama wieder in der Küche und hackte Eier, Kartoffeln, Gurken und Petersilie, raspelte Kohl und Karotten und verzierte Räucherfisch mit Meerrettichmayonnaise. »Wer kommt?« fragte ich, doch das konnte Mama nicht genau sagen, denn sie hatte die Namen nicht behalten. Mamas Mitschüler kamen aus fremden Ländern. Stimmlos vor Schüchternheit nuschelten sie sich gegenseitig mit ihren exotischen Akzenten an, jeder in einer anderen Sprache, die er für Deutsch hielt. Ihre Namen bestanden aus Schnalz- und Knacklauten.

»Und warum hast du gerade diese fünf eingeladen?« fragte ich.

»Sie lächeln mich an«, sagte Mama.

Für den Aussiedlerkurs hatte Mama die Anmeldefrist verpaßt. Dort hätte sie mit Ihresgleichen lernen können, mit Polen, Russen und Rumänen, doch nun saß sie im allgemeinen Anfängerkurs und lächelte Asiaten, Latinos und Schwarzafrikaner an.

»Ich bin verabredet«, sagte ich und nahm meine Jacke vom Garderobenhaken.

Mama trug die Schüsseln mit Salat, die Fischplatte und den Brotkorb ins Wohnzimmer und stellte alles auf den Tisch. Sie saugte noch einmal durch, auch in Majkas Zimmer, wo Majka auf dem Bett lag und las. Ich holte meine Schultasche und ging hinaus, um durch die Stadt zu fahren und meine Hausaufgaben in der Straßenbahn zu machen. Am Ende fuhr ich zu Tata. Ich stieg sechs Stockwerke zu Fuß hinauf, weil der Fahrstuhl kaputt war, und dann konnte ich nicht hinein, weil der Schlüssel von innen steckte. Ich klingelte, doch die Musik war zu laut, und Tata hörte mich nicht. Als ich nach drei Stunden wieder bei Mama war, saßen im Wohnzimmer ein Mongole mit buttrigen Wangen, eine Indianerfrau, ein großer schwarzer Mann und ein südasiatisches Zwillingspaar, das weder männlich noch weiblich zu sein schien. Der Indianerfrau fehlte jeder zweite Zahn, und einer der kleinen braunen Zwillinge war schwanger. Mamas Besucher nahmen sich viel zu dunkel aus vor den weißen Wänden. Sie lächelten mir zu, aber ihre Gesichtszüge verschwammen in Pigmenten und Befangenheit. Durch die Stille fuhr alle fünf Minuten die Straßenbahn. Mama stand erleichtert auf, als sie mich sah. »Meine Tochter«, sagte sie.

Neunzehnhundertsiebenundachtzig durfte Mama auf Duldung in Bundes bleiben »*na Duldungu*«, wie es in der Sprache der Betonköpfe hieß. Und ich kam in die neunte Klasse der katholischen Schule. Majka kam in die achte.

In der Pause trafen wir uns. »Lauter Betonköpfe«, sagte Majka und meinte vor allem die Russen. Da es eine katholische Schule war, liefen überall Polen her-

um und auch ein paar Russen, denn eine russisch-or-
thodoxe Schule gab es nicht. Wir bekamen unseren
eigenen Deutschunterricht und wurden unentwegt gefragt, ob wir alles verstünden. Die Aussprache der meisten Betonköpfe war noch miserabler als unsere, vor
allem die der polnischen. Die Russen besaßen einen
unvorstellbar großen Wortschatz, über Generationen
konserviert im Permafrost Sibiriens, mumifiziert in
den kasachischen Trockensteppen. Sie meldeten sich
unentwegt und sagten etwas in ihrem langsamen, tiefen, uralten Deutsch, das wie eine Sprache von wieder-
auferstandenen Toten klang, eine Sprache aus dem
Grab. Doch abgesehen von all den Betonköpfen waren Majka und ich endlich da, wo Tata uns haben
wollte: Wir standen auf unseren eigenen Beinen und
liefen mit einer Herde von Kindern in bunten Jacken,
die über einen Schulhof trampelte. Über der Herde
schwebte wie eine Schicht aufgewirbelter Staub der
Klang der Sprache, immer in derselben Höhe. Mona-
telang hatten wir außer Tata und Mama nur Tante
Danuta, Henryk und Onkel Tuba sprechen gehört.
Deutsche Stimmen kannten wir außer vom Gemurmel
in der Straßenbahn hauptsächlich von der Zeitansage-
rin und den Zwergen. Jetzt, da die Lehrer jeden Tag
fünf bis sechs Stunden auf uns einredeten und wir in
den Pausen unter der dicken Decke von Deutsch um-
herliefen, die über dem Schulhof lag, merkten wir, daß
unsere Aussprache nicht einmal das Schlimmste war.
Es war viel schlimmer: Wir sprachen in der falschen
Höhe.

Später würde es mir Jane auf dem Klavier zeigen.
»Wir sprechen um das c herum, deutsche Männer eine
Oktave tiefer.« Sie griff ein paar Akkorde. »Vermut-

lich C-Dur. Wenn wir sprechen, klingt das wie eine Proklamation. Wenn ihr sprecht, wie eine Beschwerde. Wie eine Beschwerde über etwas, das sich nicht mehr ändern läßt, oder als müßtet ihr euch selbst gegen eine Beschwerde verteidigen. Vielleicht auch wie eine nicht ernstgemeinte Entschuldigung. Ihr liegt mindestens eine Quarte höher als wir. Grundstimmung unzufrieden, aber nicht böse darüber. Melancholisch, aber nicht düster. Vielleicht a-Moll.« Sie spielte eine Tonleiter. »Nochmal zu den Intervallen«, sagte Jane. »Gehen wir davon aus, daß, was die durchschnittliche Tonhöhe betrifft, zwischen Deutsch und Polnisch eine Quarte liegt.« Sie griff einen Zweiklang. »Denk sie dir ein bißchen nach oben verstimmt, dann hast du das deutsche Polizei-Signalhorn. Tatü-tata. Beides zusammen, die Proklamation und die Beschwerde, das gibt Ärger!«

Als wir auf die katholische Schule kamen, kannte ich Jane noch nicht und nicht ihre Spielereien, die Bocian sicher als pubertär-synästhetischen Folklorekitsch bezeichnet oder zumindest empfunden hätte oder einfach als Fötzchengeschwätz. Die deutschen Mädchen standen in Grüppchen zusammen und redeten. Ich hörte ihnen zu, damit sich ihre Stimmen ein Bett in mein Unterbewußtsein graben konnten, nach Tatas Methode. Die Mädchen brüllten einander dumpf an und kreischten immer wieder hohl auf wie Seehunde. In Polen dagegen hatten die Mädchen hohe Spitzen in den Stimmen. Majka und ich sprachen zu hoch. Selbst unsere Stimmen waren in der falschen Spur.

Mama war froh, daß wir auf eine Schule ohne Appelle und Abzeichen gingen. Wir mußten nicht einmal beten, wenn wir nicht wollten. Wir lernten, daß sich in unseren Gebeten Wünsche und Ängste formulierten. Deshalb sollten wir ruhig individuelle Gebete sprechen, in unseren eigenen Worten, und wann es uns paßte. Der Kaplan machte es vor: Jesus, gib, daß ich mit meinem Vater auch so locker quatschen kann wie mit Dir, wenn ich mal Hilfe brauche. Jesus brauche dann unter Umständen gar nichts mehr zu tun, denn wir würden von ganz allein den Mut fassen, das zu tun, was wir wollten. Wir müßten es nur klar genug formulieren. In Polen hatte ich routinemäßig vor jeder Klassenarbeit gebetet, mit keinem anderen Ziel, als daß es helfen sollte. Wünsche und Ängste formulierten sich genug in mir, aber was sollte das helfen? Ich wußte nicht, ob Beten in Bundes überhaupt eine Wirkung hätte, und so ließ ich es ganz.

Nach der Schule trennten sich Majkas und meine Wege. Majka fuhr zu Mama und ich zu Tata. »Was macht sie?« fragte Tata mich über Mama aus. »Geht sie wirklich jeden Tag zu diesem Deutschkurs? Sind da auch Männer oder nur Affen?« Fast jeden Tag fuhr er bei Mama vorbei und brachte ihr etwas, von dem er meinte, daß sie es unbedingt besitzen müßte: Bilderrahmen, eine silberne Klobürste, Wandhaken und Dübel, Tesafilm, verschiedenfarbige Lackstifte, Schwämme, Musikkassetten, die sie nicht hören, Spezialzeitschriften, die sie nicht lesen würde: »Musikexpress«, »Theater heute« oder »Meine Familie & ich«. Er kaufte einen Spiegel, auf dem das Halbprofil einer Frau in schwarzer Folie klebte und der ihn an die Gräfin erinnert hatte. Während er die Haken in die Dübellöcher schraubte, den Spiegel aufhängte oder Vorschläge machte, wie Mama die Bilderrahmen mit den Lackstiften verzieren könnte, saß Mama auf dem Sofa und rauchte, den Ellbogen des Zigarettenarms in die freie Hand gestützt, und manchmal stand sie auf, ohne die Haltung ihrer Arme zu verändern, und ging schweigend nach Tata sehen.

»Das Wesen dieser Frau ist phlegmatisch«, sagte Tata. »Ich habe noch nie eine Frau gekannt, die so wenig getan hat. Ein Tag muß achtundvierzig Stunden haben, damit sie es schafft, aufzustehen und noch am selben Tag zu frühstücken. Auf irgendeine verrückte Art, die nur Schnecken verstehen können oder Tiefseefische, hat sie die ganze Zeit Spaß mit sich allein. Im Bett war es genauso. Sie ist faul. Und wenn sie mal einen Orgasmus hatte, wußte ich nie, warum und warum gerade jetzt.«

Tata hatte begonnen, mit mir über solche Dinge zu sprechen, weil ich eine Frau war. Und damit ich verstand, wovon er redete, brachte er mir Bücher mit: »The Joy of Sex« und »Die sexuelle Aufgabe der Frau«.

»Orgasmus!« hätte Bocian gestöhnt und die Kellnerin gefragt: »Hast du einen Orgasmus?«

»Was geht dich das an?« Die Kellnerin wäre nach hinten gegangen, um sich die Nägel weiterzufeilen oder die Lockenwickler herauszunehmen.

»Dein Glück, daß du mir keine Antwort gibst!« hätte Bocian ihr nachgeschrien. »Es ist mir nämlich vollkommen egal, und ich verachte jede Frau, die dieses Wort in den Mund nimmt! Ein Orgasmus ist ein Furz im Wind! Ständig redet ihr darüber, wie und wo er entsteht. Wie über ein Kochrezept, und als ob es irgendeine Bedeutung hätte. Euer Orgasmus ist meine Langeweile. Euer Orgasmus ist mein saures Aufstoßen. Euer

Orgasmus ist der Kronkorken, den ich mit den Zähnen abbeiße und in die Ecke spucke.«

»So würde ich das nicht sehen«, sagte Tata. »Ein Orgasmus ist etwas Heiliges. Wenn ein Mann und eine Frau gleichzeitig einen Orgasmus haben, entstehen irgendwo im All neue Dimensionen und Galaxien.«

Tata und ich standen im Waschkeller. Tata holte die Wäsche aus dem Trockner, und ich sortierte sie und verteilte sie auf zwei Tüten. Zuvor hatten wir bei IKEA eine Badezimmergarnitur und Kleiderbügel für Mama gekauft.

»Sie glaubt, ihr Jasnaja Poljana wächst irgendwann einfach aus dem Boden«, sagte Tata und gab mir einen von Mamas Schlüpfern. »In Gdingen war es nicht, auf Hel nicht, und in Bundes wird sie es auch nicht finden, wenn sie sich nicht darum kümmert. In ihrer Wohnung ist es so gemütlich wie in der Pathologie. Früher hat sie wenigstens manchmal etwas genäht, als es nichts zu kaufen gab, Kissenbezüge oder Lampenschirme. Hier macht sie nichts. Sie geht nicht mal in den Supermarkt. Im Bad schimmelt es schon, und sie kommt nicht mal auf die Idee, einen Duschvorhang zu kaufen.«

»Warum ziehst du nicht zu uns?« fragte ich.

»Sie läßt mich nicht«, sagte Tata. »weil wir geschieden sind. Als ob sie das früher gestört hätte. Bevor Danuta auf sie eingeredet hat, ist ihr das nicht einmal aufgefallen. Sie will ihre Freiheit, sie ekelt sich vor mir, aber allein kommt sie nicht zurecht. Damals haben wir uns scheiden lassen, damit sie sich frei fühlt, und ich habe sie weiter wie meine Frau behandelt, damit sie nicht allein ist. Und als meine Frau bekommt sie ihren Willen. Frauen haben es gut bei mir. Ich habe deine Mutter nach Bundes gebracht. Wenn sie sich endgültig frei von mir fühlen will, bitte! Ich mache das Beste draus. Ich bin ein freier Mann, und ich muß zugeben, ich bin froh, daß wir unsere Wohnung haben, wo wir tun können, was wir wollen, nicht wahr, meine kleine Frau?«

»Ja«, sagte ich und sortierte Tatas Socken, »wenn du nur nicht immer den Schlüssel innen stecken lassen und die Musik aufdrehen würdest. Ich hab es satt, immer im kalten Flur zu sitzen.«

»Ich denk dran, Fröschlein!«

Die Tür zur Waschküche wurde aufgestemmt von einem hellblauen Waschkorb. Tata sprang hinzu und hielt sie auf.

»Oh-oh-oh«, sagte Tata, »so ein schwerer Korb!«

Die Frau hatte lange, dunkelrot gefärbte Haare und war barfuß. »Danke«, sagte sie, als Tata ihr den Korb abnahm und schüttelte die Hände aus. »Das ist Monika«, stellte Tata vor, »und das ist meine Tochter.«

»Ich weiß«, sagte Monika.

»Du kriegst kalte Füßchen«, sagte Tata. Monikas Zehennägel waren schwarz lackiert.

»Ich bin daran gewöhnt«, sagte Monika.

»Ich werde dir ein paar leichte Schuhchen kaufen, mein kleines Vögelchen«, sagte Tata, »ganz leichte, du wirst sie gar nicht spüren!«

Monika fing an, ihre Wäsche in die Waschmaschine zu stopfen. Sie kramte in ihrer Umhängetasche, doch Tata langte um sie herum und warf eine Waschmünze in den Schlitz.

»Bitte«, sagte Tata, »aufs Haus!«

Wir nahmen die Tüte mit Mamas und Majkas Wäsche und die mit der Badezimmergarnitur und liefen zur

Straßenbahnhaltestelle. Es war Herbst, und der Wind nutzte die Schneisen, die der Fluß in die Stadt schlug, um noch schneller hindurchzufegen. Der Fluß strudelte anthrazitfarben in Richtung Nordsee, seine Oberfläche war rauh vom Regen.

»Erzähl mir, wie du sie kennengelernt hast«, sagte ich.

»Ich habe einfach meine Hand auf ihren Rücken gelegt, unter dem Pullover«, sagte Tata und steckte mir die Hand unter den Pullover. »Du hast ihren Rücken geerbt. Lang und kräftig und mit einer starken Wirbelsäule, wie ein Krokodil.«

»Majka hat ihren Rücken geerbt«, sagte ich.

»Stimmt«, sagte Tata und zog die Hand zurück.

Die Straßenbahn kam und hielt mit einem Kreischen. Wir stiegen ein. Es roch nach nassen Schirmen und Hunden. Wir fanden zwei freie Plätze und setzten uns, klemmten die Tüten zwischen unsere Beine.

»Als ich sie zum ersten Mal gesehen habe«, erzählte Tata, »habe ich gedacht: So hohe Wangenknochen kann kein Mensch haben, die kann ja kaum aus den Augen gucken! Frauen mit hohen Wangenknochen sind die schönsten und anstrengendsten. Je höher die Wangenknochen, desto anstrengender die Frau. Deswegen sind polnische Frauen die anstrengendsten der Welt. Sie war noch Jungfrau«, flüsterte Tata. »Mit einundzwanzig! Und ich habe meine Unschuld schon mit sieben verloren.«

Keine Geschichte kannte ich besser als die von Tatas Sexkarriere. Als Tata fünf gewesen war, hatte er angefangen, sich für Frauen zu interessieren. Wann immer er mit seinen Eltern und mit Onkel Tuba irgendwo zu Besuch gewesen war, hatte er sich ins Badezimmer ge-

182

schlichen und war an den Wäschepuff gegangen. Er hatte die Wäsche durchwühlt, um an die Schlüpfer der Frauen des Hauses zu kommen, er hatte die Schlüpfer betrachtet und daran gerochen.

»Bald konnte ich in ihren Spuren lesen wie ein Jäger in einer Fährte im Schnee«, sagte Tata.

»Blödsinn«, hätte Bocian gesagt. »Das ist eine dieser langweiligen Legenden, daß man Haarfarbe, Augenfarbe, Alter und so weiter in der Schmiererei einer Frau riechen kann. Das ist eine Legende wie die von dem Mann, der sich selbst einen bläst. Schwächlingslegenden. Laß dir was Neues einfallen, Cybula!«

»Ich konnte sogar die Form riechen, in der ihre Schamhaare wuchsen«, sagte Tata. »Es gibt Buschfrauen und Streifenfrauen.«

»Buschfrauen, Streifenfrauen!« hätte Bocian gesagt. »Weiberkram! Du redest wie eine Frau. Einen richtigen Mann interessiert dieses ganze Drumherum nicht. Der Körper einer Frau ist so kompliziert wie eine Klöppelanleitung. Da könnte man ja auch sticken statt ficken. Männer haben eben kein feines Gehirn und keine feinen Finger.«

»Natürlich rede ich wie eine Frau«, sagte Tata, »ich bin eine Frau.«

»Gib mir noch ein Bier auf den Weg, ich gehe!« hätte Bocian gesagt und wäre vom Barhocker gerutscht. »Sodom!«

»Ich bin körperlich ein Faun und geistig ein Hermaphrodit!« rief Tata ihm hinterher. »Deshalb bin ich so gut in der Liebe!«

Mit sieben hatte Tata versucht, seinen *sisiak* in die *cipka* eines vierjährigen Mädchens zu stecken. Das Mädchen war zu eng, und Tatas *sisiak* war zu weich, und das Mädchen war danach zu seiner Mutter gelaufen und hatte erzählt, daß er etwas mit ihr gemacht habe. Was, das hatte sie nicht sagen können. »Ein Glück«, sagte Tata. »Glück für mich, daß ich einen Hang zu jüngeren Frauen hatte. Diese konnte noch nicht einmal richtig sprechen.«

»Erzähl, wie du Mama zum ersten Mal gesehen hast«, sagte ich.

»Sie hat sich mit diesem Herrn Doktor getroffen«, sagte Tata. »Das war nicht gut für sie. Ich habe sie von Anfang an beobachtet. Zum ersten Mal habe ich sie gesehen, als ich Delfine spielen wollte, ganz für mich allein. Es war Nacht, kaum ein Stern am Himmel, Vollmond. Ich ging zum Molo, weil ich gern nachts unter dem Molo schwimme, nackt wie im Mutterleib, allein zwischen den glitschigen Stützpfeilern, über mir die Bodenplanken, auf denen die Leute hin und her laufen. Stockdunkel ist es da. Ich höre die Wellen gegen die Pfeiler klatschen, und das klingt, als ob Wasser gegen Fleisch und Knochen klatscht, so, wie es Jonas in seinem Wal gehört hat, und über mir höre ich die Leute reden und die Mädchen über die Promenade stöckeln, und die Musik tröpfelt durch die Ritzen. Ich will also schwimmen unter dem Molo, stehe am Strand und ziehe mich aus. Da sehe ich sie am Feuer hocken, auf einem Baumstamm. Der Widerschein meißelt die Wangenknochen aus ihrem Gesicht heraus wie aus einem Stein. Sie sitzt da und guckt ins Feuer und guckt den Burschen nicht an, mit dem sie redet, er ist aber auch nicht anzusehen: ein dürres großes Gestell mit Leberflecken im Gesicht. Er läßt sie viel zuviel reden, so wie man es mit Frauen nicht machen darf. Ich sehe, sie ist verlegen. Deshalb redet sie soviel und sieht ihn nicht

an. Ich stehe da, und mir ist kalt, weil ich nackt bin und
es regnet, aber ich kann mich nicht bewegen, ich muß
sie ansehen. Sie hat sich eine Decke über den Kopf gezogen, damit sie nicht naß wird. Ich sehe ein paar Haar-
strähnen, das Wasser perlt davon ab wie von Schafwol-
le. Sie hält sich sehr gerade, und der Bursche sitzt neben
ihr unter dieser Decke und umarmt sie nicht einmal,
macht gar nicht den Versuch, sie zu befummeln. Er
fängt an, mit einem Stock irgend etwas in den Sand zu
kritzeln. Sogar in diesem schummrigen Licht kann ich
sehen, daß ihr Gesicht nicht vom Glutschein des Feuers
so rot sind. Sie starrt auf das Gekritzel, dann schaut sie
hoch, sie schaut ihn zum ersten Mal an und macht ein
Gesicht wie eine brave Schülerin, und darin ist sie wohl
geübt. Sie sagt etwas zu dem Burschen, und er lacht
und nickt und wischt das Gekritzel wieder aus. Ich denke: Das kann doch nicht wahr sein, diese wunderschöne Frau hängt an den Lippen von diesem Spargel, mit
einem Blick, als erwarte sie eine gute Note. Das kann
doch nicht sein, denke ich, in diesen Augen muß doch
noch etwas verborgen sein, und ich räuspere mich, und
sie schaut in meine Richtung in die Dunkelheit, und da
sehe ich, was in ihrem Blick liegt und was gar nicht so
verborgen ist: Diese Frau hat die *cipka* in ihren Augen.«

Als wir Mama die Sachen brachten, hatte sie nicht
ihre *cipka* in den Augen, sondern Tränen. »Was ist
das?« fragte sie. »Was soll denn das für eine Farbe
sein?«

»Blau, denke ich doch«, sagte Tata und hielt den
Duschvorhang ins Licht. »Oder Türkis?«

»Er ist grün«, sagte Mama, »und was für ein wider-
liches, giftiges Grün!«

185

Kurz vor Weihnachten fingen sie in der Schule an zu basteln. Für das Wort »Basteln« fand ich im Polnischen kein zufriedenstellendes Äquivalent. Dieses Wort, der verschachtelte Klang mit den kurzen Vokalen, die an den aneinandergedrängten Mittelkonsonanten klebten, paßte perfekt zu seiner Bedeutung, und Basteln war eine sehr deutsche Beschäftigung. Die Deutschen konnten basteln, die Betonköpfe nicht. Die Deutschen schnitten mit dem Teppichmesser so sauber in dicke bunte Pappen wie mit einem Skalpell, sie hatten ein Gefühl für die richtige Menge Klebstoff, so daß ihnen nichts überquoll, und ständig griffen sie nach ihrem Lineal, um etwas glattzustreichen. Unter ihren Händen verbanden sich die verschiedensten Materialien miteinander, ohne Blasen zu werfen. Das Basteln gehörte zu Bundes wie das Aufteilen in Gruppen, und bevor wir anfingen zu basteln, teilte sich unsere Klasse auf in die Krippengruppe, die Dekogruppe und die Burkina-Faso-Gruppe. Die Burkina-Faso-Gruppe bastelte Autos aus Blechdosen, wie es die Kinder in Burkina Faso taten. Diese Autos sollten auf dem Basar verkauft werden, und der Erlös ging nach Burkina Faso, in ein Land, unter dem ich mir nichts vorstellen konnte und das überhaupt erst seit zwei Jahren so hieß. Die Dekogruppe dekorierte die Aula und bestand hauptsächlich aus Jungs, denn wer in der Dekogruppe war, durfte den elektrischen Tacker benutzen. Die Krippengruppe bastelte eine multi-ethnische Krippe im Maßstab 1:2. Ich war in der Krippengruppe und wurde mit einem Mädchen zum Balthasarbasteln eingeteilt.

»Balthasar war der Schwarze«, sagte das Mädchen, das normalerweise direkt vor mir saß und von dem ich immer nur den Rücken sah, so daß ich es von vorn kaum erkannte. »Halt die Pappe fest«, sagte es, »ich mal dir einen Schwarzen, der so geil aussieht, daß nicht mal Leni Riefenstahl Jesse Owens besser hinge-kriegt hat.« Das Mädchen warf eine Skizze auf die Pappe. »Schneid aus!« sagte es und drückte mir eine Schere in die Hand. »Ich hole die Farben. Das heißt: die Farbe. Es wird wohl eher eine monochrome Ar-beit.« Das Mädchen ging zum Materialschrank. Ich nahm die Schere und verkantete sie schon beim ersten Schnitt in der Pappe. »Ach so«, sagte das Mädchen, als es wiederkam, Tuben mit schwarzer und brauner Plakafarbe im Arm. »Neue Aufgabenverteilung. Fol-gendes: Ich mache alle wichtigen, kreativen Arbeiten und alles, was Geschick verlangt, du reichst an und wäschst die Pinsel aus. Noch Fragen?«

Ich drückte Farbe in kleine Plastiknäpfe, und das Mädchen fing an zu mischen.

»Ich würde viel lieber eine Plastik machen«, sagte es. »Etwas Monumentales. Kennst du Niki de Saint-Phalle? Sie hat eine Frau gemacht, so groß, daß man in die Möse hineingehen konnte.«

»Nein«, sagte ich.

Das Mädchen gab mit kräftigen Strichen und trop-fendem Pinsel Balthasar glänzende Muskeln.

»Sie hat mit Polyester gearbeitet und dabei jahre-lang das Zeug eingeatmet«, sagte es und fuhr in Hell-braun Balthasars Lenden nach. »Jetzt ist ihre Lunge davon zerfressen. Sie ging jeden Tag in einen Raum, der aussah wie die Garderobe einer verrückten Holly-wood-Diva oder ein Schminkzimmer in der Hölle, rosa, rot und schwarz, und dort atmete sie Sauerstoff aus großen Metallflaschen. Stell dir vor: ein Zimmer im Haus von Niki de Saint-Phalle, wie man es sich schöner nicht vorstellen kann, lauter Mosaike und Spiegel und alles in den herrlichsten Farben, wo es keine Traurigkeit gibt und keinen Tod, höchstens symbolisch, und darin gelbe, häßliche Sauerstofflaschen, aus denen Niki atmen muß, um leben zu können.«

»Schrecklich«, sagte ich.

»Nein«, sagte das Mädchen, »nicht schrecklich. Es gibt Dinge, für die es sich lohnt, sich hinzugeben.« Das Mädchen beugte sich tief über das Bild. Die Spitzen seiner Haare zogen Schlieren durch die feuchte Farbe. Und als das Mädchen so redete, meinte ich, Mama zu hören. So mußte Mama geredet haben, als sie noch glaubte, das Warten auf das, wofür es sich hinzugeben lohnte, sei nicht mehr lang.

Die Attacke der numidischen Reiterei

Eine Brauerei, eine Kaffeerösterei, eine Frühstücksflockenfabrik. An manchen Tagen hing Maischege-
ruch über dem Fluß und schlug der Stadt warm und
bitter ins Gesicht. An anderen Tagen roch es nach Kaffee, aber nie nach Frühstücksflocken, denn die Fabrik
lag weiter flußabwärts in der Nähe des Hafens. Es gab
auch eine Schokoladenfabrik, eine Gewürzfabrik und
eine Mühle, aber niemand verlor ein Wort über die
Jahrmarktgerüche auf seinem Weg durch diese ruhige,
niedrige, feuchte Stadt. Einmal gab es eine Verpuffung
in der Mühle, und der gesamte Westen der Stadt war
mit Roggenmehl überpudert. Das Mehl verklumpte
mit dem Nieselregen zu einem zähen Teig, den die Autos auf den Straßen zu Spindeln rollten. Der Teig krü-
melte von den Autodächern und von den Schultern,
und niemand achtete darauf. Ich roch die Fabriken
und stellte mir vor, daß man sich dort in Pfeffer, Schokolade und Staubzucker wälzte. Und dann gab es noch
Mercedes. Bei Mercedes stand Tata am Ende einer langen Produktionskette und entschied über Leben und
Tod. Leider sah seine Bilanz nicht gut aus. Von Tag zu
Tag würgte Tata mehr nagelneue Motoren ab, und ein
Motor, der gleich bei der ersten Zündung absoff, war
für immer verdorben. Der Meister konnte Tata nicht
ansehen, ohne unter Schmerzen an die Zehntausende
von Mark zu denken, die Tata täglich durch die Finger
rannen. Und Tata konnte seine Schulden nicht einmal
mit einem zerfetzten Arm bezahlen, wie es der Arbei-

ter in dem Demonstrationsfilm getan hatte. Aber Tata wollte sich nicht versetzen lassen. Endlich hatte er eine Tätigkeit gefunden, deren übergeordeter Sinn seiner Aufgabe in der Welt entsprach, seiner Aufgabe, Leben zu geben. Er verließ seinen Platz nicht, und wenn der Meister einen anderen Arbeiter schickte, um Tata ablösen zu lassen, drängte Tata ihn beiseite, und niemand war wild darauf, sich mit Tata einzulassen, denn er sah gefährlich aus, klein und finster, mit seinem aufgerollten Bart, um den er ein Gummiband gezwirbelt hatte. Täglich bat der Meister Tata zu einem Einzelgespräch in den Gruppenraum. Doch der Meister wartete immer vergebens. Tata kam nicht. Er erschien auch nicht zu den Gruppengesprächen, und irgendwann wurde ihm gekündigt, denn Gruppengespräche waren heilig, bei Mercedes und in der Schule wie in ganz Bundes.

Tata ging zu einer Zeitarbeitsfirma und wurde erst in die Schokoladenfabrik, dann zu den Frühstücksflokken und zum Schluß in die Gewürzfabrik geschickt. In der Schokoladenfabrik bekam Tata endlich weiche weiße Handschuhe, wie die Leute, die bei Mercedes Autos polierten. Er mußte Pralinen in Schachteln legen. Abends schüttelte er Katzenzungen, Nußpralinen und Orangentaler aus seinen Taschen, und Mama brachte er Berge davon. »Du hast mir nie Pralinen geschenkt, und jetzt muß ich etwas essen, wo die Leute draufgetreten sind!« beschwerte sie sich.

In der Frühstücksflockenfabrik arbeitete Tata bei den Honig-Weizen-Snacks. Dann wurde er Folienschweißer und schweißte kleine Plastikfiguren ein, die als Zugabe in die Frühstücksflockenpackungen kamen, und als Tata in die Pfefferfabrik wechselte, besaß ich schon eine ganze Reklamka voll davon. In der Pfefferfabrik erwischten sie Tata mit Muskatnüssen in den Hosenaufschlägen und schickten ihn fort.

Danach sollte Tata in die Kaffeerösterei versetzt werden, aber er hatte genug von der Zeitarbeit. Sein Vertrag war allerdings noch nicht abgelaufen.

»Kein Problem«, sagte Tante Danuta. Tante Danuta war die Herrscherin über Rezepte und Krankschreibungen. Dr. Köster kannte eine Menge Ärzte aller Fachrichtungen, die es mit beidem nicht so genau nahmen, und Danuta selbst ging ständig zu allen möglichen Ärzten und ließ sich die verschiedensten Medikamente verschreiben. Einige davon nahm sie ein. Die meisten aber wollte sie einfach im Haus haben, von allem etwas, für den Fall, daß jemand einen Kreislaufzusammenbruch, Herzrasen, Schuppenflechte, Gallenkoliken oder eine akute Psychose bekäme. Die Beipackzettel holte Danuta aus den Schachteln, entfaltete und lochte sie und heftete sie in alphabetischer Reihenfolge ab. Da sich Tante Danuta ständig Sorgen um Henryk machte, wurde jeden Tag mehrmals im Beipackzettelordner und im Gesundheitslexikon nachgesehen. Hatte Henryk womöglich Lymphdrüsenkrebs, oder würde eine pflanzliche Immunstimulanz die Knoten unter dem Ohr zum Abschwellen bringen? War die rote Pustel auf seiner Stirn ein Pubertätspickel oder ein Furunkel? »Furunkel oberhalb der Nasenlinie«, las Tante Danuta, »können zu gefährlichen Infektionen bis zur Blutvergiftung führen.« Eine einfache Zugsalbe oder doch ein Antibiotikum? Wenn Henryk die Hand einschlief, befürchtete Tante Danuta multiple Sklerose, wenn er sich am Hals kratzte Neurodermitis. Lag Henryk mehr als drei Tage mit Grippe im Bett, fing

Tante Danuta an, ihm Thrombosespritzen zu geben, und bei jeder Hautrötung trug sie Cortisonsalbe auf, bis Henryks Haut so fleckig und dünn war wie am Anfang seines Lebens. Ständig saß sie mit ihm im Wartezimmer ihrer Freundin Dr. Göbbels.

Nur zum Endokrinologen ließ sich Henryk nicht schleppen.

»Sieh mich an, ich bin auch nicht groß«, verteidigte Tata Henryk, »und aus mir ist auch was geworden.«

»Und was ist aus dir geworden?« fragte Tante Danuta. »Du hast nichts gelernt. Du hast keinen Job.«

Tata war von Tante Danuta zu ihrem Dermatologen geschickt worden, der ihm eine Lebensmittel- und eine Stauballergie attestiert hatte, und jetzt war er arbeitslos. Jeden Vormittag tauchte er vor der Schule auf und wartete am Hoftor, um uns etwas zu essen zu bringen. Während alle anderen an den Mauern lehnten, heimlich rauchten, knutschten oder sich prügelten, standen Majka und ich in der Pause am Hoftor, aßen belegte Brote und redeten mit unserem Tata. Manchmal führte er uns aus und ging mit uns auf dem Platz vor der Liebfrauenkirche eine Bratwurst essen.

»Wir dürfen das Schulgelände nicht verlassen«, sagte ich.

»Mit mir schon«, sagte Tata. Wir gingen Schaufenster gucken, bis wir zurück in den Unterricht mußten. Mittags stand Tata wieder vor dem Tor, und dann fuhren wir nach Worpswede. Manchmal überredete er Majka, mitzukommen.

In Danutas Dachwohnung roch es nach Lilien und Kiefernholz. Die schwere dunkle Mahagonigarnitur aus Onkel Tubas Zeiten stand mit Plastikplanen abgedeckt im Keller. »Ich brauche nicht viel«, sagte Tante Danuta, »und die Wohnung ist so klein. In der Umgebung kriegt man für das Geld, das ich hier bezahle, eine Vierzimmerwohnung, aber im Zentrum sind die Mieten so teuer. Deswegen richte ich mich lieber sparsam, aber hell und freundlich ein, dann wirken die Zimmer größer.« Vasen mit weißen Lilien standen auf der Kiefernholz-Flurkommode und auf dem Wohnzimmertisch. In jedem Zimmer gab es eine Dose Orchideen-Raumspray.

»Sie war die einzige wirklich saubere Frau, die ich je hatte«, sagte Tata später.

Tata öffnete die Wohnungstür. Er hatte einen Schlüssel. Manchmal war Henryk zu Hause. Meistens aber war er irgendwo draußen und fuhr mit dem Fahrrad herum.

In der Wohnung standen die süße Orchideenluft und die salzige Harzluft in Säulen unbeweglich nebeneinander, und Faco, Danutas schwarzer Zwergpudel, empfing uns bellend, denn er hatte den ganzen Vormittag allein in der stickigen Wohnung gesessen. Henryk nannte ihn »Fuck-off«. Er war ein Sohn von Dr. Kösters preisgekrönter Pudelhündin Isis.

Tata nahm einen Zwanzigmarkschein aus der Schale auf der Flurkommode und ging einkaufen. Ich nahm die Leine vom Garderobenhaken, hakte sie an Facos Halsband und ging mit ihm Gassi. Wenn Majka da war, kam Majka mit, wenn Henryk da war, Henryk, und wenn beide da waren, kamen beide mit.

Wir liefen über den Weyerberg, der eher ein Hügel war. Der Wind, der sonst ungebremst über die Wiesen und das Moor fegte, strudelte darüber hin, aber da wir so alt waren, wie wir waren, rannten wir nicht. Ich sehnte mich nach dem Keuchen, das eine Flucht vor dem Wind begleitete, und wären wir jünger gewesen oder älter, wir wären gerannt. Majka hielt sich fern von Henryk. Ihre Stirn kräuselte sich wieder von selbst, denn sie zupfte ihre Augenbrauen nicht mehr.

»Sie hockt auf ihm«, sagte Henryk am Wind vorbei. »Sie hockt auf ihm und wippt und flüstert: Ja, ja! Und er sagt: Ich gebe dir deine Identität! Ich fick dich an die Decke, bis du erkennst, wer du wirklich bist! Ich fick dich, bis du dich erinnerst.«

»Ja, klar«, sagte Majka.

Aber ich wußte, daß Henryk recht hatte. Ich dachte an den Nachmittag vor vielen Jahren, als Tata mit Henryk und mir nach Sopot an den Strand gefahren war. Henryk und ich hatten darüber gestritten, wo links und wo rechts war. »Da ist links«, sagte ich und zeigte in Richtung Gdingen. »Und da ist rechts«, sagte ich und zeigte in Richtung Danzig. »Nein«, sagte Henryk und drehte sein Hohlkreuz zum Meer. »Links!« Er zeigte nach Danzig. »Rechts!« Er zeigte nach Gdingen. Dann drehte er sich noch einmal um hundertachtzig Grad. »Links!« Er zeigte nach Gdingen. »Rechts!« Er zeigte nach Danzig und erklärte: »Du hast dein eigenes Links und Rechts immer bei dir.«

»Das stimmt nicht!« schrie ich. Ich war zwei Jahre älter als Henryk, und Henryk hatte bis vor kurzem noch Windeln getragen. »Tata!« schrie ich.

»Er hat recht«, sagte Tata, und ich warf mich auf den Boden und grub mein Gesicht in den Sand.

»Sie stellen jedesmal die Musik laut«, sagte Henryk, »aber ich weiß, was sie machen.«

Wenn Danuta nach Hause kam, war Tata mit dem Kochen fertig.

»Geh hin«, sagte Tante Danuta, »und laß dir den Zahnstein entfernen. Das kann nicht schaden, wenn du wieder Arbeit suchst. Und Frauen mögen gepflegte Zähne. Wie lange warst du nicht mehr beim Zahnarzt?«

Nach dem Essen schickten Tata und Danuta uns noch einmal mit Faco hinaus, obwohl der Hund von dem viel zu langen Spaziergang am Nachmittag noch immer ein bißchen hinkte. Als wir zurückkamen, standen Tata und Danuta in der Küche und rauchten am offenen Fenster. »Mach mir einen Termin«, sagte Tata zu Danuta, und sie lächelte.

Tata bekam eine Stelle bei Dr. Köster. Jeden Abend um sieben machte er sich auf den Weg in die Praxis, und gegen zehn war er fertig.

»Das ist entwürdigend«, hätte Bocian gesagt. »Ist das eine Arbeit für einen Mann?«

»Ich wäre gern ein Frau«, sagte Tata. »Warum keine Putzfrau? Gerade eine Putzfrau!«

»Ist es die wahre Natur der Frau, eine Putzfrau zu sein?« hätte Bocian gefragt. »Das könnte man aus deinen Worten schließen.«

»Eine Frau muß von irgend etwas leben«, sagte Tata. »Und die Frau lebt vom Mann und durch den Mann, sie ist aus ihm erschaffen. Ein Mann ernährt eine Frau, weil sie seine Kinder ernährt, weil sie ihn aus Liebe befriedigt oder aus beruflichen Gründen. Oder eben, weil sie seine Wohnung saubermacht. Glaubst du, es waren Männer, die in der Steinzeit den Mammutdung aus den Höhlenecken gekratzt haben? Mutter, Geliebte, Hure, Putzfrau – das sind die Säulen der weiblichen Existenz, die Urberufe der Frau. Vielleicht noch Zahnärztin.«

»Zahnärztin?« hätte Bocian gefragt.

»Du hast selbst gesagt, eine Frau hat feinere Finger als ein Mann«, erklärte Tata, »und es liegt ihr nicht, physischen Schmerz zu bereiten. Neulich hat mir Frau Dr. Johannsen eine Füllung ohne Spritze gemacht, und es tat weniger weh als bei Dr. Köster mit Spritze.«

Ich blieb allein im Haus am Fluß. Seit Tata bei Tante Danuta übernachtete, kam Majka nicht mehr mit nach Worpswede, und ich sah sie nur noch in der Schule. Majka haßte die Schule, aber sie war in allen Fächern gut. Mir war die Schule gleichgültig, und ich war in allen Fächern mittelmäßig. Die Anstrengung der ersten Monate war längst vorbei, und um alles verstehen zu können, mußten wir uns nicht mehr gewaltsam konzentrieren, bis unsere Augen blutunterlaufen waren und es in unseren Ohren sauste. Unsere durchschnittliche Stimmhöhe sank um mindestens eine Terz. Trotzdem blieb die Schule eine Fortsetzung des Fiebertraums von Friedland.

Frau Dr. Johannsen nahm den Abdruck meiner Kiefer mit einer silbernen Metallschiene und einer rosaroten Paste, die meinen Gaumen fast bis zum Erbrechen reizte und dann erstarrte. »Na?« fragte Dr. Köster, als er kurz hereinschaute. »Alles okay, außer dem bißchen Überbiß?« Frau Dr. Johannsen hebelte die Schiene von meinem Unterkiefer, als wollte sie mir die Zähne mit herausreißen. Durch Zufall entdeckte sie ein kleines Loch an einem meiner Backenzähne. Schwüle Luft drang durch die Kippfenster. Es donnerte, und ein ferner Blitz erhellte das Behandlungszimmer.

»Das machen wir schnell noch zu«, sagte Frau Dr. Johannsen. »Spritze?«

Mit einer gefühllosen Unterlippe und kleine rosa Krümel spuckend lief ich zurück zu Tante Danuta. Ich nahm den Weg über den Zionskirchhof, wo die toten Worpsweder lagen, die Bauern und Maler. Vor einem der Gräber standen fünf Leute in schwarzen Mänteln. Es war neunzehnhundertachtundachtzig, und ich kannte keine Leute, die schwarze Mäntel trugen.

»Hallo«, sagte das Mädchen und griff nach meinem Arm, als ich vorbeilaufen wollte.

»Hallo«, sagte ich.

»Das ist Sonja«, stellte mich das Mädchen vor. »Und das ist meine Mutter.«

»Guten Tag«, sagte ich.

»Gut, daß ich dich hier treffe«, sagte das Mädchen. »Dann kannst du mir gleich die Mappe geben.«

»Die Mappe?«

»Du weißt schon.«

»Wohnst du hier?« fragte die Mutter des Mädchens.

»Ja«, sagte das Mädchen. »Im siebten Himmel des Kunsthandwerks. Ich gehe jetzt mit Sonja, wegen der Mappe.«

»Okay«, sagte die Mutter und schaute auf die Uhr. »Wir sind bis sechs im Café Verrückt.«

Das Mädchen packte mich am Arm und zog mich mit sich fort. Es fing an zu rennen, und ich mußte mitrennen, wir sprangen über Grabbepflanzungen, Hekken und niedrige Bänke, liefen zwischen den Gräbern, schlugen am Friedhofstor an, liefen durch das halbe

Dorf, bis wir unter einer Kastanie stehenblieben. Das Gewitter war vorbei, und um uns herum tropfte Wasser von allen Blättern, lauter, als unser Schritte beim Rennen gewesen waren. Lange war ich nicht mehr so gerannt. Das Mädchen stand da, atemlos, Koniferenzweige im Haar, als hätte ihr jemand einen Kranz vom Kopf gerissen, lose helle Haare auf dem schwarzen Mantelstoff wie Fäden von einem zerrissenen Brautschleier.

»Ist jemand gestorben?« fragte ich.

»Gestorben?«

»Das Grab und die schwarzen Mäntel.«

»Ach so«, sagte das Mädchen.

»Du siehst aus wie eine Braut, die an ihrem Hochzeitstag Witwe geworden ist«, sagte ich.

Das Mädchen lachte. »Ja, es ist jemand gestorben, die arme Paula Becker-Modersohn. Und sie hat ein schreckliches Grab bekommen. Gewünscht hat sie sich eine Wucht von Rosen, und genauso hat sie es gesagt: eine Wucht von Rosen. Was haben sie gepflanzt? Bodendecker. Sie ist bei der Geburt ihres Kindes gestorben. Mutter werden und sterben, da ist Braut werden und Witwe dazu schon besser. Ich will mindestens je einmal heiraten, Witwe werden und mich scheiden lassen, ich will, daß mein Mann mich betrügt, und ich will die Geliebte eines verheirateten Mannes sein. Aber bisher bin ich noch nicht sehr weit gekommen. Wer ist eigentlich der Typ, der dich immer abholt?«

»Mein Vater.«

»Schade, ich dachte, du hättest vielleicht ein Verhältnis mit einem älteren Mann. Er ist sehr sexy.«

Ich fing an zu laufen, ich lief durch das Dorf und das

Mädchen hinter mir her, hinauf auf den Weyerberg, wie jeden Tag, doch diesmal rannte ich, und diesmal war ein Mädchen bei mir, das einen schwarzen Mantel trug und das unbedingt bei mir sein wollte. Es war ein Tag zwischen Sommer und Herbst, aber das spielte keine Rolle, denn das Gras auf dem Weyerberg war zu jeder Jahreszeit grün und feucht und der Himmel blau und feucht.

»Warum bist du mit mir gekommen?« fragte ich.

»Ich hatte keine Lust auf die Galerien und die Gräber«, sagte das Mädchen, »auf das Café Verrückt mit den Mosaiken und schiefen Fenstern. Worpswede.«

Mein Gaumen war trocken von Frau Dr. Johannsens Tupfern und Saugern, meine Kehle rauh, meine Unterlippe, von Frau Dr. Johannsen mit Gift ausgespritzt, hing über das Kinn bis hinunter auf die Brust, mein Zwerchfell drückte gegen die Lunge, und da war es, als öffne sich mir oben auf dem Weyerberg zum ersten Mal der Mund, seit ich in Bundes war, und ich sprach deutsch.

»Ich wohne nicht hier«, sagte ich. »Ich bin nur bei meiner Tante zu Besuch. Aber die Maler«, sagte ich, und unter meinem Brustbein gurgelte es, »die Maler haben es richtig gemacht«, sagte ich. »Den Himmel. Ich kenne mich aus. Sie haben alles so gemalt, wie es ist, den Himmel und die Erde und das Licht. Sie haben gesehen, wie sich der Himmel in der Erde gespiegelt hat. Die Erde ist hier flach wie ein Spiegel und voller Wasser. Wasser in der Luft und Luft im Wasser. Die Moore und Wiesen sind wie ein Meer. Früher habe ich zwischen zwei Meeren gewohnt, in einer Gegend, wo der Horizont verschwindet, wie hier. Vom

Weyerberg aus kann man es sehen. Der Weyerberg ist einundfünfzig Meter hoch.«

»Aha«, sagte das Mädchen. »Gehen wir jetzt zu deiner Tante?«

»Nein«, sagte ich. Ich wollte nicht, daß das Mädchen Tata begegnete.

»Ich gehe auf keinen Fall in ein durchgeknalltes Café«, sagte das Mädchen.

Wir setzten uns auf den ausgebreiteten schwarzen Mantel. Es war ein Herrenmantel, mit glänzend grauschwarzgestreiftem Innenfutter.

»Wie heißt du?« fragte ich.

»Das hast du vergessen?« fragte das Mädchen. »Nach einem Jahr weißt du meinen Namen noch nicht? Hast du auch vergessen, daß wir zusammen den Balthasar gemacht haben?«

»Nein«, sagte ich, »aber deinen Namen.« Tatsächlich wußte ich fast keinen der Namen, die jeden Tag durch den Klassenraum und über den Schulhof schwirrten, gebellt, geflüstert, gekreischt. Was die Zukunft betraf, so merkte ich mir nur das Nötigste: die nächste Klassenarbeit, den nächsten Vokabeltest, die Nummer des Biologieraumes, in dem am nächsten Tag ein Film über das Fortpflanzungsverhalten der Stichlinge gezeigt würde, und den Namen des Mädchens, mit dem ich ein Referat in Geschichte halten sollte, über Frauen und Sklaven im antiken Rom. Mit Corinna, so hieß sie, redete ich in der Fünfminutenpause. »Wann hast du mal Zeit?« fragte Corinna. »Eigentlich habe ich nie Zeit«, sagte ich. »Gut«, sagte Corinna, »dann machst du die Sklaven und ich die Frauen.«

Das Mädchen gab mir eine Visitenkarte. »Bitte«, sagte es, »bitte nenn mich Jane!«

In der Praxis von Dr. Köster war der Boden aus perlgrauem, blankem Granit. Tata putzte mit Schwung und Begeisterung und nur mit Markenputzmitteln. »Der General!« sagte er. »Das Beste vom Besten! Was für Profis! Damit putzt ein Mann!«

Ich mußte Tata rechtgeben, daß das Putzen von solchem Luxus keine Demütigung war. Ich polierte die Waschbecken in den Behandlungsräumen, bis kein Kalkfleck mehr zu sehen war.

»Hier gehöre ich hin«, sagte Tata. »Qualität überall! Das ist meine Welt!« Er pumpte den Behandlungsstuhl in Raum 1 hoch und wieder herunter. Es gab ein sanftes Zischen. »Das ist das Gárdena unter den Behandlungsstühlen!« sagte er. Im Laborraum sahen wir uns die Kiste mit den Zahnersatzteilen an, Goldzähne in kleinen Plastiktütchen mit Namensschildern darauf. »Was das alles wert ist!«

Frau Dr. Johannsen saß hinter der Empfangstheke an der Schreibmaschine, und Tata schlich betont leise mit dem Wischeimer vorbei. Dann stellte er den Eimer in der Tür ab, kehrte noch einmal um und stützte die Arme auf die Theke, riesige gelbe Gummihandschuhe an den Händen. »So spät noch arbeiten?« fragte Tata. »Schöne Frauen brauchen Schlaf.« Er redete wie mit einer Kellnerin vom Café Saratoga.

»Ich schreibe einen Bericht.«

»Tipp, tipp, tipp«, sagte Tata. »Wie schnell Sie das können! Sie haben feine Hände. Damit können Sie einen Mann sehr glücklich machen.«

Frau Dr. Johannsen sah Tata nicht an und schrieb weiter.

»Sie tippen schnell, ich putze schnell«, sagte Tata, »und ich sehe an ihren flinken kleinen Fingern, daß Sie

ebenso gern spielen wie ich. Was halten Sie davon: Wir
machen hier unsere Arbeit fertig, dann nehme ich Sie
mit, und wir spielen ein Spiel, das ich speziell für Sie
erfunden habe!«

Frau Dr. Johannsen stand auf, nahm die Schreibmaschine, trug sie ins Büro und machte die Tür hinter sich
zu.

Bei Dr. Köster war Tata erfolgreicher. Wenn er Dr.
Köster in der Praxis traf, faßte er ihn am Arm und
nannte ihn einen Profi. »Ich habe noch niemanden
getroffen, der soviel von seinem Handwerk und von
den Menschen versteht«, sagte Tata. »Ich habe Sie
beobachtet! All die Menschen mit ihren Leiden und
verfaulten Zähnen, und Sie bleiben ganz ruhig. Ich
weiß, Sie stehen dem Leid nicht kalt gegenüber, aber
Sie haben Distanz. Wer gut sein will, muß beides haben: Liebe und Distanz. Das ist professionell. Und die
ganzen Geräte! Die müssen einen Haufen Geld geko-
stet haben!«

Dr. Köster gewöhnte sich daran, jedesmal von Tata
gestellt zu werden, wenn er über den Flur lief. Irgendwann fing er an, Tata freundschaftlich auf die Schulter
zu klopfen, wenn er ihn traf, und er erklärte Tata gern
die Bohrer, den Röntgenapparat und das UV-Gerät.
Tata konnte ihn sogar dazu überreden, ein Röntgen-
bild von seinen Zähnen zu machen.

»Sieht nicht gut aus«, sagte Dr. Köster.

»Daran sind die Kommunisten schuld.«

»Ein Jammer«, sagte Dr. Köster, »dieses Gebiß muß
gründlich saniert werden.«

»Nein«, sagte Tata, »es soll ein Denkmal sein gegen
den Kommunismus.«

Dr. Köster nickte. »Sie sind ein kluger Kopf. Wären da drüben doch alle so wie Sie!«

Danuta wurde nervös, wenn sie die beiden zusammen sah. Als Tata zum ersten Mal zu Dr. Köster nach Hause eingeladen war, ließ sie Tata hinterher keine Ruhe.

»Was habt ihr gemacht?«

»Was Männer tun«, sagte Tata. »Im Garten gesessen und Bier getrunken. Ein wunderbarer Garten! Der Grill ist gemauert und so groß, daß man drin wohnen kann.«

»Die Kösters sind meine Freunde«, sagte Tante Danuta. »Wenn du sie belästigst, rede ich kein Wort mehr mit dir!«

Nachts im Haus am Fluß klingelte oft das Telefon. Es konnte nur Mama sein oder Onkel Tuba.

»Wo ist er?« fragte Onkel Tuba.

»Ich weiß nicht«, sagte ich. »Unterwegs.«

»Wo ist er?« fragte Mama.

»Keine Ahnung«, sagte ich.

»Hat er eine Freundin?«

»Nein«, sagte ich.

»Natürlich hat er eine Freundin. Wo soll er denn sein um diese Zeit, wenn nicht bei einer Frau?«

»Vielleicht bei Onkel Tuba.«

»Onkel Tuba hat eben angerufen und nach ihm gefragt.«

»Dann weiß ich es nicht.«

»Er hat eine Freundin.«

»Vielleicht.«

»Du deckst ihn! Du hältst zu ihm, obwohl er dich vernachlässigt und nachts allein läßt in einem Haus

203

voller Krimineller! Er hat dich gekidnappt und läßt dich nicht zu mir. Er hat die Familie gespalten.«

»Ich muß auflegen. Ich muß noch Hausaufgaben machen.«

»Um diese Zeit? Es ist nach zwölf! Ist es ihm egal, wann du deine Hausaufgaben machst? Wo warst du die ganze Zeit? Ich habe es tausendmal versucht, nie war jemand zu Hause. Wo hast du dich rumgetrieben, anstatt Hausaufgaben zu machen? Du sollst so spät nicht mehr da draußen herumlaufen. Wir sind nicht in Polen, hier warten überall Vergewaltiger auf dich, in den Hauseingängen und Gebüschen. Lies mal die Zeitung!«

»Ich muß auflegen.«

»Sonja?« fragte Mama. »Hast du noch Tee im Haus?«

»Ja«, sagte ich.

»Ich hab keinen mehr.«

»Hat Majka keinen gekauft?«

»Was soll deine Schwester denn noch alles tun?«

»Was tut sie denn schon alles?«

»Sie muß lernen. Und ich hab keinen Tee mehr. Ich brauche Tee, sonst schlafe ich ein.«

»Du sollst doch auch einschlafen.«

»Ich würde ja schlafen, aber ich will nicht einschlafen. Beim Einschlafen kommt das Grausen. Ein bißchen schwarzen Tee nur, für zwei, drei Täßchen, Sonja, bitte! Zwei, drei Teebeutel. Gleich morgen früh gehe ich einkaufen. Es ist deine Entscheidung, aber ich werd hier noch verrückt ohne Tee!«

»Es ist nach zwölf.«

»Na und? Du kannst das Fahrrad nehmen.«

An Tatas Geburtstag Ende September grillten wir Würstchen und Koteletts im Garten von Dr. Köster. Über uns kreiselte ein kleines spätsommerliches Hochdruckgebiet mit Temperaturen bis zu dreiundzwanzig Grad. Herr und Frau Köster waren da, Onkel Tuba und Tante Danuta, Henryk, Romek und Danutas Freundin Dr. Göbbels mit ihren drei Töchtern. Tata fuhr mit dem Mirafiori in die Stadt, um auch Mama und Majka zu holen. »Ich will meinen Geburtstag mit der Familie feiern«, sagte er, »mit den Frauen, die mir soviel Gutes getan haben. Und wir trinken auf die, die nicht hier sein können, denn jede einzelne ist meine rechtmäßige Frau! Alle zusammen sind meine Familie! Meine vielen, vielen Familien! Jede Kopulation ist der Beginn einer Familie, ob daraus ein Kind entsteht oder nicht, es ist ein spirituelles Band, ein ewiges, es bleibt bestehen, wenn nicht hier, dann in einer anderen Dimension, denn Fruchtbarkeit und Wollust sind ewig, und Kinder sind ihre Manifestation. Wer Kinder macht, sät neue Galaxien. Durch Kinder wird das Band, das Mann und Frau verbindet, irdisch und stark wie eine Kette aus Titan. Denk dran, Tuba, wenn du wieder einen Brief von ihrem Anwalt bekommst!« Er zeigte auf Tante Danuta. »Ich führe euch hier zusammen, Geschiedene und Zerstrittene, denn ich möchte euch an die kosmischen Zusammenhänge erinnern. Auf die Familie!« Er nahm einen letzten Schluck aus seiner Beck's-Flasche. »Und auf meinen alten Freund Bocian, der Gegrilltes so liebt wie ich!«

»Sie sollten in diesem Zustand nicht fahren«, sagte Frau Dr. Göbbels, denn Tata hatte zusammen mit Onkel Tuba und Dr. Köster schon einen ganzen Kasten Beck's leer gemacht.

»Ich diesem Zustand habe ich schon ganz andere Heldentaten vollbracht«, sagte Tata und nahm sich ein Sixpack für unterwegs.

Sobald er fort war, warfen Onkel Tuba und Dr. Köster den Grill an, ein gemauertes, weißverputztes Mini-Krematorium, das aussah wie eine kleinere Ausgabe von Dr. Kösters Haus. Ständig kamen sie sich mit Schürhaken, Grillzangen und Alufolie in die Quere. Tante Danuta, Frau Köster, Frau Göbbels, Henryk und ich sahen ihnen zu.

»Es ist so angenehm still«, sagte Tante Danuta. Es war tatsächlich sehr still ohne Tata, nur das Brummen von tausend Rasenmähern lag über dem Dorf, über den Wiesen und dem Teufelsmoor.

Eineinhalb Stunden später kam Tata über den Natursteinplattenweg gestolpert, er war noch betrunkener als zuvor und hatte Mama, Majka und die Nachbarin Monika im Schlepptau. Mama balancierte vorsichtig von Platte zu Platte. Majka hielt den Kopf gesenkt unter ihrem rötlichen Haartriangel. Monika trug chinesische Samtschuhe an den Füßen. »Hier bringe ich gleich drei hungrige Schönheiten«, rief Tata mit schwerer Zunge. »Eine davon habe ich im Flur aufgegabelt, mit'm Stapel Bücher unterm Arm. Fleißige Studentin. Wollte diesen schönen Tag mit Lernen vergeuden.« Tante Danuta im Liegestuhl wippte mit den Zehen, und Dr. Köster streifte seinen Grillhandschuh ab, um guten Tag zu sagen.

»Ah, wie das riecht!« sagte Tata. »Und von einem so prächtigen Grill schmeckt es gleich dreimal so gut. In einen Grill kann man nicht genug investieren. Ein Grill ist etwas Sakrales. Der Grill ist der Altar des modernen Polen. Ich werde auch so einen Grill haben!

Einen gemauerten! Einen gemauerten Grill können einem nicht einmal die Nazis wegnehmen.«

Mama wollte nicht auf den Rasen treten.

»Er ist so gepflegt«, sagte Mama. »Ich möchte gar nicht drauftreten.«

»Dafür ist er doch um Gottes willen da!« sagte Frau Köster und stand auf. »Setzen Sie sich, bitte!«

»Das ist Ihr Liegestuhl, nein, bleiben Sie sitzen, ich setze mich hier auf den Stein, mir reicht so eine kleine Ecke von einem Stein«, sagte Mama.

»Ich hole noch einen Stuhl.«

»Nein, machen Sie sich keine Mühe, ich sitze hier auf dem Stein, so kann ich ein bißchen in den Teich gucken, oh, sehen Sie nur, ein Fisch! Ein Goldfisch!«

»Das ist ein japanischer Koi-Karpfen«, sagte Frau Köster.

Frau Köster lief quer über den Rasen zum Geräteschuppen. Mit einem Liegestuhl unter dem Arm kam sie zurück. Sie klappte ihn auf und stellte ihn neben ihren Liegestuhl. Mit einem Seufzer ließ sie sich hineinfallen. »Ein bißchen frisch ist es im Schatten ja doch«, sagte sie und zog die Strickjacke über ihren Armen straff, »aber was die Sonne noch für eine Kraft hat!«

Mama blieb auf dem Stein am Teich kauern. Diese früh-tolstojanische Ansammlung von müßigen Menschen auf einem großen Rasenstück hätte ihr eigentlich gefallen müssen, aber Mama blinzelte ins Spätnachmittagslicht, als hätte sie die Sonne seit Tagen nicht gesehen. Und das hatte sie auch nicht.

Die Töchter von Frau Göbbels tobten über den Rasen. Ab und zu stürzten sie sich auf Henryk, der auf dem Rand eines Blumenkübels saß, vornübergebeugt, den Kopf zwischen den Schultern, die Ellbogen auf die Knie gestützt, die Hände gefaltet. »Henryk-henrykhenryk!« riefen die Mädchen und bohrten ihm die Finger in die Achseln. »Ihr seid die Pest!« sagte Henryk, und wie der Tonarm eines Plattenspielers auf einer zerkratzten Schallplatte machte seine Stimme einen Satz unter dem Aufprall von Frau Göbbels ältester Tochter, die sich über seinen Rücken warf. Sie bohrte ihr Gesicht in seinen Hals. Er spuckte ihre Haare von den Lippen.

»Sieh dir deinen Sohn an«, sagte Tata zu Tante Danuta, »kaum fünfzehn, und schon hängen die Frauen an ihm wie Kletten.«

»Wie alt ist dieses herrliche kleine Monster?« fragte er Frau Göbbels. »Zehn? Gut. Fünf Jahre, das ist der ideale Altersunterschied. So bleibt eine Liebe immer ausgewogen in ihrem Verhältnis von Fruchtbarkeit und Potenz, Unschuld und Erfahrung.«

Frau Göbbels trug wie ihre Töchter ein Hängerkleid aus hellblauem Baumwollkrepp, es reichte nur bis zur Hälfte ihrer unrasierten Waden und paßte nicht zu ihrer Brille. Trotz oder gerade wegen ihrer bleichen Haut schlug sich der Sommer auf Frau Göbbels besonders nieder. Die Flecken kamen von der Sonne und von den Peitschenstriemen der Gräser, die ihre Allergene loszuwerden versuchten, bevor der Sommer zu Ende war.

Dr. Köster trug ein schneeweißes Polohemd mit einem kleinen Krokodil auf der Brust, Tata eines mit einem lachenden Tennisschläger. Dr. Kösters Hemd war makellos sauber. Tatas war voller Grasflecken, weil er sich mit Frau Göbbels Töchtern auf dem Rasen wälzte.

»Er macht sich lächerlich«, flüsterte Mama, als ich ihr ein Glas Bowle brachte.

»Er macht sich nicht lächerlich«, sagte ich, »denk an die Attacke der numidischen Reiterei.«

Die Attacke der numidischen Reiterei war eines von Tolstojs bevorzugten Spielen gewesen, um die Abreise eines unerwünschten Gastes zu feiern. Wenn der Gast fort war, sprang Tolstoj auf, packte ein unsichtbares Pferd am Zügel und galoppierte an der Spitze einer langen Polonaise von Kindern durch das Haus und durch den Garten. Oft schleifte er die Kinder auf Sonjas besten Teppichen umher.

»Das ist etwas anderes«, sagte Mama. »Durch Lächerlichkeiten wie das Spiel und auch durch die Frau ließ sich Tolstoj vorübergehend wie an Bleigewichten auf die Erde sinken. Bei deinem Vater dreht sich alles um Spiele und um Frauen. Dein Vater ist ein so lächerlicher Mensch, wenn er noch tiefer sinken würde, wäre er in der Hölle.«

Es war ein falsches Jasnaja Poljana. Verständnislos starrte Mama auf die asiatischen Plastikenten im Teich, den Frosch, der auf einem Seerosenblatt saß, die Terrakottahasen im Gras. Mama bekam ein Glas Bowle, aber sie wollte nicht trinken. In der Bowle waren frische Pfirsiche, Sekt und Weißwein. Dr. Köster zeigte die Flaschen herum und nannte den Preis. Tata war aufgestanden und klopfte sich die Erde von seiner weißen Bundfaltenhose.

»Aber jetzt«, sagte er, »jetzt, mein lieber Dr. Köster, komme ich! Ihre Flaschen da sind wunderbar, Château-Château und so weiter, ich habe einen schrecklichen Respekt vor Ihnen, und Ihr Geschmack ist genau meiner, aber jetzt hole ich ein Fläschchen raus – Henryk? Meine Tasche ... danke! –, hier ist es, und ich möchte mit all diesen wunderbaren Menschen anstoßen, mit euch, und zwar – auf meine Frau!« Er zog eine kleine Flasche aus der Reklamka, die Henryk ihm gegeben hatte, und drehte sie hin und her, wie Dr. Köster es mit den Weinflaschen getan hatte. »Mädchen«, sagte er und winkte Frau Göbbels' Töchter herbei, »lest, was auf dieser Flasche steht!« Tata schwankte, und die Mädchen schwankten mit, um lesen zu können, was auf der Flasche stand. »Ich kann es nicht lesen« sagte die Älteste. »Man merkt, daß da der Vater fehlt«, sagte Tata. Er hielt die Flasche hoch. »Hochzeitswodka«, sagte er und drehte sich zu Mama um, »unser Hochzeitwodka, meine Sekretärin, ich habe eine Flasche aufgehoben, um sie zu trinken mit so wunderbaren Menschen wie euch. Jetzt ist die Zeit gekommen. Auf das Glück meiner Frau!« Er schraubte die Flasche auf, nahm einen Schluck, lief damit zum Teich und hielt sie Mama an den Mund. Mama kniff die Lippen zusammen, hielt sich an den Ufersteinen fest und warf den Kopf zurück. Tata stieß ihr die Flasche in den Mund.

»Komm, Lilka, meine Sekretärin«, sagte Tata, nachdem er einmal um den Flaschenhals gewischt und einen zweiten Schluck genommen hatte, »trink wenigstens ein Glas Bowle! Dann sieht die Welt gleich viel verschwommener aus!«

Mama stand auf, eine Hand vor dem Mund, und warf das Glas mit der Bowle in den Teich.

Frau Göbbels' Töchter hörten auf, Henryk zu quälen. Sie lehnten sich an ihn und ließen ihre Arme schlaff herabhängen wie Puppenglieder. Die Koi-Karpfen schnappten nach den Pfirsichstücken im Teich. Das Fett tropfte von den Koteletts in die Grillkohlenglut. Mama nahm die Hand vom Mund und betrachtete sie.

»Nenn mich nicht Lilka!« flüsterte Mama.

»Ich werde meine Frau so nennen, wie sie es am liebsten hat!« sagte Tata.

»Ich bin nicht deine Frau«, sagte Mama. »Ein anderer hat mich so genannt.«

»Oh doch«, sagte Tata, »du bist meine Frau und wirst es immer sein. Ich nenne dich, wie ich will, und ich nenne dich Lilka, weil ich weiß, daß dieser Name dich glücklich macht. Du hast doch einen Orgasmus, wenn man dich so nennt, oder nicht? Und ich möchte dir eine Freude bereiten, ich möchte dir nicht nur eine Freude bereiten, ich möchte dir unendliche Freuden bereiten. Ich habe alles für dich getan, ich habe dich ernährt, dir ein Café in Chałupy geschenkt, ich habe ein Biznes aufgebaut für dich, ich habe dich hierhergebracht, nach Bundes, nach Worpswede, in das Paradies, und ich hätte dir noch viele Paradiese gezeigt. Du hättest sogar die einzige bleiben können, wenn du nicht so kalt zu mir gewesen wärst! Aber vielleicht ist es besser so. Ich habe viele Frauen gehabt. Ich habe diese hier gehabt und diese, und ich werde auch noch diese haben«, er zeigte auf Monika, Danuta und Frau Göbbels. »Es ist besser für einen Mann mit meiner Energie, viele Frauen zu haben. Es gibt Galaxien, wo es selbstverständlich ist, daß ein Mann viele Frauen hat. Aber noch bin ich hier. Ihr legt mir dauernd Steine in den Weg, ihr Schlampen, das ist euer Wesen, und ich lasse mich auf eure Spielchen ein, weil ich euch liebe! Ich hätte auch das mit der Monogamie mitgemacht, weil ich euch liebe und bei euch lebe, hier und jetzt, und mich anpasse an diese verrückte Welt. Weil ich gut bin und andere glücklich mache. Das ist mein Wesen. Scheidung ist ein Wort, das ich nicht kenne. Ich liebe!«

»Danuta, bitte, bring uns nach Hause«, sagte Mama und griff nach Majka, die Tata haßerfüllt ansah.

»Ja, bring sie nach Hause, Danuta, und erzähl ihr, wie ich dich gefickt habe!« schrie Tata.

»Tata, komm, wir fahren nach Hause«, sagte ich. »Wir fahren nach Hause, in unser Haus am Fluß, und du legst dich ein bißchen ins Bett.«

»Ins Bett?« brüllte Tata. »Ich lege mich nicht in das Bett, in das meine Tochter pißt wie ein Baby!« Er holte aus mit dem Hochzeitswodka, und das Brummen der Rasenmäher schwoll an, um mich war ein Leuchten, und es klang, als flöge ein Hornissenschwarm eine Attacke auf mich.

Calamity Jane

»Manchmal denke ich, ich habe keine Freundin gefunden, sondern einen Fisch gefangen«, sagte Jane.

»Warum?« fragte ich.

»Weil du ebensogut nirgendwoher kommen könntest.«

Wenn Jane und ich zusammen waren, redete Jane. Sie schwieg nur dann, wenn ich sie unterbrach und fragte: »Wirklich?«

»Ich rede zuviel«, sagte Jane, »aber warte! Bald bist du an der Reihe. Ich will alles wissen. Aber laß mich erst reden!«

Jane wohnte bei ihrer Mutter. Ihren Vater sah sie selten, und in Bundes schien es nicht üblich zu sein, daß geschiedene Eltern jeden Tag telefonierten, um sich zu streiten. In Bundes gingen sich Geschiedene aus dem Weg. Telefonierten sie doch einmal, waren sie freundlich zueinander und sprachen darüber, was sie ihren Kindern zum Geburtstag schenken sollten und wer mit ihnen in den Urlaub fahren durfte.

Jane fuhr jeden Sommer mit ihrem Vater nach Holland und mit ihrer Mutter nach Italien. Früher, als Jane klein gewesen war, hatte sie den ganzen Sommer in einem Ferienhaus auf einer westfriesischen Insel verbracht, und ihr Vater und ihre Mutter waren abwechselnd angereist, um sich um Jane zu kümmern. Ich war froh, daß Jane vom Sommer am Meer eine Ahnung hatte, auch, wenn es ein anderes Meer war als meines.

»Ist es eine langgestreckte Insel?« fragte ich und drehte mich auf den Rücken, um die Sonne an meinen Bauch zu lassen.

»Wie man's nimmt«, sagte Jane.

»Gibt es Wald und Dünen und Strand?«

»Warst du noch nie an der Nordsee?« fragte Jane. Jane konnte auf holländisch singen: »Als ik de duinen en de strand zie, dan denk ik an de vakantie ...«, sang sie. »Ehrlich gesagt«, sagte Jane, »habe ich auf die Natur nicht übermäßig geachtet, denn ich war dauernd verliebt – in die Jungs vom Campingplatz, in den Koch vom Pfannkuchenrestaurant, den Barpianisten vom Apartmenthotel, den Kellner von der Strandcafeteria.«

»Mein Vater hatte ein Café in Chałupy«, sagte ich.

Jane hatte mir die Tür geöffnet, die Tür eines alten Hauses in einer ruhigen Straße. Sie hatte eine Tweedjacke getragen über einem fliederfarbenen Bikini.

»Ich wußte, daß du nicht kommen würdest ohne einen Grund«, sagte sie, »und das ist ein guter Grund!« Sie zeigte auf mein Gesicht.

»An welchen Film erinnert dich das?« fragte sie im Badezimmer, als sie mir erst mit einem feuchten Waschlappen, dann mit einem in Clearasil getränkten Stück Klopapier über das Gesicht wischte, ohne an die Stellen zu kommen, auf die es wirklich ankam und an denen es hätte brennen können. »Du müßtest ein Mann sein, dann wäre das der Beginn unserer Affäre.« Sie tupfte eine Glasscherbe mit der Fingerspitze von meiner Wange. »Ich bin auch mal gegen eine Glastür gelaufen«, sagte sie, »aber ich habe noch nie eine grüne Glastür gesehen. Falls du jetzt behaupten willst, du

seist gegen eine Glastür gelaufen oder eine Treppe run-
tergefallen, dann glaube ich dir sowieso nicht.« Sie sah
sich die Scherbe genau an.

»Mein Vater«, sagte ich.

»Wie schrecklich!« sagte Jane. »Tut mir leid, ich
mache es ja schlimmer, als es ist. Wahrscheinlich tut es
mir mehr weh als dir. Muß ich das verbinden?«

Jane führte mich eine Treppe hinunter ins Souterrain
und durch die Küche in den Garten. Der Garten, von
Häusern umgeben, lag im Halbschatten, und dort, wo
er an den Nachbargarten grenzte, standen hohe Pappeln. Jane hatte sich offenbar gesonnt, bevor ich
gekommen war. Auf dem Rasen lag eine Kamelhaardecke, scharf an der Schattengrenze, darauf ein aufge-
schlagenes Buch, eine Sonnenbrille, ein Hut und ein
Baumwolltuch.

»Warum hast du eine Jacke an?« fragte ich.

»Mir war etwas kühl«, sagte Jane. »Gin Tonic?
Campari Orange? Gin!« sagte sie. »Gin desinfiziert.«
Durch das Fenster sah ich sie in der Küche auf und ab
laufen. Sie stellte zwei Gläser auf ein Tablett, goß vier
Finger breit Gin hinein und füllte mit Tonic auf. Ich
schaute zu, wie sie Wasser über eine Eiswürfelschale
laufen ließ, eine Zitrone in Scheiben schnitt, Zitronen-
schale mit einer kleinen Reibe in die Gläser hobelte.
Jane schaute auf und lächelte. »Ungespritzt«, sagte sie,
und dann, indem sie auf einen Punkt hinter meinem
Rücken blickte: »Was willst du?«

Ich drehte mich um. Janes Mutter stand hinter mir.
»Mann!« sagte Janes Mutter und beugte sich vor, um
sich meine zerschnittene Wange anzusehen, ohne mich
zu berühren, die Hände auf dem Rücken. Das war

Bundes: In Polen hätte jeder sofort die Haare über der Wunde auseinandergezupft, mein Kinn zur Seite geschoben und mich mitfühlend in den Arm gekniffen. »Ins Krankenhaus«, sagte Janes Mutter, »das muß genäht werden!«

»Verdirb uns nicht den Spaß«, sagte Jane. Sie stellte das Tablett auf den Tisch. »Wenn es unbedingt sein muß, gehen wir in eine Arztpraxis, bedrohen die Sprechstundenhilfe und lassen die Wunde notdürftig zusammenschustern. Sie ist auf der Flucht.«

»Was ist passiert?«

»Ihr Vater«, sagte Jane

»Scheiße«, sagte Janes Mutter und nahm sich einen Gin Tonic. »Was macht man da? Sollen wir das Jugendamt anrufen? Meine Psychologin? Sie ist allerdings Verhaltenstherapeutin. Die Polizei?«

»Nein, danke«, sagte ich, »ich muß jetzt gehen.« Die Rasenmäher und die Hornissen begannen wieder zu brummen.

»Bist du bescheuert?« schrie Jane ihre Mutter an. »Sie ist aus dem Osten, sie hat kann vermutlich keine Uniformen sehen oder ist sonst irgendwie traumatisiert.« Sie nahm ihr das Glas aus der Hand. »Laß uns bitte allein!«

»Entschuldigung«, sagte ihre Mutter und ging ins Haus.

»Danke«, sagte ich. »Ich muß jetzt gehen.«

Jane schlief in einem Doppelbett. Noch nie hatte ich jemanden allein in einem so großen Bett mit so vielen Decken schlafen sehen. Ich verbrachte die Nacht auf einer Matratze.

»Morgen nacht kannst du bei mir schlafen«, sagte

sie. »Heute kennen wir uns noch nicht, und vielleicht stellen wir morgen fest, daß wir uns nicht mögen, und dann wäre es eine peinliche Erinnerung.«

Ich wartete, bis von Jane nur mehr gleichmäßiges Atmen zu hören war. Ich stand auf, lief im Dunkeln die Treppe hinunter und tastete mich in die Küche, meine Finger tasteten den Lichtschalter gleich neben der Tür. Vorsichtig zog ich Schubladen auf, öffnete Schranktüren, sah unter der Spüle nach, bis ich fand, was ich brauchte, um ruhig schlafen zu können in diesem fremden Haus.

Ich schlief kühl und feucht und träumte, daß ich ein Kind wäre und durch einen Kiefernwald liefe, und alle Kiefern stürzten um. Sie krachten zu Boden, Rindenstücke, Sand und Nadeln stoben auf, und als der Staub sich senkte, lag der ganze Wald zu meinen Füßen, ein Gitter aus Stämmen, in dessen Mitte ich stand, sauber und ohne einen Kratzer.

Ich wachte auf und erwartete, Harz auf meinen Lippen zu schmecken. Doch alles, was ich schmecken konnte, war fremde, scharfe Zahnpasta. Jane schlief noch unter ihrer Wucht von Decken. Ich setzte mich mit einem Knistern auf und sah mich in ihrem Zimmer um, das eine Mischung aus Salon und Kinderzimmer war: dunkles Eichenparkett, ein Klavier, Vorhänge mit kleinen rot-grünen Äpfeln darauf, ein Biedermeiersofa, ein Korbstuhl, eine Kletterwand.

In den folgenden beiden Tagen erfuhr ich über Jane: Sie rauchte leichte Zigaretten, die zwischen ihren Fingern verglühten wie Papier. Sie war furchtbar unordentlich. Sie spielte Klavier mit einer unmöglichen, fast spastischen Fingerhaltung. Sie hatte ständig Aquarell-

stifte bei sich, die sie nie benutzte. Sie hörte Leonhard
Cohen. Sie sog in regelmäßigen Abständen Luft zwischen den oberen Schneidezähnen und der Unterlippe
ein, ohne es zu merken. Sie war unfreundlich zu ihrer
Mutter. Sie wusch ihr Haar, so oft es ging, weil es so
dünn war und schnell fettig wurde. Sie hatte schmutzige Fingernägel und sah im Profil älter und bekümmer-
ter aus als von vorne und war dabei der unbeküm-
mertste Mensch, den ich kannte. Sie hatte offenbar
nicht die Absicht, mich irgendwann einmal gehen zu
lassen.

»Du bist wach?« fragte Jane. »Wollen wir uns son-
nen? Ich bin entschlossen, diese letzten Sommertage zu
genießen.«

Sie kroch aus dem Bett, lief barfuß über das Parkett
und schaute durch einen Spalt zwischen den Vorhän-
gen nach draußen. Das Sonnenlicht ließ die Vorhänge
anschwellen wie Teig. Im Gegenlicht konnte ich den
Umriß von Janes kleinem, unregelmäßigen Schädel
sehen, die spindelförmigen Oberschenkel, die Linie
ihrer Hüftknochen, den Haarflaum an ihren Armen.
»Komm, steh auf!« sagte Jane. »Ist es dir peinlich?
Das kann ich gut verstehen. Wenn die Forschung nur
schon ein bißchen weiter wäre! Man müßte etwas erfinden, ein Kleidungsstück, das die sekundären Ge-
schlechtsmerkmale bedeckt und worin man doch so
nackt ist, daß man in der Sonne braun wird.«

Jane wühlte in einer Schublade und warf einen
schwarzen Bikini auf meine Bettdecke. Sie selbst
schlüpfte in ihren fliederfarbenen. Ich sah zu, wie sie in
die Bikinihose stieg, die Hose unter dem Nachthemd
hochstreifte, und da erkannte ich in ihren Bewegungen
den Sommer und Hania, die Schönheit und Einfach-

heit, mit der ein perfekter Tag auf Hel begann, und ich wollte aufspringen und die Decke zurückschlagen.

»Was ist«, fragte Jane, »tut dir der Kopf noch weh?« Sie griff nach der Decke und riß sie weg, und vom Luftzug stellten sich mir die Haare auf, wo das Plastik nicht an meinen nackten Beinen klebte. Jane stand da, die Decke in der Hand, und sah mich liegen, wie eine Tote auf künstliche Blüten gebettet, gebettet auf alle Reklamkas, die ich in Janes Haus hatte finden können, in meinem kalten Urin.

Die Sonne stand zwischen den Pappeln, über den Dächern, und wir flüchteten vor dem Schatten auf einer unsichtbaren, elliptischen Linie, und am Abend waren wir wieder da, wo wir am Morgen gelegen hatten. Wir zogen mit der Sonne, wie Nomaden auf einem zu kleinen Planeten, den man an einem einzigen Tag umrunden kann. Jane redete gern, sie verbrachte viel Zeit damit, und später, als es zu meinem Wortschatz gehörte, fiel mir das Wort Plaudern ein. Jane liebte es zu plaudern; es war ihr Liebstes. Sie hielt sich dabei an strenge Regeln. Erst legte sie ihre Ansicht der Dinge dar. Dann fragte sie ihren Gegenüber nach seiner Ansicht. Dann setzte sie ihre Ansicht in Beziehung zur Ansicht ihres Gegenübers und stellte fest, daß ihre Ansicht die richtige war. Dann fragte sie den nächsten. So machte sie es mit allen, und nie kam es vor, daß sie die Meinung eines anderen übernahm. Genausowenig vergaß sie, jeden nach seiner Meinung zu fragen. Ihre häufigste Frage war: »Findest du nicht?« Sie wollte alles wissen und prüfte, was dieses Wissen für sie bedeutete. Später stellte ich fest, daß Jane auf andere Leute egozentrisch wirkte, doch eigentlich war sie zu neugierig, um egozentrisch zu sein. Sie interessierte sich viel stärker für andere als für sich selbst. Allerdings gab es niemanden, den Jane nicht in Verbindung mit sich selbst brachte. Jane war durch so viele Fäden mit den Menschen verknüpft wie ich mit den Dingen. Jane war ein Punkt in der Mitte eines Kreises. Ich war ein Punkt in einem Koordinatensystem.

Es war nicht schwer zu merken, daß Jane unzählige Idole hatte, doch sie sprach von ihnen, als seien sie anwesend und als könne sie mich jederzeit mit einem Kopfnicken auf sie aufmerksam machen, als flüstere sie mit mir auf einer großen Party über Freunde und Bekannte, die auch dort waren.

»Wer würdest du lieber sein, Suzanne oder Marianne?« rief Jane aus dem Wohnzimmerfenster zu mir herunter, nachdem sie die Leonard-Cohen-Platte umgedreht hatte.

Jane liebte Leonard Cohen, weil er nur über die Liebe sang und weil er ihrer Ansicht nach ein Hochstapler und Schwätzer war. Sie hatte viel übrig für Leute, die über die Liebe redeten, und für Leute, die logen. Neben mir auf der Kamelhaardecke las sie die »Briefe an ihre Tochter« von Calamity Jane. »Calamity Jane, heroine of the plains!« rief sie. »Das ganze Buch ist voller Lügen!« Daß Calamity Jane die wildeste Reiterin und beste Schützin des Westens war, behauptete vor allem sie selbst. Ihre Affäre mit Wild Bill Hickok, einem notorischen Spieler und Revolverhelden, existierte vermutlich in Wirklichkeit gar nicht, und Calamity Janes Liebe war einseitig. Gerade das gefiel Jane. »Es ist überhaupt besser, jemanden, den man liebt, erst gar nicht zu kennen«, sagte sie. »Es erleichtert den Schmerz so sehr, wenn die Liebe stirbt, und man muß sich nicht mit wehmütigen Erinnerungen herumschlagen. Die Liebe ist einfach zu persönlich. Aus diesem Grund werde ich nie Fotos machen lassen von mir und dem, den ich liebe; man erspart sich später die Mühe, sie wegzuwerfen.«

»Aber ist eine Liebe nicht stärker, je besser man sich kennt?«

»Blödsinn«, sagte Jane, »Calamity Jane hätte für Wild Bill Hickok alles getan! Nachdem er am Spieltisch erschossen worden war von einem gefährlichen Desperado namens Jack McCall, hat sie seinen Mörder in einer Metzgerei mit einem Fleischerbeil gestellt, weil sie gerade keine Pistole dabeihatte. Was, wenn sie Wild Bill wirklich gekannt hätte? Seine ewige Spielerei, seine Angeberei wären ihr auf die Nerven gegangen. Sie wäre wahrscheinlich eher auf ihn mit einem Fleischerbeil losgegangen. Sieh ihn dir doch an!« Sie blätterte in dem Buch und zeigte mir ein Foto von Wild Bill Hickok, einem gleichzeitig naiv und gerissen aussehenden Mann mit weißer Haut, lackschwarzem Schnurrbart und langen Haaren unter einem Hut, wie ihn südamerikanische Hazienda-Besitzer tragen. »Wozu die Leute kennenlernen, die man liebt, ihre Fehler und dummen Angewohnheiten, unvollkommenen Körper, vielleicht sogar ihren schlechten Geruch? Man verdirbt sich ja alles!«

Ich sah mir das Gesicht von Wild Bill Hickok an und fand, daß er aussah wie Tata.

»Ein Gesicht zum Reinschlagen«, sagte Jane. »Findest du nicht?«

Seit ich das Bild von Wild Bill Hickok gesehen hatte, konnte ich nicht aufhören, an Tata zu denken. Ich hatte bereits zwei Nächte bei Jane verbracht, die zweite davon bei ihr im Bett. »Wenn du unbedingt auf Plastiktüten schlafen willst, bin ich dabei«, sagte Jane. Exzentrisches Benehmen schreckte sie nicht. Ich hatte sogar das Gefühl, je mehr seltsame Dinge ich tat, desto besser gefiel ich ihr. Jane schien gar nicht auf den Gedanken zu kommen, meine Inkontinenz sei etwas anderes als exzentrisch. Sie suchte Reklamkas zusammen, riß sie an den Seiten auseinander und half mir, sie auf der Matratze auszubreiten.

»Findest du nicht auch«, fragte sie nachts im Bett, »daß es sich wie irgendeine erotische Spielerei anfühlt, die sich Henry ausgedacht haben könnte, wenn er so etwas wie Plastiktüten gehabt hätte?«

»Wer ist Henry?« fragte ich.

Bei Jane zu liegen war etwas anderes, als neben Majka zu schlafen. Jane und ich waren sehr höflich zueinander. Wir berührten uns weder, noch rückten wir voneinander ab.

Die Tage bei Jane waren erfüllt vom Geruch nach Gin mit Zitrone und von der Spannung, mit der die allmählich verkrustende Wunde meine Wangenhaut zusammenzog.

In der dritten Nacht, der Nacht von Sonntag auf Montag, weckte mich Jane. Die Reklamkas raschelten, als sie sich umdrehte. Ein Gefühl schoß mir in die Blase, das nichts mit dem Drang zu tun hatte, jetzt sofort pinkeln zu müssen. Janes flache, kühle Hand schob sich unter meine gesunde Wange. Unter Rascheln und Knistern richtete sich Jane bequem ein, wie ein Kind, das in immer derselben Haltung auf seine Gutenachtgeschichte wartet. »Erzähl!« flüsterte Jane. Und ich erzählte ihr, woher ich kam. Ich erzählte vom Café Saratoga. Ich erzählte nur wenig und nur, weil meine Wange perfekt in ihre Hand paßte, und doch mußte ich weinen, weil ich auf deutsch erzählte und alles einen falschen Klang hatte. »Ich kann es nicht erzählen«, sagte ich, und als ich es dennoch versuchte, begriff ich zum ersten Mal Majka, Majka, die beschlossen hatte, nicht mehr zu lieben, weil sie wie ein Zug aus dem Gleis gesprungen war und nun auf ewig neben dem Leben herfahren mußte. Genau wie sich zwei Parallelen erst in der Unendlichkeit trafen, gab es in diesem Leben keine Möglichkeit, auf das Gleis zurückzufinden, weder für Majka noch für mich. Die kosmische Zyklizität und all unsere zukünftigen Leben waren kein Trost.

»Ich kann es nicht erzählen«, sagte ich.

»Wir finden eine andere Lösung«, sagte Jane.

Als es hell wurde, versuchte ich von Tata zu erzählen. Jane schaute mich aus den Kissen an mit einem Gesicht, das aussah wie auf einem grobkörnigen Foto. »Du liebst deinen Vater, obwohl er ein Hüpfer ist«, sagte sie schläfrig. Sie konnte die Augen kaum noch offenhalten.

»Ja«, sagte ich, »Tata ist das Leben.«

»Gut«, sagte Jane, »und jetzt schlafen wir zwei, drei Stündchen, dann frühstücken wir eiweißreich, und dann nehmen wir ein kleines Sonnenbad.«

Tata ging mir nicht mehr aus dem Kopf, nicht beim Frühstück (»Nach einer durchwachten Nacht muß man weiß frühstücken«, sagte Jane und stellte Unmengen von Eiern, Quark, gehackten Frühlingszwiebeln, Brötchen und Milch auf den Tisch) und nicht beim

Sonnenbaden. Wir hatten bereits Sport verpaßt und eine Stunde Mathe. Ich wartete, bis Jane ihr Buch zur Seite legte.

»Ich muß zu Tata«, sagte ich.

»Was?« fragte Jane. »Er hat dich fast totgeschlagen!«

»Du hast gesagt, es sieht schlimmer aus, als es ist.«

»Das habe ich nicht gesagt. Wenn du nicht weißt, wo du hingehen sollst – du kannst das Zimmer im Souterrain bekommen. Wir räumen es auf und richten es hübsch ein. Und wenn wir uns gut vertragen, ziehst du zu mir, und wir schlafen in einem Bett und reden die ganze Nacht. Ich hatte nie eine Schwester.«

»Ich muß wenigstens nach ihm sehen«, sagte ich, »er hat bestimmt einen fürchterlichen Kater gehabt.«

Jane zog sich etwas über, das eine Art weißes Spitzenunterkleid war. Man konnte ihren fliederfarbenen Bikini darunter sehen. Mir gab sie etwas Dunkelrotes, das über der Brust gesmokt war. »Tut mir leid, aber ich muß es dir sagen«, sagte Jane. »Du hast einen unmöglichen Stil. Ich beobachte dich schon seit einem Jahr. Was ist das für ein Tick mit den zwei Farben? Es sieht aus, als hättest du eine Uniform an.«

Ich rief in der Praxis von Dr. Köster an. Danuta ging ans Telefon. »Sonja« fragte sie, »was gibt's?« Ich hörte, wie sie in ihrem großen Terminkalender blätterte.

»Wo ist Tata?« fragte ich.

»Ich wundere mich, daß du nicht nach deiner Mutter fragst! Die Arme liegt seit zwei Tagen im Bett und hat die Rollos heruntergelassen. Ich habe ihr ein Antidepressivum für den Tag vorbeigebracht und Schlaftabletten für die Nacht. Deine Schwester kümmert sich um sie. Warum bist du weggelaufen? Mit dem ganzen Blut einfach auf die Straße zu rennen ... – wer weiß, wer dich gesehen hat! Und deine Mutter ist krank vor Sorge. Eine Egoistin bist du!«

»Ist Tata bei dir?«

»Glaubst du, ich lasse dieses Tier noch einmal in meine Nähe? Was meinst du, wie unangenehm mir das war vor den Kösters und vor Brigitte Göbbels! Ich hoffe, sie haben kein Wort verstanden von dem, was er gebrabbelt hat. Trotzdem: Es ist so peinlich! Er wird keinen Fuß mehr in diese Praxis setzen!«

»Wo ist er jetzt?«

»Wir haben ihn in sein Rattenloch gebracht. Bist du zum Arzt gegangen mit deiner Sache? Wahrscheinlich nicht. So was zu verschleppen, das ist typisch! Der Apfel fällt nicht weit vom Stamm!«

Jane und ich fuhren zum Haus am Fluß. In der Straßenbahn herrschte zum ersten Mal, seit ich in Bundes war, brütende Hitze. Es war, als zwänge sich der ganze Sommer in diese vier Tage im September.

Im Fahrstuhl war es noch heißer, und es roch nach Kotze. Jane und ich drückten uns in eine Ecke, um nicht in die Lache auf dem Boden zu treten. Als wir vor Wohnungstür standen, stieß Jane mich an, ich sollte aufschließen, doch der Schlüssel steckte in meiner Hosentasche, und die Hose war bei Jane. Ich klingelte, aber niemand öffnete. Ich klingelte noch einmal, drückte auf den Klingelknopf, bis mein Zeigefingerknöchel weiß wurde, aber nichts geschah. Wir lauschten. Kein Fernsehgeräusch, kein Hantieren mit Werkzeug, keine Musik.

»Er ist nicht da«, sagte Jane.

»Wo soll er denn sein?«

»Was weiß ich? Läuft irgendwo herum.«

»Tata ist sehr häuslich«, sagte ich. »Ich muß da rein, vielleicht schläft er, oder er hat mir eine Nachricht hinterlassen. Komm, wir holen den Schlüssel!« Ich wollte zum Fahrstuhl gehen, aber Jane blieb, wo sie war, und rüttelte am Türknauf.

»Kann man die Tür nicht knacken? Man kann so eine Tür doch knacken!«

»Ja, mit einer Scheckkarte«, sagte ich. »Aber nur, wenn die Tür zugeschnappt ist und nicht abgeschlossen.«

»Wir klingeln bei den Nachbarn und leihen uns eine Scheckkarte.«

»Ich kann doch nicht klingeln und sagen: Entschuldigung, können Sie mir bitte eine Scheckkarte leihen, ich muß diese Tür knacken!«

»Es ist deine Tür«, sagte Jane.

»Wir sind hier in Bundes«, sagte ich. »Tata bringt mich um, wenn ich etwas Falsches tue. Wenn es falsch ist, bringt er mich um!«

Jane ging zur Nachbartür und klingelte. Eine sehr junge Frau mit auberginefarbenem Haar öffnete. Ich hatte sie noch nie gesehen. Ein dickes blondes Baby mit einer Entenschwanzfrisur saß auf ihrer Hüfte.

»Entschuldigung«, sagte Jane, »könnten Sie uns bitte eine Scheckkarte leihen? Wir müssen diese Tür knacken.«

»Es ist meine Tür«, sagte ich. »Ich wohne hier. Ich bin keine Einbrecherin. Sie haben mich zwar noch nicht gesehen, aber ich wohne hier. Sonja Herrmann. Da steht es!« Ich zeigte auf das Türschild. »In der Wohnung sind meine Ausweise und meine Geburtsur-

226

kunde. Mein Vater ist nicht da, und ich habe den Schlüssel vergessen ... – Entschuldigen Sie bitte die Störung, ich gehe lieber und hole den Schlüssel ...«

»Uwe!« brüllte die Frau über ihre Schulter nach hinten. »Kannst du mal eben 'ne Tür aufmachen?«

Innerhalb von zwei Minuten hatte Uwe die Dichtungsmasse herausgelöst, eine Scheckkarte zwischen Tür und Füllung gesteckt und das Schloß aufschnappen lassen.

Wild Bill Hickok folgte einer Spielerregel, die ihm immer gute Dienste leistete. Sie bestand aus zwei Teilen. Teil eins: Du kannst ein Schaf mehrmals scheren, jedesmal ein bißchen. Teil zwei: Du kannst ein Schaf nur einmal häuten.

Um ein Haar hätte Tata sein eigenes Schaf gehäutet, und um ein Haar wäre das Spiel zu Ende gewesen.

Tata war in der halbgefüllten Badewanne so weit heruntergerutscht, daß ihm das Wasser bis zum Kinn stand. Er schlief, und auf dem Badewannenrand standen drei Zweiliterflaschen Rotwein.

»Von wegen Kater«, sagte Jane, »er hat dem Kater keine Chance gegeben.«

Ich kniete mich neben die Wanne.

»Tata«, sagte ich, »ich möchte jetzt nicht spielen!«

Tata rührte sich nicht. Sein Mund war leicht geöffnet.

»Wach auf!« sagte ich.

»Du mußt ihm eine knallen«, sagte Jane.

»Wir bringen ihn lieber ins Bett«, sagte ich. Ich zog den Stöpsel. Das Wasser war eiskalt. Jane stellte sich ans Fußende und umfaßte Tatas Knöchel. Ich griff unter seine Achseln. Tata war klein und leicht. Als wir ihn aus der Wanne hievten, stieß ich mit dem Ellbogen eine der Rotweinflaschen um. Sie fiel ins Wasser, sank auf den Boden der Badewanne und stieß blutrote Wolken aus. Wir legten Tata auf den Badewannenvorleger und begannen, ihm die nassen Sachen auszuziehen. Jane schnürte seine Schuhe auf, die rissig und aufgequollen waren wie menschliches Fleisch. Ich riß an seinem nassen Hemd. Es war das Hemd mit dem lachenden Tennisschläger, das Tata im Garten von Dr. Köster getragen hatte, und es klebte an seinem Körper. Ich nahm die Nagelschere und schnitt es an Ärmeln und Schultern auf, ich schnitt von den Achselhöhlen hinunter bis zum Saum und einmal quer über die Brust, und Jane machte sich an Tatas Jeans zu schaffen. Sie öffnete den Knopf, zog den Reißverschluß herunter, zerrte die Hose von seinen Hüften.

»Oh Gott!« schrie Jane und ließ Tatas Hosenbeine los.

»Was?«

»Er ist schwarz!«

Wir warfen Tata auf das Bett und trockneten ihn ab. Wir breiteten alle Decken und Handtücher über ihm aus, die wir finden konnten, denn Tata war weiß und kalt wie Schnee, obwohl die Sonne direkt in die Fenster schien. Ich ließ die Rollos herunter. Es waren die gleichen wie Mamas, mit großen, verwischten Buchenblättern darauf, und ich mußte an Mama denken, die bei heruntergelassenen Rollos in ihrer Wohnung lag und Danutas Tabletten schluckte.

»Das wäre ausgestanden«, sagte Jane.

Jane lief in die Küche. Mit einer Flasche Mezzo Mix und zwei Gläsern kam sie wieder. Sie stellte alles auf den Wohnzimmertisch und schenkte uns ein. Ich blätterte in den Papieren, die auf dem Tisch lagen; es waren Briefe vom Arbeitsamt, von der Krankenkasse und von den diversen Clubs, in denen Tata Mitglied war, um Gratisproben von Parfüms, Make-up und Tütensuppen zugeschickt zu bekommen. Obenauf lag ein in Tatas Handschrift beschriebener Zettel: »Liebe Sonja!«

»Jane!« schrie ich. »Tata hat sich umgebracht! Er ist tot! Er schreibt, er ist tot!«

Ich lief zu Tata und fegte die Decken von seinem bleichen Körper. Tatas *sisiak* war winzig klein wie ein Finger und taubenblau. Ich untersuchte mit fliegenden Händen seinen ganzen Körper, packte seine Handgelenke, tastete seine Brust ab, wälzte ihn vom Rücken auf den Bauch und wieder zurück, hebelte ihm den Mund auf, seine Zähne waren kalt und trocken, fuhr ihm mit zwei gekrümmten Fingern hinein. »Es ist meine Schuld! Ich habe ihn allein gelassen!« Tata würgte an meinen Fingern. Jane rannte ins Bad, ich hörte, wie sie Shampoo- und Duschgelflaschen umwarf. Schließlich kam sie mit einer Tablettenschachtel und ein paar leergedrückten Alustreifen zurück.

»Praxis Dr. Köster, guten Tag!«

»Tata hat sich umgebracht!«

»Der Herr leuchte über seine Seele«, sagte Tante Danuta und fing an zu weinen.

»Er ist nicht tot!« schrie ich. »Was soll ich machen? Er hat Tabletten geschluckt.«

»Was für Tabletten? Sag mir den Namen!«

»Paramol.«

»Paracetamol?«

»Paracetamol! Sieh in deinem Order nach!«

»Damit kann man sich nicht umbringen. Er spielt nur.«

»Aber er bewegt sich nicht. Was soll ich tun?«

»Wenn du unbedingt etwas tun willst, steck ihm die Finger in den Hals!«

Mit der einen Hand hielt ich den Telefonhörer, mit der anderen stieß ich Tata den Zeigefinger tief in den Rachen. Er öffnete die Augen einen Spalt, stieß auf, pumpte und gurgelte, Flüssigkeit brodelte in ihm hoch. Ich zog meinen Finger zurück.

Am anderen Ende der Leitung würgte Tante Danuta.

Jane und ich sahen zu, wie es aus Tata lief. Es stand in seinem offenen Mund und lief aus den Mundwinkeln herab in sein feuchtes Haar. Doch dann explodierte Tata und fing an, laut und wild zu husten und zu erbrechen.

»Sonja?«

»Ja?«

»Geht es ihm gut?«

Tata brüllte einen roten Schwall auf Janes Kleid.

»Sonja, geht es ihm gut?« schrie Danuta. Tata riß die Augen auf, das Weiße rot unterspült.

»Ich weiß nicht. Er hustet.« Tatas Kopf war so blau wie sein *sisiak*.

»Wie liegt er?«

»Im Bett.«

»Liegt er auf der Seite?«

»Auf dem Rücken.«

»Dreh ihn um! Bist du wahnsinnig?« schrie Tante Danuta. »Dreh ihn um!«

»Dreh ihn um!« schrie ich Jane an.

»Ist jemand bei dir?« fragte Tante Danuta.

»Ja.«

»Dreht ihn um! Haut ihm auf den Rücken! Er soll husten!«

Jane kniete sich hinter Tata auf das Bett, und ihr Spitzenkleid riß, als sie ihn zwischen ihre Beine zog, sie umklammerte seinen Brustkorb mit beiden Händen und drückte zu, und Tata hustete, er hustete, als wollte er einmal quer über den Fluß husten, er hustete und kotzte, daß es rot und weißschaumig von Janes Haaren tropfte, dann sackte er zusammen, und es war still. Tata schlug die Augen auf. Er sah mich an und lächelte, und Jane sah mich an und lächelte, und es war, als sähen mich Jesus und Maria an in ihrer unwiderruflich letzten Inkarnation, und Tata drehte sich um nach dem Gesicht hinter ihm und gab Jane einen Kuß. »Ich liebe euch!« sagte er.

Anna Chicago

Feindselig und demütig stand Mama dem Leben in Bundes gegenüber. Es verging keine Stunde, in der sie nicht betonte, wie gut und richtig alles in Bundes war und wie sehr sie zugleich ihre größten, ewig paktierenden Feinde, nämlich das Schicksal und Tata, verfluchte, weil beide sie hergeführt hatten.

»Ich wollte ein Haus mit Veranda«, sagte sie im Dunkeln, denn der Morgen war wie immer ausgesperrt. »Und was habe ich jetzt? Auf dem Balkon kann ich mich nicht einmal umdrehen, direkt darunter fährt die Straßenbahn, und man kann mich von unten sehen. Im Café Saratoga hatte ich einen Garten, und von meinem Fenster aus konnte ich aufs Meer schauen.«

»Du hast das Café Saratoga gehaßt.«

»Das Café Saratoga war ein Bordell. Aber ohne deinen Vater hätte es das Paradies sein können.«

Im Mamas Wohnung waren nur zwei Zimmer bewohnt: Mamas Schlafzimmer und Majkas Zimmer. Im Wohnzimmer stand Danutas Mahagonigarnitur, die Tata, Onkel Tuba und Tatas Freund Romek eines Tages tatsächlich zu Mama hinaufgeschleppt hatten. Seitdem lebte im Wohnzimmer die Mahagonigarnitur. Sie führte wie Mama ein Gruftleben, und dazu passend sahen die beiden Glasvitrinen links und rechts aus wie an die Wand gelehnte Särge.

Seit dem Nachmittag bei Kösters hatte Mama das Haus nicht verlassen. Um dem Grauen am Morgen zu entgehen, hatte sich Mama angewöhnt, ihre Nächte über den Morgen hinaus bis zum nächsten Abend zu verlängern. Wenn sie im Bett lag und der Drang, etwas zu tun, sie plötzlich überfiel, putzte sie die Wohnung. Früher hätte sie uns stattdessen aus dem Haus gejagt, sie hätte uns in ein Naherholungsgebiet, in einen Wald, auf eine Klippe gescheucht, bei Regen, Wind oder brütender Hitze, in einer wilden, desorganisierten Flucht. Hier, in Bundes, ging Mama nicht einmal zum Briefkasten. Stattdessen ging Majka und ließ mich die Post später durchsehen.

Majka war faul geworden, aber weil sie Majka war, war sie faul nach Stundenplan. Immer noch schaute sie ständig auf die Uhr und verfolgte das Vergehen der Zeit, aber sie sah keinen Ansporn mehr darin. Bundes lag in einer fremden Zeitzone. In Bundes nahm Majka die Zeit, wie sie war, sie richtete sich danach mit ironischer Genauigkeit und verachtete sie zugleich. Die Zeit von Bundes war ein Gefängniswärter, der immer zur selben Sekunde Majkas Zelle auf- oder zuschloß. Majka stand immer um sieben Uhr auf, immer nahm sie die Straßenbahn um sieben Uhr zweiunddreißig, und zwanzig Minuten nach Unterrichtsschluß war sie zurück in Sibirien. Von der Haltestelle aus lief sie in den Supermarkt und kaufte ein. Sie kaufte immer das gleiche, immer drei Paprika in Ampelfarben, rot, grün gelb, und eine gerade Anzahl Joghurts, von jeder Sorte ein Paar, als wolle sie Joghurt und Paprika auf ihre Arche Noah retten. Mamas Kühlschrank war immer voll. Aber anders als bei Tata, der den Kühlschrank mit allem vollstopfte, was er billig bekam oder für eine interessante Erfindung hielt, war der Inhalt von Mamas Kühlschrank immer derselbe und genau abgezählt. Majka merkte, wenn etwas fehlte, und immer gab es deswegen Streit, denn gerade diese eine Scheibe Käse und diese eine Tomate waren Majka unentbehrlich.

Majka war in der Schule unbeliebt, weil sie nie lächelte und mit niemandem ein Wort wechselte. Immer hatte sie die Hausaufgaben, und nie lieh sie jemandem irgend etwas. Sie fehlte beim Sport, den sie hatte ein Attest von Dr. Göbbels, und während der Sportstunden saß sie auf einer Bank und las, und niemand gönnte es ihr.

»Ich bin mir nicht sicher, ob deine Schwester aussieht wie eine Nonne auf einem Bild von Brueghel«, sagte Jane, »oder wie ein rotes Südseemädchen auf einem Bild von Gauguin. Ist sie noch Jungfrau?«

»Nein«, sagte ich.

»Das wundert mich nicht«, sagte Jane. »Sie wäre eine hübsche, wilde, frisch missionierte Nonne in einer Südseekolonie.«

Nachdem wir Tata zum Husten gebracht hatten, war Tante Danuta mit Frau Dr. Göbbels gekommen, um nach ihm zu sehen. Frau Dr. Göbbels hatte Tata untersucht, Danuta aber war in der Tür stehengeblieben, die Autoschlüssel in der Hand.

»Sie haben kleine kräftige Hände«, sagte Tata mit schwacher Stimme, als Frau Göbbels ihm den Blutdruck maß. »Sie sind eine fruchtbare Frau. Sie können einen Mann sehr glücklich machen.«

»Das sagen Sie mal meinem Exmann«, sagte Frau Göbbels.

Tata war nur für kurze Zeit arbeitslos. Bald begann er, mehrmals in der die Woche nach Verlüßmoor zu fahren, um bei Frau Dr. Göbbels zu putzen. Verlüßmoor war ein Dorf im Teufelsmoor, und Frau Dr. Göbbels besaß dort ein Haus.

»Vergiß, was ich über Dr. Kösters Haus gesagt habe!« sagte Tata. »Dies ist das schönste Haus, das ich je gesehen habe! Es sieht aus wie alt, aber alles ist neu, sogar das Fachwerk. Die Fenster sind blau gestrichen und bestehen aus mehreren Scheiben wie in einem kaschubischen Fischerhaus, aber es sind moderne Fenster aus Thermostat oder Neopren, jedenfalls aus so einem Weltraum-Material wie das, woraus Tubas Angeln sind, nur durchsichtig; kein Geräusch kommt herein und kein Luftzug hinaus.«

Wie ein Pionier von den Weiten der Prärie erzählte Tata von Frau Göbbels' Garten, der riesig war und kahl und in dem nichts wuchs außer Gras, Vogelmiere und Taubnessel. Auch das Haus war riesig und kahl. »Alles ist zum Abwischen«, sagte Tata. »Kein Deckchen, kein Vorhang, nichts. Die armen Kinder haben zu wenig Spielzeug. Stattdessen gehen sie in Nachmittagskurse wie alte Frauen. Den ganzen Tag sind sie in der Schule und im Kindergarten und in den Kursen. Es ist ein Geisterhaus. Wenn man redet, gibt es ein Echo. Das Haus ist wunderbar, aber noch laufen die Biowellen darin genau entgegengesetzt zu meinen, und das liegt vermutlich daran, daß dieser Herr Göbbels früher überall darin herumgepfuscht hat. Ich spüre genau, daß er ein Nazi war. Schon der Name: Göbbels! Es ist dasselbe wie damals beim Café Saratoga: Ich fühle das Gute in diesen Räumen, ein ungeheures Potential, überlagert von irgendwelchen Naziwellen!«

Seit seinem Selbstmordversuch war Tata sensibel für die Schwingungen von Menschen, Dingen und Räu-

men, vor allem für jene, die nicht mit seinen überein-
stimmten, er fühlte und hörte sie und nannte sie Biowellen. Die Biowellen waren bestenfalls im Einklang
mit Tatas eigenen oder legten sich zumindest harmo-
nisch darunter, oder sie hämmerten brutal gegen seinen Rhythmus an.

»Du verwechselst alles«, hätte Bocian gesagt. »Du
meinst Biorhythmen, und das ist etwas ganz anderes.
Die sind nicht gefährlich. Du meinst Biorhythmen!«

»Ich meine Biowellen«, sagte Tata. »Willst du etwa
damit sagen, ich würde die Biowellen von einem ver-
dammten Nazi nicht erkennen?«

Nach seinem Selbstmordversuch dachte Tata darüber nach, sich aus dieser Welt zurückzuziehen, die
ihm jetzt noch verrückter vorkam als je zuvor.

»Niemand hat mich verstanden an diesem Nachmittag, nicht Dr. Köster, der zehn Jahre studiert hat, und
auch du nicht, obwohl du mein Fleisch und Blut bist,
obwohl unsere Aminosäuren in derselben Reihenfolge
angeordnet sind und unsere Biowellen synchron ver-
laufen. Ich habe dich dafür bestraft, aus Liebe, ich be-
strafe nur aus Liebe, und du hast es nicht verstanden.
Du bist weggelaufen wie eine Idiotin. Mein Schlag war
ein Kuß, mit meinem Schlag habe ich deine Unwissen-
heit geküßt, die ich auch liebe, und du hast es nicht
verstanden. Ich habe zwei Tage auf dich gewartet und
getrunken, um meine Wut zu konservieren. Ich habe
die letzte Flasche Hochzeitswodka von meiner ver-
fluchten Hochzeit mit deiner Mutter ausgetrunken –
die reinste Blausäure! Ich hätte die ganze Welt austrin-
ken können. Ich wollte weitersaufen, bis du kommst,
aber du bist nicht gekommen, und bei deiner Mutter
warst du nicht. Ich bin zu deiner Mutter gegangen und

habe gesehen, wie sie sich mit dem Zeug vollgestopft hat, das Danusia ihr immer gibt, und ich habe ihr die Hälfte abgenommen, weil ihr Gesicht schon dick davon war, und sie bekam die Augen nicht auf. Als du am Montag noch nicht da warst, habe ich mir eine neue Strafe für dich ausgedacht, bin runtergegangen zum Zagreb Grill und habe mir ein paar schöne Flaschen Rotwein gekauft. Ich habe mich in die Wanne gelegt, wie dieser arme Kerl letztes Jahr in diesem Hotel in der Schweiz, den die Kommunisten in den Selbstmord getrieben haben. Ich habe ein paar Tabletten mit dem Wein heruntergeschluckt. Selbstmord ist mir fern, nicht aber der Tod; der Tod ist mir so wenig fern, daß ich seine Nähe gern einmal spüre, wenn ich meiner Tochter damit eine Lektion erteilen kann. Ich habe mich an den Rand des Todes gebracht, aber ich hatte alles unter Kontrolle. Und dann seid ihr gekommen und hättet mich beinahe mit meiner eigenen Kotze ersticken lassen. Allmählich habe ich die Nase voll von dieser Welt. Du und deine komisch aussehende Freundin, ihr habt den Wunsch in mir ausgelöst, sie so bald wie möglich zu verlassen. Die Zeit ist nah.«

Wenn Tata guter Stimmung war, hatte er ganz andere Pläne. »Sie hat mir immerhin das Leben gerettet«, sagte er über Jane. »Nicht, daß es etwas bedeuten würde, aber in dieser Dimension zeigt man sich für solche Sachen erkenntlich, und ich möchte mich erkenntlich zeigen. Schick mir das Mädchen einmal vorbei. Ich würde sogar mit ihr schlafen!«

Ich dachte nicht daran, Jane bei Tata vorbeizuschikken, aber da ich oft mit Jane zusammen war, waren Begegnungen zwischen Tata und Jane nicht zu vermeiden. Tata ließ keine Gelegenheit aus, Jane zu berühren

237

oder zu küssen, obwohl er betonte, daß er sie nicht hübsch fände, und Jane nahm es hin, wie man sich von einem Hund lecken läßt oder einem Elefanten ein Zukkerstück unter den triefenden Rüssel hält.

Von Frau Göbbels sprach Tata mit Respekt.

»Diese Frau ist kalt«, sagte er. »Sie tut, was getan werden muß. Das Kalte ist, wenn es gut ist, tausendmal besser als das Warme. Gerade bei einer Frau. Was hat ein Mann von der Wärme einer Frau, wenn sie ihn anschreit und ihm Eifersuchtsszenen macht und mit Sachen wirft? Die Launen der Frauen kenne ich gut, und ich habe sie gründlich über. In der nächsten Dimension werde ich mich freudig mit neuen Launen auseinandersetzen. Hier aber werde ich noch viele Frauen glücklich machen und ihnen ihre verdammte Identität einficken, und sie werden weinen und lachen und nach mir schlagen und einen Orgasmus nach dem anderen haben, aber eigentlich ist das alles Asche. Ist dir aufgefallen, daß diese Frau Göbbels niemals lacht? Sie hat ein Gesicht wie Clint Eastwood. Sie heilt die Menschen. Sie sieht ihr Blut und ihre Nerven und ihren Eiter jeden Tag, und dazu muß man ein gutes, kaltes Herz haben. Und sie verdient fünftausend Mark brutto«, sagte Tata. »Oder war es netto?«

»Netto, brutto«, hätte Bocian gesagt, »als wüßtest du, was das ist! Bisher hast du dein Geld hauptsächlich nutto verdient!«

Tante Danuta gefiel es nicht, daß sich Tata und Henryk immer noch sahen. Die nach Urin, Zigarettenqualm und Bauernfrühstück stinkenden Kneipen, in denen sie sich trafen, waren nicht das Worpswede, das Danuta liebte; sie hätten auch am Bahnhof von Wejherowo oder im Hafen von Gdingen stehen können. Genausowenig gefiel es Danuta, daß Tata jetzt bei Frau Göbbels putzte. Mittlerweile war er fast jeden Tag dort, und er machte nicht nur sauber: Aus seinen Jakkentaschen quollen Kassenbons von Baumärkten, Einkaufszentren und Pflanzengroßmärkten, und aus seiner Hemdbrusttasche ragte immer, zusammengerollt und mit einem Gummiband umwickelt, ein Bündel Fünfzigmarkscheine. Tata ging nicht mehr zu Harms. Er war Stammkunde bei Möbel-Meyerhoff, Dodenhof und beim Tep-und-Tap-Markt geworden, und Mirafiori war zu klein geworden, um alles zu transportieren, was Tata dort kaufte. Schließlich lieh sich Tata einen VW-Bus von Romek. Wenn ich nicht bei Jane war, fuhr ich nach der Schule mit Tata zu den Großmärkten. Wenn ich den Tag mit Jane verbrachte, mußte ich mich abends zu Tatas Verfügung halten. »Wie würdest du die Pergola beizen«, fragte er dann, »natur oder teakholzfarben?« Er zeigte mir verschiedene Sorten wasserabweisender Lacke, und ich sollte mich für einen davon entscheiden. Er kaufte einen Grill, und ich sollte wählen zwischen einem italienischen Pizzabäckersteinofen und einem amerikanischen Edelstahlbarbecuegrill mit mehreren Ebenen, der aussah, als habe Tata ihn aus einem Operationssaal mitgehen lassen. Nie kaufte Tata etwas, ohne mehrere Alternativen mitzubringen. Hatte er sich mit meiner Hilfe für etwas entschieden, fuhr er mit den Alternativen wieder in die Großmärkte, gab sie zurück oder tauschte sie um. Tata sagte zu umtauschen »abgeben«. »Kann man das abgeben?« fragte er die Kassiererinnen, die nicht verstanden, was er meinte.

Neuerdings ging Danuta mit Henryk zu einer Wunderheilerin, denn Henryk wuchs noch immer nicht, und immer tiefer saß sein Kopf zwischen den Schultern. Die Wunderheilerin wohnte in derselben Straße in Verlüßmoor, in der auch Frau Göbbels' Haus stand, und wenn Danuta keinen anderen Parkplatz fand als den vor Frau Göbbels' Haus, mußte sie an Tata vorbeilaufen, der entweder in einem der Fensterrahmen hing und die vielen kleinen Butzenscheiben von außen putzte oder mit großen Schritten den Garten durchmaß, als stecke er einen Claim ab. Manchmal ging er in die Hocke und klopfte die Erde ab, wie um eine unterirdische Wasserader zu orten. Tata schrie und winkte, wenn er Danuta und Henryk sah, und Danuta konnte nicht anders, als stehenzubleiben und ein paar Worte mit Tata zu wechseln.

»Eine Sonnenuhr hat Dr. Köster auch«, sagte sie, »eine italienische aus Marmor und Kupfer, kein Plastik. Sonja, wir gehen zu Frau Gartelmann, kommst du mit?«

»So muß das halten«, sagte Tata. Er zog Rankhilfen an Frau Göbbels' Fassade hoch, und ich reichte die Drahtrollen an. »Geh nur! Bei Frauen kann so etwas Wunder wirken. Ich würde mir lieber persönlich ein Bild von ihren Biowellen machen, aber dazu habe ich keine Zeit. Ich muß mich um diesen Kneteryk kümmern.«

»Knöterich«, sagte Danuta und ging auf die andere Straßenseite, um zu zeigen, daß das Gespräch beendet war. Henryk blieb stehen.

»Du laß dich nicht einwickeln!« flüsterte Tata ihm von der Leiter aus zu. »Was für Frauen gut ist, tötet Männer. Bocian versteht wirklich etwas von Hexen, und ich kann dir nur raten, denn du weißt, ich liebe

dich wie einen Sohn und mehr: Laß dir kein Menstrua-
tionsblut ins Gesicht schmieren oder irgend etwas in
den Hintern stecken! Halt dich fern von dieser Hexe!«

»Ich wohne bei einer Hexe«, sagte Henryk und zeigte auf Tante Danuta, »und ich habe genug damit zu
tun, mich von ihr fernzuhalten.«

»Ich hab's gehört!« rief Danuta.

Frau Gartelmanns Haus war voller Strukturtapete und
brauner Veloursschlinge. Die Leute, die in ihrem
Wohnzimmer saßen, hatten bunte Ekzeme oder waren
in Stützgestänge eingeschirrt. Frau Gartelmann heilte
in der Küche, die nach Essen und alter Seife roch. Frau
Gartelmann sah aus wie eine alte Kellnerin in einem
Landgasthof, nur gab sie kein Wechselgeld heraus. Sie
nahm Danutas Hundertmarkschein und legte ihn in
die Küchentischschublade. Dann umfaßte sie mit beiden Händen Henryks Kopf.

»Ich spüre einen großen Widerstand«, sagte sie.

»Ich auch«, sagte Danuta. »Er wächst nicht. Er
schwänzt die Schule und fährt mit dem Fahrrad durch
die Gegend.«

»Ich spüre einen großen Widerstand gegen die hei-
lenden Kräfte meiner Hände«, sagte Frau Gartelmann.

Danuta sah mich an.

»Das ist der Einfluß seines Onkels«, sagte sie. »Sie
sitzen in der Kneipe und reden stundenlang und trinken und spielen Dart. Sein Onkel ist verrückt. Er
glaubt an Außerirdische und Dimensionen.«

»Hm«, machte Frau Gartelmann, und drückte an
Henryks Kopf herum. »Ich spüre auch eine große
Leichtigkeit.« Sie schaute an die Decke. »Er wird
wachsen«, sagte sie. Dann ließ sie Henryks Kopf los,

rückte ihre Schulterpolster zurecht und sah mich an. »Und was ist mit dir?«

»Ich mache ins Bett.«

Vor Weihnachten brachten Jane und ich den letzten Basar unseres Lebens hinter uns. Auch nach eineinhalb Jahren Bundes konnte ich noch keine Folie blasenfrei auf ein Fenster kleben, keinen Ytongstein bearbeiten, ohne daß er zerbrach. Ich wußte nicht, was eine Strickliesel war und stand abseits, als die anderen aus schmierigen Wannen voll Leim und Plakafarbe marmoriertes Papier zogen. Ich konnte nicht einmal richtig mit einer Schere umgehen. Jane nahm sie mir aus der Hand. »Erst grob, dann fein«, sagte sie und beschloß, mir all das beizubringen, was man in Bundes bereits im Kindergarten lernte. Sie sang von der Tante aus Marokko und vom Bauern, der ins Heu fuhr, und behauptete, sie sähe etwas, das ich nicht sah. Sie ließ mich die Hände hinhalten, klatschte hinein und sang »Anna Chicago«, und während Calamity Jane meine Heldin der Ebenen und die Retterin meines Vaters war, brachte mich Anna Chicago in zwei Wochen durch den Kindergarten, und ich begriff, daß man in Bundes Altstoffe nicht dem Staat gibt, sondern den Kindern, damit sie sie bemalen und aneinanderkleben, man gibt den Kindern abgewickelte Klopapierrollen, leere Waschmitteltrommeln und Joghurtbecher, damit sie basteln, und Janes Haus war voll von Dingen, die Jane gebastelt hatte. Jane war eine Meisterin mit der Schere. Eines Tages zeigte sie mir ihre Kisten. In den Kisten bewahrte Jane auf, was sie als Kind gebastelt hatte. Jane besaß, auf Papier gemalt, ausgeschnitten und ordentlich zusammengefaltet in einen Schuhkarton gelegt, eine Polarforscherausrüstung mit Eisbärfellen, Navigationsgeräten, Seekarten und gehäuteten Robben aus Papier. Jane besaß eine Druidenkiste voller Spinnen und Kröten in giftigen Farben und Alraunen mit verschiedenen Gesichtsausdrücken, eine Mayakiste mit Obsidianmessern, eine Bergbauernkiste, eine Mata-Hari-Kiste, eine Kiste zur Französischen und eine zur Russischen Revolution, eine Nazikiste, eine Ghettokiste, eine Schöpfungskiste, eine Nonnenkiste, eine Geburtskiste mit weiblichen und männlichen Säuglingen und sogar eine Mörderkiste mit einem riesigen Blutfleck und blutigen Fußspuren zum Auslegen.

»Ich habe oft so sehr gebastelt, daß ich krank wurde«, sagte Jane. »Noch während ich letzte Hand an die Kreuzigungskiste legte, bekam ich hohes Fieber und wäre fast gestorben.«

Ich erzählte Tata von Janes Kisten, und obwohl Tata Spiele über alles liebte, hatte er für Janes Kisten nicht viel übrig, wahrscheinlich, weil ihn Papier nicht interessierte. »Lernt man das auch in den Kursen?« fragte er und sägte weiter an dem Vogelhäuschen für Frau Göbbels' Vorgartenbirke. Tata haßte Kurse und fand, daß es in Bundes nur für die unnützesten Dinge Kurse gäbe. Die Kinderlieder allerdings, die ich von Jane lernte, ließ er sich vorsingen. »Dieser Bolle ist ein guter Typ«, sagte er. »Wir kämen gut miteinander aus. Der Kerl hat begriffen, daß die Welt voller Verrückter ist, die einem an den Kragen wollen, und trotzdem hat er seinen Spaß.«

»Ich hoffe, sie ist dir eine gute Lehrerin«, sagte Tata über Jane. »Ich bin froh, daß du eine Freundin in Bundes hast. Hat deine Schwester auch eine Freundin?« fragte er.

»Nein«, sagte ich.

»Teile sie mit deiner Schwester!« sagte Tata. »Sie soll auch etwas lernen. Ich habe keine Zeit mehr, euch etwas beizubringen. Ich habe mein Bestes getan, euch auf diese Welt vorzubereiten. Die Gene zum Überleben habe ich euch gegeben und die Aussprache. Jetzt fehlen nur noch die Idiome und die Liebe, damit ihr euch als erwachsene Frauen in Bundes zurechtfindet. Die Idiome kann dir deine Freundin beibringen. Und die Liebe …, das ist mein Gebiet, wenn ich nur mehr Zeit hätte! Hast du meine Bücher noch?«

Ich besaß Tatas Bücher noch, und Jane war beeindruckt, daß mein Vater mir solche Bücher schenkte. Erregt und angeekelt sahen wir uns die Zeichnungen in »The Joy of Sex« an: Ein haariger, bärtiger Mann, unförmig wie ein See-Elefant, auf einer hübschen Frau. Auf einer dieser Zeichnungen starrte er in ihre auflappende *cipka*, auf einer anderen rieb er seinen Bart daran. Man konnte sehen, daß er seine Fußnägel nicht schnitt.

»Es läßt sich wirklich nur für die Theorie benutzen«, sagte Jane über das Buch, »nicht für die Praxis. Ansonsten hätte ich es mir gern einmal ausgeliehen. Aber dieser Hippie ist ekelerregend. Gut, daß wir nicht in den siebziger Jahren mit der Liebe anfangen müssen – Haare überall!«

»Er leckt ihre Achselhaare«, sagte ich.

»Ich weiß«, sagte Jane.

Ich bat Jane um die Idiome, aber sie wollte mir keine beibringen. »Ich habe keine Lust, mir von dir Dinge wie ›Das schlägt dem Faß den Boden aus!‹ anzuhören. Wenn ich so etwas hören will, fahre ich Straßenbahn. Ich will nicht, daß du rausguckst und sagst: Es regnet Bindfäden.« Jane behauptete, daß man in Bundes gut

244

ohne Idiome überleben und erwachsen werden könne, nicht aber ohne die Liebe.

»Ich will so schnell wie möglich damit anfangen«, sagte Jane. »Mit den praktischen Übungen. Mit dem Sex. Wenn ich der Liebe begegne, möchte ich vorbereitet sein. Ich will dann nichts mehr lernen müssen. Ich will gleich die ganze Liebe!«

Jane wollte sich auf die Liebe vorbereiten. Ich tat so, als hätte ich dasselbe Ziel. In Wahrheit kannte ich die Liebe schon. Tata war die Liebe, und ich konnte mir keine Liebe vorstellen, die nichts mit Tata zu tun hatte. Trotzdem spielte ich mit, denn Tata liebte Spiele, und ich wußte, daß er jetzt, da ich siebzehn war, auf meine Entjungferung wartete wie damals auf meine erste Regel. Jane kaufte uns zu Weihnachten ein chinesisches Notizbuch und unterteilte die Seiten mit senkrechten Strichen in zwei Spalten. Über die linke schrieb sie »Jane« und über die rechte »Sonja«. Im neuen Jahr würden wir anfangen. Mit einer Sache allerdings würde ich nicht anfangen: Da ich wußte, daß ich mit jedem Orgasmus Verantwortung für irgendeine neue Galaxie im Universum übernahm, wollte ich lieber keinen haben.

Am Silvesterabend sollte ein gigantisches Feuerwerk über dem Teufelsmoor wettern. Auf dem Dach von Frau Göbbels' Haus hatten Tata und Henryk Raketen angebracht, die Tata von der Dachluke aus zünden wollte. Kabel und Drähte durchzogen den Garten, und an den Bäumen, Wäscheleinen und Regenrinnen hingen Stränge von Chinakrachern, die aussahen wie übergroße rote Ganglientiere. Tagelang hatten sich Tata und Henryk über einen Grundriß des Gartens gebeugt, in den Raketen, Feuerräder, Donnerschläge und Vulkane eingezeichnet waren, numeriert nach der Reihenfolge ihres Zündens. Tata war zu Harms gefahren, und Jane und ich hatten ihm geholfen, den VW-Bus mit Feuerwerkskörpern vollzuladen, die entweder leicht angesengt waren oder aussahen, als seien sie naß geworden und wieder getrocknet. Er werde sie ein bißchen auf die Heizung legen, sagte Tata, um sicherzugehen, daß sie schön brannten.

Mama und Majka hatten wir Tischfeuerwerk und Knallbonbons vorbeigebracht. Tata hielt die die Plastiktüte an zwei Zipfeln und kippte sie über dem Wohnzimmertisch aus.

»Sie haben es aber schön hier!« sagte Jane und sah sich um. »So angenehm schummrig. Diese dunklen Möbel! Später werde ich auch nur dunkle Möbel haben. Etwas anderes als Mahagoni wird mir gar nicht ins Haus kommen. Und dieser süße, traurige Harlekin!«

Mama sah Jane zu, wie sie von Zimmer zu Zimmer lief.

»Ist das ein Balkon? Wie ich Sie beneide! Man kann ja den Dom sehen! Und die Straßenbahnhaltestelle! Ich habe immer davon geträumt, an einer Straßenbahnhaltestelle zu wohnen. Ich würde bestimmt den ganzen Tag auf dem Balkon stehen und beobachten, wer ein- und aussteigt. Und so klein und gemütlich! Gerade groß genug für einen Tisch und einen Stuhl.«

Majka kam aus dem Bad, sie trug ihren Bademantel, roch nach Shampoo, und in der Hand hatte sie ihr Nagelpflegeset.

»Hallo«, sagte Jane.

»Wir haben keine frische Bettwäsche mehr«, sagte

Majka zu mir, »ihr habt die schmutzige nicht abgeholt. Du mußt auf der Couch schlafen, mit einer Wolldecke. Aber reiß dich zusammen! Wir können uns keine neue Couch leisten.«

»Ich bleibe nicht hier«, sagte ich. »Ich sehe mir Tatas und Henryks Feuerwerk an.«

Majka ging ins Wohnzimmer. Sie setzte sich auf das Sofa, griff nach der Fernbedienung und schaltete den Fernseher ein. Dann legte sie das Necessaire in ihren Schoß, klappte es auf wie ein Buch und begann sich die Nägel zu feilen, während Tata seinen Kontrollgang machte: Immer, wenn er bei Mama war, sah er nach dem Boiler und in den Kühlschrank, prüfte, ob das Wasser ablief und ob die Balkontür richtig schloß.

Ich setzte mich neben Majka. Im Fernsehen lief eine Tiersendung, aber Majka sah nicht hin, sie schaute auf ihre Nägel und feilte. Ich lehnte mich zurück. Unsere Schultern berührten sich. Ich fühlte Majkas Wärme durch den Frotteestoff des Bademantels, nur einen Augenblick lang. Majka beugte sich ruckartig vor und feilte weiter.

»Komm mit«, sagte ich. »Es wird ein tolles Feuerwerk.«

»Ich hab keine Lust, mich in die Luft sprengen zu lassen.«

»Wie Hitler und General Paulus am Kartentisch«, sagte Jane. Den Plan hatten Tata und Henryk auf dem Küchentisch ausgebreitet und die Ecken mit einem Hammer, zwei Tassen, und einer erdigen Meerrettichwurzel beschwert. Seit Tata bei Frau Göbbels putzte, hingen an den Küchenwänden Kochlöffel, Schöpfkellen und Pfannenwender, die nicht zueinander paßten.

Auf den Schränken standen Deckelgefäße aus Keramik, Blech und Glas, beschriftet mit Salz, Mehl, Zucker, Knoblauch, und in keiner war das, was darauf stand. Der Kühlschrank war voll mit Familienpackungen und Sonderangeboten, und die Wandfliesen hatte Tata mit Spiegelfolie überzogen und selbstklebende Haken daran befestigt, von denen Teesiebe, Topflappen und Eieruhren baumelten.

Wir folgten Tata und Henryk, die hinausrannten, um Feuerräder an die Bäume zu nageln. Die Mädchen standen auf der Terrasse und trauten sich nicht in den aufgewühlten Garten: Er sah aus wie ein aufgebrochenes Minenfeld. Überall steckten Raketen in der Erde und im niedergetrampelten Gras.

»Höher!« schrien die Mädchen. »Höher, Kazik, bist du bescheuert?«

»Wie hälst du denn den Hammer?«

»Gleich trittst du auf die Vulkane!«

»Links, links! Das kann doch nicht wahr sein, mach doch die Augen auf!«

»Du bist einfach zu klein!«

»Jetzt hast du es kaputtgemacht!«

Frau Göbbels' Töchter redeten nicht mit Tata, sie schrien ihn an wie einen schwerhörigen Diener, und Tata lächelte entschuldigend. Frau Göbbels' Töchter machten sich lustig über Tatas Aussprache, seinen Bart, seine schiefen, gelben Zähne, und Tata, der alles wußte, und die ganze Welt verstand, Tata, der Majka und mir die Welt und Bundes erklärt hatte, jeden Tag im Café Saratoga, Tata entschuldigte sich bei den Töchtern von Bundes für seine Dummheit. Und Frau Göbbels' Töchter waren so sehr Bundes. Sie standen auf der Terrasse in ihren violett und senffarben ge-

streiften Jacken, in dicken Schuhen, die das Licht re-
flektierten, bunte Spangen im Haar wie große, klebrige Bonbons.

»Kazik, du alter Idiot!«

Tata war über eine Zündschnur gestolpert, gegen
den Birnbaum gefallen und an dessen moosigem
Stamm heruntergerutscht.

Ich drehte mich um. Hinter mir stand Frau Göbbels
und folgte jeder von Tatas Bewegungen. Sie sah zu, wie
Tatas Füße Halt in der feuchten Erde suchten und verloren, wie Tata sich im Fallen auf die rechte Seite warf,
um den Sturz abzufangen, wie er die Arme über der
Brust verschränkte und das abschüssige Stück Rasen
bis zur Sandkiste hinunterglitschte. Es war Tata gewesen, der die Sandkiste für die Mädchen gebaut hatte,
er hatte sie mit feinem Nordseesand gefüllt und war
dafür eigens nach Cuxhaven gefahren. Plötzlich fing
Frau Göbbels an zu lachen. Tata hob den Kopf. Von
seinem rechten Ohr bis über den Mund reicht die
braune Schlammstrieme.

»Siehst du, Sonja«, rief er und zeigte auf Frau Göbbels, »ich habe Clint Eastwood zum Lachen gebracht!«

Um Mitternacht zündete Tata die erste Rakete. Sie
schüttete grüne Splitter über dem Garten aus. Dann
kam ein Donnerschlag. Er fuhr uns in die Glieder, kurz
bevor Tata und Henryk aus zwei entgegengesetzten
Ecken des Gartens goldene Fontänen in die Luft jag-
ten. Tata und Henryk ließen die Fontänen aufeinander
zurasen, und dort, wo sie sich trafen, schoß ein roter
Feuerball in den Himmel und zerplatzte dort wie eine
Frucht. Dazu spritzten und heulten Feuerräder. Als

Tata mit der Fackel in der Hand an uns vorbei ins Haus rannte, klein und rußig wie ein Gnom, stand Henryk unter den Bäumen und wartete auf Tatas Zeichen. Es hatte zu regnen angefangen. Eisregen. Wind kam auf und Henryk kämpfte gegen die Böllerschlangen, die an den Zweigen hingen, bis er sie zu fassen kriegte und genau in dem Augenblick zündete, als Tata bengalisches Feuer vom Dach regnen ließ. In das Feuerwerk und in den Wind hinein schrie sogar Frau Göbbels, und Jane und ich brüllten gegen das chemische Gewitter an, den Mund voller Rauch, der nach Phosphor schmeckte, und in all dem Lärm und dem Schreien war eine große Stille. Ich faßte nach Janes Hand. Der Lärm und die Stille waren wie eine Tasche, die man hin und her krempeln konnte, das wußte ich von Bocian, der im stummen Magnesiumblitzen der Sterne auf Hel ihre Schreie hatte hören können, unvorstellbar laut.

In dieser Nacht war Tata vollkommen glücklich. Er und Henryk hatten die Elemente zum Platzen gebracht. Und wie die Atombombe das Nirwana auf der Erde verbreitet hatte, hatten Tata und Henryk die Erde gefüllt mit Farben und Licht. »Mein Sohn«, sagte Tata zu Henryk bei der letzten Flasche Beck's, als Frau Göbbels ihre Töchter ins Bett brachte, »wenn wir uns endgültig von hier verabschieden, verbrennen wir noch drei Tonnen mehr von dem Zeug!« Nach der letzten Flasche Bier legten sich Tata und Henryk auf die Couch, um zu schlafen und ihr Glück zu konservieren. Auch Frau Göbbels, Jane und ich gingen ins Bett, denn wir hatten uns nicht viel zu sagen. Wir wollten bei Tata sein, und Jane wollte bei mir sein, und Tata war mein größter Pluspunkt.

Am Neujahrsmorgen ging Henryk fort, bevor Tante Danuta ihn holen kam. Er nahm sein Fahrrad und fuhr nach Fischerhude. Dort klingelte er seinen Freund Thorsten aus dem Bett, der auch auf sein Fahrrad stieg und Henryk folgte. Zusammen radelten sie weiter. Immer wieder hielten sie an und schrieben auf Mauern und Wände, denn sie waren ganz allein auf der Welt. Es war ja Neujahrsmorgen. Der Mond war noch zu sehen, und der Himmel war hell, fast weiß. Henryk liebte die Helligkeit und die Geschwindigkeit. Es hatte gefroren. Geleise, Rohre, Geländer und Gitter leiteten die Kälte wie Adern aus Metall. Eine Zeitlang blieben sie neben der Bahnstrecke. Sie waren schon so weit gefahren, daß sie nicht mehr zurückkonnten. Dann fuhren sie auf die Autobahnbrücke, hielten an, lehnten ihre Fahrräder gegen das Geländer und schauten hinunter. Die Autobahn war leer, grau, unendlich. Henryk stützte sich mit beiden Händen auf das Geländer. Er stemmte sich hinauf und zog die Beine nach, bis er ganz hoch oben war. Der Wind fing sich in seiner Jacke. Henryk war klein und leicht. Er ließ das Geländer los und reckte einen Arm in die Luft, als wolle er jemandem zuwinken.

Gleich darauf schaute Henryk bei meinem Tata vorbei, der gerade auf dem Klo saß. Er kam zur einen Wand hinein und ging zur anderen wieder hinaus. »Als ich so saß und schiß und eine Zigarette rauchte in meinem Denktempel« sagte Tata, »führte sein Weg Henryk durch mein Badezimmer. Er sah mich dort sitzen und winkte mir mit ausgestrecktem Arm.«

Lilka

»Ich freue mich darauf, alt zu sein«, sagte Jane.

»Warum?« fragte ich.

»Weil wir uns dann nicht mehr anstrengen müssen«, sagte Jane, »und die Liebe kann uns ganz egal sein. Ich möchte mit dir zusammen alt werden und in einem Haus am Meer wohnen, mit einer Terrasse, auf der wir den ganzen Tag sitzen und Gin Tonic trinken. Stell dir das vor! Wir können uns benehmen, wie wir Lust haben. Wir können anziehen, worauf wir Lust haben. Wir müssen keinem Mann gefallen. Stell dir vor, wie es uns zum Hals heraushängen wird, den Männern zu gefallen, nach allem, was wir schon erlebt haben! Wir tragen wallende indische oder afrikanische Gewänder, obwohl wir häßlich und faltig sind und darin aussehen wie Vogelscheuchen. Wir sind frei.«

»Was machen wir, wenn wir krank sind?« fragte ich.

»Alt sein bedeutet, krank zu sein, keine Zähne mehr zu haben und in die Hose zu machen, nicht mehr essen und nicht mehr schlafen zu können. Deshalb will man jung sein. Wenn Altsein bedeutete, frei zu sein, würde es ja jeder wollen. Niemand will frei sein und dabei alt und krank.«

»Wir würden Pfleger einstellen«, sagte Jane. »Umwerfend hübsche junge Pfleger. Sie würden uns füttern und unsere Scheiße wegmachen, aber uns wäre nichts mehr peinlich.«

Jeden zweiten Tag weckte uns Mama mit ihrem morgendlichen Notruf.

»Mir ist heiß!«

»Jemand ist draußen am Fenster!«

»Irgend etwas ist in der Badewanne.« – »Was?« – »Ich weiß es nicht. Es ist so dunkel.« – »Mach das Licht an!« – »Nein.« – »Wie willst du dann sehen, was es ist?« – »Ich will es gar nicht sehen.«

»Hallo?«

»Ich habe kein Glas mehr. All meine Gläser sind weg.«

»Sie sind schmutzig, Mama! Sie sind in der Spülmaschine!«

»Ich sehe nach. Bleib dran!«

»Mama?«

»Eins fehlt.«

»Das kann nicht sein. Woher willst du wissen, wie viele Gläser du hast? Hast du sie gezählt?«

»Das Senfglas fehlt. Vorher war Senf drin. Jetzt sieht es aus wie ein Bierglas. Mein Medizinglas.«

Jane und ich nahmen immer ein Taxi. Das kostete uns nichts, denn Jane brauchte nur ihren Taxifahrer anzurufen, der sie umsonst überallhin fuhr. Er war in sie verliebt, seit er sie einmal nachts nach Hause gefahren hatte.

»Es wäre romantisch, wenn er ein gutaussehender Taxifahrer wäre«, sagte Jane, »und wenn ich nur nicht immer vorne sitzen müßte! Und wenn ich nur nicht immer an die Zukunft denken müßte und an all die Männer, denen ich in meinem Leben noch etwas schuldig bleiben werde!«

In der Wohnung roch es nach Eukalyptus und geschmorter Paprika. Mama lag im Bett.

»Hast du wieder Fieber, Mama?« fragte ich.

»Ich weiß nicht. Ist sie auch da?«

»Ich bin hier!« sagte Jane.

»Soll ich dir Umschläge machen?«

»Das nützt nichts«, sagte Mama.

»Du mußt zum Arzt.«

»Ja, ja! Danuta ruft schon jeden Tag an und will ihre Freundin mitbringen. Aber ich weiß, daß es nichts nützt. Sie will, daß ich alles testen lasse, meine Lungen, mein Blut, meine Drüsen. Sogar einen Aids-Test soll ich machen. Sie sagt, mein Immunsystem ist kaputt. Woher soll ich das Aids denn haben? Vom Fernsehen? Polen haben kein Aids!«

»Ich hole dir was gegen das Fieber. Ich gehe zur Apotheke.«

»Ich habe die Apotheke hier«, sagte Mama und zeigte auf das zerklüftete Schattengebirge auf ihrem Nachttisch.

Majka saß im Wohnzimmer und schaute Frühstücksfernsehen. Als sie uns sah, stand sie auf und lief mit dem Teller, auf dem noch ein halbes Käsebrötchen lag, in die Küche. Sie kam zurück in den Flur, zog ihre Jakke an, nahm ihre Schultasche und ging.

»Sonja?«

»Mama?«

»Bitte, geht heute nicht! Bitte, bleibt hier! Ich lasse euch heute zu Hause. Ihr seht verfroren aus.«

»Es ist September, Mama! Es sind zwanzig Grad draußen!«

»Sommergrippe ist die schlimmste Grippe. Bleibt zu Hause! Ich schreibe euch eine Entschuldigung. Sie bringen euch sowieso nicht das Richtige bei. Nichts gegen die Schulen von Bundes, aber diese Kurse verwirren euch den Kopf. Den ganzen Tag zwischen den Kursen herumlaufen – wie sollt ihr da lernen? Es ist eure Entscheidung, aber ein freier Tag würde euch guttun. Macht einfach heute einen Lerntag!«

»Unsere Sachen sind alle drüben.«

»Geh und hol sie! Das Mädchen bleibt solange hier.«

Mama vermied es, Janes Namen auszusprechen. Weil sie nicht wußte, ob sie Jane siezen oder duzen solle, benutzte sie das Wort »man«: »Will man ein Stück Kuchen essen?« – »Ob man ein Glas Wasser bringen kann?«

Ich fuhr zurück zum Haus am Fluß, um unsere Bastelsachen zu holen. Als ich zurückkam, saß Jane als dunkler Klumpen auf Mamas Bett.

»Ich bin nicht hingegangen«, sagte Mama leise. »Er wollte immer, daß Ala und ich uns kennenlernen, er hat mich oft eingeladen, aber ich bin nie hingegangen. Er hat mir Bilder von ihr gezeigt, und einmal habe ich sie auf der Straße gesehen. Wenn wir uns trafen, hat er die Unterschiede aufgezählt zwischen Ala und mir und die Ähnlichkeiten, er hat meine Hand genommen und gesagt: beide lange Hände und schmale Finger, Alas Fingernägel rund und deine oval. Er hat unsere Beine verglichen und die Arme, die Farbe und Länge von unseren Haaren. Einmal trafen wir uns in Sopot, in einem Café auf der Monte-Cassino, und ich hatte mir eine neue Hose gekauft. Zieh sie an! sagte er, und ich ging auf die Toilette, obwohl ich dachte, alle würden sehen, daß ich in einem Rock auf die Toilette ging und in einer Hose wiederkam und mich für eine Hure halten, aber für Cyp habe ich es getan, weil ich sonst so wenig für ihn tun konnte. Dabei hätte ich für ihn alles getan. Aber er hat nichts von mir verlangt. Ihr Vater«, sie zeigte in meine Richtung, »hat ständig Sachen von mir verlangt. Immer mußte ich etwas für ihn tun. Jede Minute war ich beschäftigt: Was hast du da, zeig's mir! Gib mir einen Kuß! Schreib das für mich auf, nimm das Papier da und den Bleistift – ich kann nicht, ich muß diese Glühbirne einschrauben, aber mir ist gerade etwas eingefallen, schreib auf! Hol mir etwas zu trinken, aber mit einem Strohhalm, bitte! Dreh dich um, trag nächstes Mal Strümpfe zu diesem Kleid, zieh deinen Scheitel auf der anderen Seite! Er hat mich seine Sekretärin genannt. Ich war doch Studentin, aber er hat mich zu seiner Sekretärin gemacht, und ich konnte nicht mehr arbeiten. Es war nur ein Spiel, aber ich konnte kein Buch mehr lesen, nicht mehr schreiben. Er hat seine Sekretärinnengedanken in mein Gehirn geblasen, und ich war den ganzen Tag damit beschäftigt, ihm Gefallen zu tun. Dabei hat er selber nichts getan. Nichts. Ich war eine Sekretärin des Nichts, die Sekretärin eines Mannes, der in seinem Leben nichts getan, nichts gelernt und keine Arbeit länger als drei Monate gemacht hat. Dann kam das Café Saratoga, aber das war auch keine Arbeit, denn er machte das Café Saratoga zu einem Bordell und die Mädchen aus den Fischfabriken zu Kellnerinnen und Huren. Er wurde ein Chef und Zuhälter, und die Mädchen waren für immer verdorben, wie Fisch, der in der Sonne liegt. Aber er war der Chef. Immer der Chef, und andere verdienten das Geld. Bundes ist sein Paradies, denn die Arbeitslosigkeit ist für ihn erfunden worden: morgens nirgendwohin gehen, ein bißchen hier herumschrauben und da etwas einkaufen und andere für sich arbeiten lassen. Und ich habe plötzlich deutsche Töcher und bin hier zu ihrer Pflege, und so war es immer mit ihm, daß er mich zu einer Pflegerin machte, wie damals, als ich den Dreck von seiner Nazitante weggeräumt habe. Aber dort hatte ich das Meer, und die Gesichter waren mir vertraut, es waren häßliche, dumme Gesichter, aber ich kannte sie, und sie kannten mich. Hier kennt mich niemand, niemand schätzt mich, die Bücher aus den Bibliotheken kann ich nicht lesen, ohne daß mir die Augen herausfallen vor Anstrengung. Ich schaue aus dem Fenster und sehe die Straße, die Haltestelle und die Straßenbahn. Ich sehe Menschen, die aus der Straßenbahn steigen und die ich niemals hätte sehen müssen, wenn ich dort geblieben wäre, wo ich die Menschen kannte. Meine Augen sind nicht dafür geschaffen, diese Gesichter zu sehen. Hier sind die Gesichtszüge der Menschen nicht an ihrem Platz, sie sind verrutscht. Und die Stimmen sind verrutscht. Ich höre die Menschen unter meinem Fenster reden, während sie auf die Straßenbahn warten, und es kommt mir vor wie der Gesang der Wale. Mein Leben ist vorbei. Wären wir nur dort geblieben! Ich hätte bleiben können, aber ich bin gegangen, und ich habe es für meine Kinder getan. Ich dachte damals, ich sei unglücklich im Café Saratoga, aber jetzt weiß ich, daß ich so glücklich war, wie ich ohne Cyp nur sein konnte. Jetzt erinnere ich mich an jeden Tag und jede Einzelheit, denn mein Leben ist vorbei, obwohl ich noch nicht tot bin. Kann man dieses Kissen wegnehmen und dieses und dieses? Mir ist heiß«, sagte Mama.

»Du warst nicht glücklich im Café Saratoga, Mama«, sagte ich, »du warst die ganze Zeit in deinem Zimmer. Du weißt nicht einmal, wie das Café

Saratoga ausgesehen hat. Ich bin diejenige, die sich erinnert.«

»Doch«, sagte Mama, »ich erinnere mich an alles, sogar an die Serviettenhalter.«

»Welche Farbe hatten die Serviettenhalter?«

»Orange.«

»Sie waren rot.«

»Es kommt nicht auf die Serviettenhalter an«, sagte Mama, »im Café Saratoga war ich jung. Jung sein und glücklich sein ist dasselbe. Ganz einfach. Das weiß ich jetzt. Es ist viel einfacher, als man denkt.«

Mama schlug ihre Decke zurück und schaufelte Jane die Kissen zu, die sein hinter sich auf dem Bett stapelte.

»Wenn du soviel redest, wird das Fieber nie heruntergehen«, sagte ich.

»Bitte erzählen Sie weiter«, sagte Jane, »ich könnte ewig, ewig zuhören! Erzählen Sie von Cyp!«

Wir hatten die Schule gewechselt. Die neue Schule bestand aus Pavillons auf einem Asphaltfeld, aus dem Asphalt brachen Bäume, und im Herbst rutschte man zwischen den Pavillons auf Bucheckern, Kastanien und Eicheln aus. Die Fächer wurden in Kursen unterrichtet, und ich erzählte Tata aus Gewohnheit nichts davon, obwohl er seine Meinung über Kurse inzwischen geändert hatte.

In den Kursen saß kein einziger Betonkopf mehr. Ich konnte nicht glauben, daß die Betonköpfe nicht mehr da waren. Ich hatte das Gefühl, als seien sie nur aus meinem Blickfeld verschwunden, aber nicht fort, als müßte ich nur richtig hinschauen, um sie zu sehen. Einmal kam ich zu Mama, und da saß die Mutter des kleinen Betonkopfes aus Friedland im Wohnzimmer, auf dem Tisch Pralinen, Betonkopfs Mutter auf dem Sofa und Mama wie gelähmt in einem Sessel, und niemand entfernte die Folie von der Pralinenschachtel. Betonkopf kniete auf dem Boden, er hatte seine Jacke nicht ausgezogen. Er war gewachsen. Sein Kopf war nicht mehr zu groß für seinen Körper. Seine Haut war nicht mehr so dünn. Er sah aus wie ein normales, dummes Kind von sechs Jahren. Er lächelte. Aber ich wußte, was ein Wechselbalg war, denn ich hatte Janes Auswahl von Grimms Märchen gelesen, und Betonkopf war ein Wechselbalg, das den Wechsel an sich selbst vollzogen hatte, das seine Adern nach innen schlagen ließ und eine andere Gestalt nach außen kehrte. So vermutete ich, daß auch die anderen Betonköpfe noch immer die Stadt bevölkerten, daß sie schrumpften, wenn ich mich nach ihnen umsah, in Ecken flüchten oder in meinen toten Winkel. Daß ich selbst ein Betonkopf sei, behauptete Majka. »Und was bist du?« fragte ich.

»Ich bin genau dieselbe wie vor drei Jahren«, sagte Majka.

Ich lernte das perspektivische Zeichnen, das maßstabsgerechte Verkleinern auf Millimeterpapier und das Ausschneiden von grob nach fein. In der Schule wählte ich dieselben Kurse wie Jane. Ich trug Tweedjacken wie Jane, ich kaufte Pastellkreiden und Aquarellstifte, und wir banden uns die Haare zu einem Zopf ganz oben auf dem Kopf zusammen, in den wir manchmal einen Stift steckten.

Das chinesische Notizbuch war einer der Gründe, warum wir Stifte bei uns trugen, vor allem, wenn wir ausgingen. Wohin wir gingen, war uns gleich, Hauptsache, wir gingen aus. Wir gingen in Kneipen, zu Vernissagen, in Oldie-Discos und zum Sechstagerennen, wir standen auf Jahrgangsstufenpartys und Semesterabschlußfeten herum, und wer auch immer links von mir stand – zu meiner Rechten war Jane; gerade so nah, daß ich sie noch fühlen konnte. Unsere Schultern berührten sich in genau einem Punkt, der nicht größer war als ein Molekül.

»Sieh dir all die Langweiler an«, sagte sie meistens. »Heute ist ein schlechter Tag.«

»Manche sind eher häßlich, manche sind eher dumm«, sagte ich, »aber alle haben etwas von beidem.«

»Es geht nicht darum, daß sie uns gefallen«, sagte Jane. »Die Kunst ist, sie trotzdem ein bißchen zu lieben.«

Bei Tata war die Liebe eine Naturgewalt. Bei Jane war die Liebe eine Kunst. Bei Tata war die Liebe Froschlaich, Bullensperma, Matsch und Orgasmus. Jane gefielen vor allem die französischen Ausdrücke in »The Joy of Sex«. »Man kann es also doch lernen wie Vokabeln«, sagte sie.

Zu Beginn hatte ich gefragt, ob es ein Spiel sei. Das war an dem Tag, als wir die Spalten im chinesischen Notizbuch angelegt hatten.

»Natürlich ist es ein Spiel«, sagte Jane.

»Ja«, sagte ich, »aber wird es einen Sieger geben?«

»Natürlich wird es einen Sieger geben«, sagte Jane, »sonst wäre es kein Spiel. Wenn es um einen Sieg geht, strengt man sich an. Oh, bitte, Sonja, streng dich an! Ich möchte so sehr, daß du gewinnst!«

Ich erzählte Tata von unserem Spiel. »Natürlich

mußt du gewinnen«, sagte Tata. »Das Mädchen hat einen guten Einfluß auf dich. Sie hat die *cipka* in ihrem Kopf, das heißt allerdings, sie wird es schwer haben, einen Mann zu finden, der sie befriedigen kann.«

»Was soll ich tun?«

»Du wirst das Spiel spielen und mir Bericht erstatten, meine kleine Sekretärin, in zweifacher Ausfertigung für deine und meine Unterlagen. Enttäusche mich nicht! Und betrink dich nicht beim ersten Mal. Später kannst du soviel trinken, wie du willst, aber über das erste Mal will ich alles wissen. Wenn du dir Mühe gibst und meine Tochter bist, wirst du dich dabei mit einem Schlag an deine Vergangenheit und deine Zukunft erinnern, und der Kreis wird sich schließen!«

Der Kreis schloß sich. Meinem Vater blieben in Bundes immer weniger Frauen, die er lieben konnte. Majka hatte beschlossen, in Bundes niemanden zu lieben. Mama liebte Cyprian. Ich aber lag in unserer Wohnung am Fluß unter einem Jungen, der nach Pfefferminz roch und nach Alkohol. Ich war nüchtern. Ich versuchte, an Majka und Rubin zu denken, ich versuchte, mich an alles zu erinnern, was Majka erzählt hatte über ihre Stunden hinter der Kiste im Abstellraum. Der Junge bohrte seinen Penis in meinen Oberschenkel, und mir war kalt. Ich dachte daran, wie die »Rubin« weite Bögen von Hel nach Gdingen schlug, von Gdingen nach Sopot und von Sopot nach Danzig, im Regen und bei leichtem Wellengang. Ich dachte an die Gischt, die gegen die Scheiben im Passagierraum spritzte. Da fiel mir ein, daß Majka das Bein angezogen hatte, damit es leichter ging, und ich mußte lachen und zog das Bein an.

Manchmal wartete Jane bereits vor der Tür, wenn ich sie öffnete, um den Jungen herauszulassen.

»Ich bewundere dich«, sagte sie, wenn wir dann im Bett lagen. »Ich hab's einfach noch nicht über mich bringen können.«

Meine Spalte im chinesischen Notizbuch füllte sich. Janes Spalte blieb leer. »Bald ist es soweit«, sagte sie.

Am liebsten hörte Jane Mama von der Liebe erzählen.

»Erzählen Sie von Cyp«, sagte Jane.

»Gleich, ich muß erst ein bißchen im Zimmer herumgehen.«

»Sie können im Zimmer herumgehen und erzählen.«

»Laß sie in Ruhe, Jane! Sie will nicht erzählen.«

»Natürlich will sie erzählen! Frau Herrmann? Sie wollen doch erzählen?«

»Ja, ja«, sagte Mama. »Stellt den Fön an! Was quält ihr mich und stellt den Fön aus!«

»Der Ventilator ist an, Mama!«

»Aber er bläst heiß!«

»Er bläst kalt.«

»Stellt ihn kälter!«

»Es ist die kälteste Stufe.«

»Was macht ihr da? Immer trete ich auf eure Messer und Scheren und Stifte!«

»Nehmen Sie doch die Augenmaske ab, Frau Herrmann.«

»Ja, ja«, sagte Mama.

Sie schlingerte zurück ins Bett.

»Also«, sagte Jane und zog einen langen Strich mit dem Lineal, »wo waren wir stehengeblieben? Sie haben also die Hose angezogen? Und was hat er gesagt?«

»Lilka, hat er gesagt, du bist wunderschön! Wo hast du diese Hose gekauft? Nachher gehen wir hin und kaufen die gleiche für Ala. Ich will die Frauen, die ich liebe, in diesen Hosen sehen!«

Ich saß da, schob Jane Formen zu, die sie ausmalte, und wunderte mich, wie leichthin Mama erzählte. Mama lag da, die Gelmaske auf dem Gesicht, die wir alle halbe Stunde zum Auskühlen ins Gefrierfach legten, und erzählte, und Jane stellte die richtigen Fragen, und so, dachte ich, mußte es damals am Strand von Sopot gewesen sein, als Cyprian Initialen in den Sand geritzt und sie Mama hatte lesen lassen.

»Wo habt ihr euch getroffen?« fragte Jane. »Am Molo auf der Seite ...«

»... wo das Grand Hotel ist«, sagte Mama. »Wir liefen weit bis zu den roten Klippen von Orlowo. An manchen Tagen konnte man von dort aus die Halbinsel Hel sehen. Wir kletterten auf die Klippen. Es war ein kalter Sommer. Wir froren, die Gruppen von Pionieren froren, ihre Führer froren, die Kinder aus den Ferienlagern froren und rannten schreiend ins Wasser, als würden sie sich ins Feuer werfen, und die Verkäufer in den Buden und an den Grills froren auch. Cyprian kaufte mir das ganze Gesicht einer Sonnenblume. Ich hielt es neben mich und blies die Backen auf, aber Cyp sagte: Das bist nicht du! Wenn du eine Blume wärst, dann wärst du eine Lilie. Und von da an nannte er mich Lilka, denn genauso wurde die Dichterin Maria Pawlikowska-Jasnorzewska genannt, und an sie, sagte Cyp, erinnere ihn mein dringendes Bedürfnis zu lieben.«

»Sie sind auch ...«, sage Jane.

»... in die Wälder von Wejherowo gefahren«, sagte

Mama. »Wir fuhren überallhin. Wir liefen und liefen und fuhren mit dem Zug und mit der Kolejka, wir blieben immer in Bewegung, als könne Ala uns einholen, sobald wir einen Augenblick stillstünden. Doch Ala war immer da. Ich wünschte, ich hätte dich früher getroffen, Lilka, sagte Cyp, vielleicht wäre alles anders geworden. Ich wußte aber, daß es keinen Unterschied gemacht hätte, und ich wünschte mir nicht, Cyprian woanders und unter anderen Umständen kennengelernt zu haben als an genau diesem Tag am Meer, als wir das Lagerfeuer machten und er die Initialen in den Sand schrieb. Wir waren immer zu dritt, und auch, wenn ich Cyprian früher begegnet wäre, wären wir zu dritt gewesen, ich konnte es mir nicht anders vorstellen. Vielleicht hätten wir nur die Rollen getauscht, Ala und ich. Wäre es besser gewesen, Cyprians Frau zu sein? Ich weiß es nicht. Ich dachte nicht darüber nach, was ich sein wollte: Frau oder Geliebte. Es war mir egal. Cyprian war mehr als meine Liebe. Er war meine ...«

»... Aufgabe«, sagte Jane. »Und Ala?«

»Ala war immer da. Immer hatte ich das Gefühl, wir könnten sie jeden Moment treffen. Einmal war ich mit Cyprian in Sopot, und wir gingen in ein Schuhgeschäft. Und das war der Tag, an dem alles anders wurde, weil ich den Fehler machte, abends noch einmal allein an den Strand zu gehen, um nachzudenken. Sieh mal, diese Schuhe, sagte ich, sind sie nicht wie für mich gemacht? Ich würde sie mir so gern kaufen, sagte ich, aber es gibt sie nur noch in Größe siebenunddreißig. – Ich kenne eine Frau, die diese Schuhe hat, sagte Cyprian, in Größe siebenunddreißig. Sie heißt Ala.«

Mama wischte sich mit den Zipfeln ihrer Bettdecke

die Achseln aus. »Ich halt das nicht mehr aus«, sagte sie, »ich halt das nicht mehr aus.«

»Und dann«, lockte Jane, »kam ...«

»Kazik!« stöhnte Mama. »An diesem Abend ging ich noch einmal an den Strand, allein, dachte an die Schuhe. Und da stand er, nackt, mit dem Rücken zum Meer, und sah mich an, als hätte er auf mich gewartet; er wackelte mit den Armen wie ein Pinguin mit den Flügeln und schrie: Da ist ja meine Sekretärin, ich warte hier schon den ganzen Tag darauf, daß du kommst! Dann machte er sich steif und ließ sich mit ausgebreiteten Armen rückwärts ins Wasser fallen. Er lag da, als hätte man Jesus mit dem Kreuz ins Meer geschmissen, und selbst in der Dämmerung konnte ich sehen, daß sein Schwanz schwarz wie Kohle war.«

Mama verschluckte sich und hustete, und als sie aufgehört hatte, wünschte ich, sie würde wieder damit anfangen, denn es war zu still geworden im Zimmer, und ich ließ meine Schere laut in das Papier beißen.

»Wie war das?« fragte Jane. »Wie hat er Sie genannt?«

»Sekretärin«, sagte Mama.

»Nein, der andere.«

»Lilka«, sagte Mama.

»Dann werde ich Sie von nun an Lilka nennen.«

Jane und ich schliefen im Haus am Fluß und fuhren morgens zu Lilka wie in die Schule: Wir stellten Wecker auf den Beginn von Lilkas Grausen, standen pflichtbewußt, aber widerwillig auf, denn wir kamen selten vor drei Uhr ins Bett, und verbrachten ganze Vormittage auf dem Boden vor ihrem Bett. Über dem

Kopfende hing die Gräfin Tolstoj, und die Last ihrer Zöpfe schien sie mehr und mehr zu drücken, je größer Lilkas Mattigkeit wurde. Beide, die Gräfin und Lilka, nahmen eine geduckte Haltung an, senkten die Stirn, und schauten von unten zu uns hinauf.

Wenn Lilka aufwachte, hockten wir schon da.

»Ich fühle, es ist etwas in der Post«, sagte Lilka, noch bevor sie die Augen aufschlug.

»Soll ich gehen und nachsehen?« fragte ich.

»Nein«, sagte Lilka.

Sie drehte sich zur Wand. Und während wir warteten, daß Lilka einen weiteren Versuch machte, der Welt entgegenzusehen, klebten wir auf dem Fußboden vor ihrem Bett eine Welt zusammen, die in eine Schuhschachtel paßte. Auf der Schuhschachtel stand »Café Saratoga«.

Jane fragte, und ich versuchte, auf deutsch von Hel zu erzählen und nach Wörtern zu suchen, die Jane verstand. Manchmal hatte ich ein Wort vergessen, manchmal fiel mir weder das alte noch ein neues Wort ein, und dann erzählte ich Jane einfach, was ich sah.

»Aber was war das für eine Pflanze?« fragte Jane. »Sie kann doch nicht einfach nur gelb gewesen sein!«

»Wie weit war es von Chałupy nach Kuźnica?«

»Zwischen Chałupy und Kuźnica war Hel so schmal, daß man beide Meere sehen konnte.«

»Ich weiß«, sagte Jane ungeduldig. »Aber wie weit war es?«

»Fünf Kilometer. Vielleicht sieben.«

»Wie viele, fünf oder sieben?«

Ich erzählte von der Hauptstraße, und Jane folgte mir mit dem Bleistift. Sie kreiste die leeren Flächen entlang der Straße ein, auf denen Chałupy, Kuźnica,

Jastarnia, Jurata und Hel entstehen würden, erst grob, dann fein. Das Kino »Segler«, die Fischkonservenfabrik »Jantar«, die Menschenfischerkirche, die Biwakplätze, das Umspannwerk »Energa«, Sibirien und das Café Saratoga waren noch Bleistiftkreuze auf Millimeterpapier. Nach meiner Erinnerung schraffierte Jane die Lage des Kiefernwaldes mit nach Osten dicker werdenden Strichen, sie malte Dreiecke an die südöstliche Küstenlinie, wo die Farnfelder waren, und zog Stacheldraht von Hel nach Jurata: das Militärgebiet. Hel hatte die Form einer Zunge mit geschwollener Spitze und erstreckte sich über eine Länge von mehreren zusammengeklebten Papierbögen. Ich ließ Jane Linien um die Insel ziehen, die die Wassertiefen markierten, ließ sie die Wracks einzeichnen, wie ich es auf den Karten meiner Kindheit gesehen hatte; kleine Schiffe, deren Hecks unter eine unsichtbare Wasserlinie gerutscht waren.

Manchmal unterbrach uns Lilka unvermittelt. »Das Christophorusdenkmal?« fragte Lilka, »bist du denn blind gewesen? Es stand schräg rechts von der Kirche!« Dann sagte sie die Inschrift auf, die in den Sockel gemeißelt war.

»Kann man meine Post holen?«

»Wir arbeiten gerade!«

»Ich gehe«, sagte Jane, stand auf, nahm den Schlüsselbund von der Flurkommode und lief hinunter zum Briefkasten. Wenn sie ohne Briefe zurückkam, war Lilka beunruhigt, denn jemand hatte womöglich einen wichtigen Brief gestohlen. Vielleicht unterschlug der Briefträger regelmäßig die Post, oder die alte Frau, die im Erdgeschoß wohnte, schob ihre dürre Hand in den Briefschlitz und klaute. Vielleicht war Lilkas Adresse aus irgendeinem Grund aus allen Verzeichnissen gelöscht worden. Vielleicht hielt man sie für tot.

Wenn Jane aber mit Briefen zurückkam, winkte Lilka ab und wollte die Absender nicht wissen; ein Brief vom Sozialamt könnte dabei sein, daß Lilka kein Geld mehr bekäme, oder eine Rechnung über tausende von Mark für etwas, das sie nicht bestellt hatte.

»Er ist nicht vom Sozialamt«, sagte Jane, »er ist von der Krankenkasse.«

Lilka lag da und dachte nach.

»Es ist sicher nichts Schlimmes«, sagte Jane. »Ich mache ihn auf, und wenn es nichts Schlimmes ist, lese ich ihn vor.«

»Ja«, sagte Lilka, »so macht man es.«

Lilka sah zu, wie Jane den Brief aufriß und ein weißes Blatt Papier aus dem Umschlag zog. Sie sah zu, wie Jane das Blatt entfaltete, es überflog, doch als Jane laut zu lesen begann, warf sie sich im Bett herum und preßte die Hände auf die Ohren.

Hel wuchs, bekam scharfe Konturen und wurde farbig. Als ich Hel zum ersten Mal in seiner ganzen Länge von oben sah, kam ich mir vor wie emporgehoben: Ich stieg höher und höher und entfernte mich von der Insel. Jane stand neben mir und machte ein zufriedenes Gesicht. Weil Jane mit Papier und Bleistift gekommen war, hatte ich hier meine Erinnerungen vor mir liegen, maßstabsgetreu verkleinert und scharf umrissen, und doch kam mir alles verschwommen vor, als sei ich plötzlich kurzsichtig geworden. Ich konnte nicht unterscheiden, was mir Jane gegeben und was sie mir genommen hatte. Sogar die blaugrüne Dünendistel hatte sie im Bestimmungsbuch nachgeschlagen,

Eryngium maritimum. »Die kandierte Wurzel der Dünendistel ist ein Aphrodisiakum« sagte sie, »schon Sappho wußte davon.« Ich wußte längst, was die blaugrüne Dünendistel und der Schwanz meines Vaters gemein hatten, und ich hoffte, sie würde es nicht aussprechen.

Stairway to Hel

Im Jahr drei meiner Zeitrechnung war ich eine Frau geworden. Meine Periode kam regelmäßig. Ich war eine Frau, wie Tata sie immer hatte erschaffen wollen und wie Jane sie aus mir gemacht hatte. »Eine glückliche Frau stinkt«, hatte Tata gesagt. Nach jedem Eintrag ins chinesische Notizbuch wusch ich mich und fand, daß ich ganz erbärmlich stank. Ich fragte mich, ob Majka damals gestunken hatte, nach ihren Stunden auf der »Rubin«. Der Unterschied zwischen Majka auf der »Rubin« und meinen Einträgen ins chinesische Notizbuch bestand darin, daß es ihr nichts ausgemacht hatte, in Rubins Gesicht zu sehen. Sie hatte Rubin geliebt, und alles, was ihr damals entgegengekommen war, hinter der Kiste im Abstellraum, war ihr willkommen gewesen. Ich sah ungern in die Gesichter der Jungs, aber wenn ich es weiterhin so machte wie Majka und das Bein anzog, mußte ich hineinschauen. Dann fing ich an, mich den Jungs auf andere Art hinzuschieben. Ich drehte ihnen den Rücken zu, und es zeigte sich, daß die Jungs es so am liebsten hatten. Ich dachte an den Mond über der Bucht, an Bocian und das Prickeln von Brennesseln an den Innenseiten meiner Schenkel, und die Jungs umklammerten mich von hinten. Mit einem von ihnen im Bett brauchte ich keine Reklamkas mehr, denn unter ihren Händen ließ das Ziehen in den Nieren nach, und ich lag da, blind und taub, nicht schläfrig, sondern wie tot. Das war nicht die Hölle. Es war schrecklicher und angenehmer zugleich. Es war das Nichts; und das Nirwana war die Hand von jemandem, den ich nicht kannte, gegen Morgen in meiner *cipka*.

Im Jahr drei meiner Zeitrechnung war es geschehen: Eine ewige Linie löste sich auf. Sie hatte zwei Deutschlands getrennt, die zwei Deutschlands, die uns Tata und Bocian erklärt hatten, jeden Tag im Café Saratoga.

»Die haben die Nazis rausgelassen«, hätte Bocian gesagt. »Sind die wahnsinnig? Nachdem die Nazis sich selbst eingemauert hatten, konnten sie sich wenigstens nicht an den amerikanischen Waffen vergreifen. Schlimm genug, daß sich die Nazis mit den Kommunisten vermischt haben, aber wenigstens war das Böse unter sich, Hitler und Stalin am Kartentisch. Jetzt brauchen sie keinen KGB und keine Gestapo mehr, sie können einfach rüberspazieren ins Reich. Denk nur an die Atombomben, Cybula, die ganzen wunderbaren amerikanischen Atombomben! Sie grapschen danach mit ihren dreckigen Nazifingern, und dann werden sie uns wieder beschießen ... – Cybula?«

Frau Göbbels holte Tata ans Telefon.
»Tata? Guckst du fern?« fragte ich.
»Ich sauge durch.«
»Mach den Fernseher an, Tata, schnell!«
»Weißt du, wie es hier aussieht? Wie kommst du auf die Idee, ich hätte Zeit, mich vor den Fernseher zu setzen? Der ganze Teppichboden in der Küche ist voller Dreck. Einer muß doch durchsaugen!«
»Tata, in deiner Küche ist kein Teppichboden!«
»Seit gestern schon«, sagte Tata.

»Sie haben die Grenze aufgemacht, Tata, mach den
Fernseher an, alle spielen verrückt!«
Ich hörte, wie Tata den Staubsauger anmachte.
»Was gehen mich ihre Grenzen an?« fragte Tata.
»Für mich gibt es keine Grenzen. Ihre Grenzen sind
der Dreck unter meinen Fingernägeln und die Haare
in meinem Kamm!«
»Vielleicht können wir bald zurück«, sagte ich.
»Vielleicht können wir bald das Café Saratoga wiedersehen.«
»Zurück?« fragte Tata, »Diese Richtung existiert
für mich nicht. Du bist meine Tochter, aber du redest
wie eine Anfängerin. Zurück gehe ich niemals, egal,
wo dieses Zurück ist. Ich bin ein Fortgeschrittener. So
wie Henryk. Wenn ich diese Welt verlasse, will ich nur
eines: mir mit Henryk einen genehmigen in Ewigkeit.
Und sollten sich irgendwann, während wir da sitzen
und trinken, in der Ewigkeit, plötzlich hinter uns alle
Dimensionen auflösen – denkst du, ich höre dann auf
zu trinken und werfe auch nur einen Blick zurück auf
diese armselige Welt?«

Im Jahr drei meiner Zeitrechnung bekam Tata eine
neue Familie und die Küche seiner Träume. In Tatas
neuer Küche reichte der Kühlschrank bis an die Decke,
Teppichboden dämpfte die Schritte und die Dunstab-
zugshaube brüllte wie ein Hochofen. Tata hielt mir eine
Broschüre hin und zeigte auf das Bild eines Schrankes
mit zerknüllten Mehltüten und aufgerissenen Nudel-
packungen darin. Der Schrank daneben war aufge-
räumt und voller Plastik. Zum Vergleich öffnete Tata
seinen eigenen Schrank: Eine Menge Plastikbehälter
kamen uns entgegen, es regnete Zucker, Tee und Nägel.

»So sieht das aus«, sagte Tata, »so muß ein Schrank aussehen! Alles frisch, und alles hat einen Namen. Das ist ein Eidgenosse, und das ist ein Super-Eidgenosse!« Tata zeigte auf einen kleinen und einen großen Plastikbehälter.

Es hatte damit angefangen, daß Tata als Gastgeber die besten Geschenke bekam. Daraufhin fing Tata an, ständig Partys zu geben: Er lud Frauen ein, die er beim Einkaufen kennenlernte, Reitlehrerinnen und Töpferkursleiterinnen von Frau Göbbels' Töchtern, die Frauen von Romek und dessen Kumpels, Tante Danutas Freundinnen und die Frauen von Verlüßmoor. Bald wußte er alle Artikelnummern und Namen auswendig, und man fragte ihn, ob er nicht Berater werden wolle. Und so wurde Tata Berater. Die Gruppenleiterin freute sich über den ersten männlichen Berater in Niedersachsen, und Tata bekam eine große Nylontasche voller Plastik. »Es ist nicht irgendein Plastik«, sagte Tata und hielt eine Schüssel gegen das Licht. »Weder Hitze noch Kälte können diesem Kunstwerk etwas anhaben. Space Shuttles werden aus diesem Material gemacht. Es ist speziell für Lebensmittel und extra hygienisch. Sieh dir das an! Perfekt und rein wie ein guter Diamant! Wenn sie einen winzigen Fehler entdecken, schmelzen sie alles wieder ein und machen Blumenvasen daraus.«

»Was erzählst du fürn Scheiß«, sagte Silke, die älteste von Frau Göbbels' Töchtern. »Bist du eine Frau?«

»Ich wäre gern eine Frau«, sagte Tata leise. »Ich wäre gern eine Frau, Liebling! Immer habe ich gesagt, ich wünschte, ich wäre eine! Meine älteste Tochter hier, die Frau, die mich am besten von allen versteht, mein Fleisch und Blut, ist Zeuge! Das Leben der Frau ist so einfach, so zyklisch! In der Zyklizität liegt der Schlüssel zur Zufriedenheit. Das mit der Erbsünde hat man den Frauen erzählt, damit sie nicht alles schleifen lassen, aber eigentlich ist es Unsinn: Eine Frau ist ein zyklisches Geschöpf und lebt aus sich selbst, das heißt, sie kann gar keinen großen Schaden anrichten. Wir Männer dagegen leben linear: Vorwärts und vorwärts katapultieren wir uns von einer Welt in die nächste, die Frauen aber sind ihre eigene Welt. Könnte ich doch auch still und zufrieden vor mich hin inkarnieren, könnte ich so sehr in dieser Welt verwurzelt sein, gebären und Nahrung geben in einem ewigen Kreislauf! Gebären und Nahrung geben, das sind die Talente der Frau, und damit erschafft und erhält sie jeden Tag die Welt. Und wenn ich schon keine Nahrung geben kann, so kann ich doch wenigstens anderen zeigen, wie man sie frisch hält!«

»Du bist schwul!« sagte Silke.

Tata lächelte. »Hol deine Obuje, Liebling!« sagte er. »Wir kommen zu spät!«

»Mach mich nicht nervös« sagte Silke, »du bist nicht mein Vater! Und es heißt Oboe!«

Vor dem Haus von Silkes Oboenlehrerin saßen wir eine Dreiviertelstunde in Frau Göbbels' blauem Toyota. Immer noch trug Tata seinen Bart unten zusammengebunden, aber er nahm dazu kein Gummi mehr, sondern ein Zopfband aus Frottee.

»Laß mich einmal fahren«, sagte ich, »bitte!«

»Das ist ein Kombi.«

»Na und?«

»Du wirst den Motor abwürgen und das Getriebe kaputtmachen! Er war sehr teuer.«

»Tata, bitte, laß mich üben! Ich habe kein Geld für so viele Fahrstunden, und mein Fahrlehrer haßt mich!«

»Wie heißt er?«

»Herr Reichenberg.«

»Kein Wunder, dann ist er entweder ein Jude oder ein Nazi.«

»Was ist mit dem Mirafiori?«

»Was soll mit dem Mirafiori sein?«

»Kann ich den Mirafiori haben?«

»Der Mirafiori ist bei Romek, er macht einen Rasenmäher daraus, oder so etwas.«

Der Mirafiori, in dessen Polstern meine Geschichte, die Geschichte des Cafés Saratoga und seiner Kellnerinnen für die Ewigkeit bewahrt werden sollte, stand bei Romek in der Auffahrt und wurde ausgeweidet.

»Das ist der Lauf der Welt«, sagte Tata, »was wir lieben, wird geschlachtet.«

»Fahr mich zu Romek!« sagte ich.

»Ich kann das alles wieder zusammenschrauben, wenn du willst«, sagte Romek, und so bekam ich den Mirafiori. Romek schraubte weiter, und so bekam ich ein Autoradio, Schonbezüge und eine Billiardkugel auf dem Schalthebel, die schwarze Acht.

Romek wurde mein privater Fahrlehrer, denn Jane konnte gerade die Pflichtstunden bei Herrn Reichenberg bezahlen. Dazu hatte sie gleich an ihrem achtzehnten Geburtstag die Siemens-Aktien ihres Großvaters und ein paar goldene Gedenkmünzen verkauft.

»Autofahren, Autofahren ist die größte Schwäche jeder kleinen Frau«, sang Jane, »aber ich denke, es genügt, wenn eine von uns den Führerschein macht. Weil ich so ungeschickt bin, ist das Geld bei dir besser angelegt. Aber überanstrenge dich nicht, und nimm nicht alles so ernst; es muß für das Hin reichen, und vielleicht noch für das Zurück.«

»Diese Richtung existiert für mich nicht«, sagte ich.

»Was kneifst du die Augen?« fragte Romek. Wir fuhren auf einer schnurgeraden Straße. Außer uns waren nur die Enten unterwegs, in grauen Armeen am Himmel.

»Ich habe meine Brille nicht dabei«, sagte ich.

»Seit wann hast du eine Brille?« fragte Jane.

»Ich muß eine Brille tragen, sonst darf ich nicht fahren, aber ich habe sie bisher immer vergessen.«

»Ich bitte dich!« sagte Romek. »Willst du die Käfer am Straßenrand zählen? Wer nicht auf Einzelheiten achtet, kann sich besser auf das Wesentliche konzentrieren.«

»Was ist das für ein Geräusch?« fragte Jane.

»Das ist normal, das ist so im zweiten Gang.«

»Ich fahre nicht im zweiten Gang«, sagte ich.

Romek hob die Hände. »Was guckst du mich an? Mache ich etwa das Geräusch?«

Ich schaute nach vorne. Die Enten gingen in einer Spirale nieder, und die Wiesen nahmen die Bewegung auf, sie fingen an, sich gegeneinander zu drehen wie Zahnräder. Ich fuhr schneller und sah zu, wie sie sich entlang der Gräben verschoben, wie ihre Ränder ineinanderknirschten. Sie kreisten um einen einzigen Punkt. Als ich die Augen zusammenkniff, sah ich: Es war ein Storch, der mitten auf einer Wiese stand, und die Welt kreiste um ihn. Ich dachte an Hel, wie es in meiner Erinnerung erstarrt war. Manchmal holten Jane und ich die Kiste aus Lilkas Flurkommode, die Kiste, auf der

»Café Saratoga« stand, wir hoben den Deckel und sahen nach, ob es nicht noch etwas daran zu tun gäbe. Wir prüften die Klebestellen, schauten nach Rissen oder Flecken. Aber alles war heil, nichts fehlte, alles war vollständig. Ich nahm die Insel heraus und fuhr die Konturen nach, wußte, sie würden nicht verschwimmen, das Meer würde den Sand nicht fressen und der Sand nicht das Meer, der Wald würde nicht in den Himmel wachsen und der Himmel nicht in den Wald. Nichts würde sich bewegen, denn es war nicht lebendig, wie der Storch lebendig war. Es war eine Erinnerung.

»Was nun, Calamity Jane, heroine of the plains?« fragte ich, als die Grenze gefallen war, »was nun?«

»Mit der Erinnerung?« fragte Jane. »Du meinst, die ganze Arbeit war umsonst, und wir werden das wirkliche Café Saratoga sehen?«

Lilka sah fern und schwitzte. Sie hatte Helligkeit und Kontraste so weit heruntergedreht, daß der Fernseher sie nicht blendete im dunklen Zimmer. »Was sagt euer Vater dazu?« fragte sie zum tausendsten Mal. Sie schlug mit beiden Händen auf die Bettdecke und rief: »Ich weiß, was er denkt! Ich kenne jede schmutzige Windung seines kranken Gehirns! Ich weiß es: Er ist am Boden zerstört! Die zwei Deutschlands gibt es nicht mehr, es gibt nichts mehr zu erklären, und niemand wird ihm mehr zuhören. Alles war umsonst. Seine große Heldentat war ein Witz. Unsere Ausreise wird wie all diese Ausreisen in die Geschichte eingehen als eine Flucht über eine Grenze aus Nichts. Wir hätten dort bleiben können, wo wir waren. Nun sind alle glücklich außer uns, außer ihm –

Majka, Majka, komm her, sieh, wie die Deutschen sich küssen!«

»Ich wasch mir die Haare«, rief Majka aus dem Badezimmer. Jane kam mit einem frischen Kühlkissen aus der Küche und gab es Lilka, die es gegen die Stirn drückte.

»Könnte man umschalten aufs Zweite?« fragte Lilka, »da läuft eine andere Sondersendung.« Sie schob das Gelkissen unter ihr Nachthemd und klemmte es zwischen ihre Brüste.

»Frau Dr. Göbbels will dich untersuchen, Lilka«, sagte ich.

»Es hat keinen Zweck, ich werde sowieso sterben«, sagte Lilka.

»Am Schwitzen stirbt man nicht!«

»Ich werde am Grausen sterben.«

»Am Grausen kann man nicht sterben. Es ist nichts Körperliches.«

»Es macht Fieber und krampft im Bauch.«

»Vielleicht kriegst du deine Tage.«

»Ich kriege meine Tage seit Monaten nicht.«

Majka war ein Wasserrauschen hinter der Badezimmertür geworden und ein Klumpen unter der Bettdekke. Sie redete wenig mit Jane und mir und ließ die Augenbrauen zusammenwachsen, bis sie ein Mißton in ihrem Gesicht waren.

Jane demonstrierte den Unterschied zwischen Dur und Moll an Majka, denn sie fand, Majka umgebe ein trauriger Klang.

»So ist sie nicht immer gewesen«, sagte ich. Majka hatte es mit der Zeit aufgenommen, Sommer für Sommer auf Hel, und es gab kein glücklicheres Gesicht als

Majkas, wenn sie von einem Wellenbrecher zum anderen schwamm und ihr Leben wieder um zwei Sekunden verlängerte. Ich sah Majka im Schwimmbad, wenn ihre weißen Fingerkuppen gegen die nassen Kacheln tippten, ich sah Majka, wie sie sich am Beckenrand hochzog und das Wasser von ihr abglitt wie ein Kleid. Ich sah sie vorgebeugt stehen, die Arme über den Kopf gehoben, die Zehen um die Kante des Startblocks gekrallt. Und da fragte ich mich zum ersten Mal, wann ich Majka eigentlich verloren hatte.

Als es klingelte, verschwand Majka im Badezimmer. Ich ließ Frau Göbbels und Tante Danuta herein. Dann ging ich in die Küche, um Tee aufzusetzen, und Lilka knallte die Schlafzimmertür.

»Lilka!« rief ich im Vorbeigehen. »Sei nicht albern!«

»Sei du nicht albern!« rief Lilka fröhlich, »ich ziehe mir nur etwas über!«

Tante Danuta kam in die Küche, holte Teegläser aus dem Schrank, nahm ein Tablett und stellte die Teegläser darauf. »Danke« und »bitte« sagten Danuta und ich zueinander, denn seit Henryks Tod war es schwer, mit Danuta zu reden oder sie überhaupt nur anzusehen. So machten es alle Leute: Sie lächelten Danuta zu, ohne sie anzusehen, und Danuta war es egal. Nur Frau Göbbels lächelte nicht. Ihr Gesicht war immer unbeweglich wie das von Clint Eastwood, und sie machte keinen Unterschied zwischen Fröhlichen und Trauernden, Gesunden und Leidenden. Sie war Ärztin. Deshalb, dachte ich, war ihre Gesellschaft so angenehm für Tante Danuta.

Lilkas Tee stand auf dem Couchtisch und wurde

kalt. Wir tranken die zweite Tasse, als sie endlich hereinkam, in einem Kleid, das Tata ihr irgendwann einmal mitgebracht hatte. Damals hatte Lilka nicht einmal das Preisschild abgeschnitten. Sie hatte das Kleid gleich in den Schrank gehängt und nie wieder hervorgeholt. Nun trug sie einen BH darunter und Strümpfe dazu, sie hatte die Augen mit grünem Kajal nachgezogen und die Haare gebürstet. Es war ein Sommerkleid. Trotzdem schwitzte Lilka darin.

»Guten Tag!« sagte sie, küßte Tante Danuta die Wangen, gab Frau Göbbels die Hand und blieb vor ihr stehen. Frau Göbbels in ihrem riesigen Pullover schaute zu Lilka auf wie ein dickes kluges Kind.

»Wie schön, daß Sie vorbeigekommen sind«, sagte Lilka. »Jetzt ist diese schreckliche Sache schon ewig her! Wie lange haben wir uns nicht gesehen? Sie haben eine gute Figur bekommen, warum verstecken sie sie unter diesem Pullover? Wo sind die Kekse, wir haben noch Kekse«, sagte sie zu mir, »warum werden hier keine Kekse angeboten?«

»Nein, danke«, sagte Tante Danuta. »Setz dich!«

»Das ist mir so peinlich!« Lilka lief in die Küche. »Sind hier keine Kekse?« Wir hörten sie die Schränke auf- und zumachen. Mit ein paar Äpfeln in einer Schale kam sie wieder.

»Ich weiß nicht, wer die Kekse gegessen hat«, sagte sie. »Ich kann mich nicht um alles kümmern, ich bin krank.«

»Ja«, sagte Frau Göbbels. »Darf ich mir das mal ansehen?«

»Das brauchen Sie nicht. Es liegt bei uns in der Familie. Meine Mutter ist daran gestorben. Sie war achtunddreißig. Ich werde nächstes Jahr vierzig. Aber Ihnen muß doch ganz furchtbar warm sein, ziehen Sie doch diesen Pullover aus, es ist hier wie in einem Back-ofen.«

Lilka zerrte an dem Pullover, und Frau Göbbels zog ihn folgsam aus. Darunter trug sie ein türkisfarbenes T-Shirt, auf dem »Spendet Blut!« stand. Wo ihre Haa-re unter dem Rollkragen gesteckt hatten, klebten ein paar Strähnen feucht am Hals. »Sie haben sich verän-dert«, sagte Lilka. »Ist das eine neue Frisur?«

Frau Göbbels sah Lilka mit ihrem Clint-Eastwood-Gesicht an. »Haben Sie Wallungen?« fragte sie.

»Nein, mir ist nur immer heiß«, sagte Lilka.

»Dagegen müssen wir etwas tun.«

»Ich tue etwas dagegen. Ich nehme Medizin.«

»Was ist mit Ihrer Periode?«

»Ich hatte schon immer zu wenig Blut. Früher bin ich manchmal in Ohnmacht gefallen, weil ich einfach nicht genug Blut hatte.«

»Haben Sie Panikattacken?«

»Ich komme morgens ein bißchen schwer aus dem Bett«, sagte Lilka, »aber ich nehme die Medizin.«

»Das ist nicht die richtige Medizin«, sagte Frau Göbbels.

»Sie hilft«, sagte Lilka.

»Aber nicht gegen die Wechseljahre.«

Tante Danuta und Frau Göbbels zogen ihre Mäntel an. Lilka reichte Schals und Mützen.

»Wir müssen eine Untersuchung machen«, sagte Frau Göbbels. »Sie sind zu jung. Das ist nicht normal. Sie müssen vernünftig eingestellt werden, sonst be-kommen sie Osteoporose. Wir machen einen Urintest und nehmen Blut ab.«

»Ich habe Ihnen doch gesagt, ich habe zu wenig Blut«, sagte Lilka sanft. »Vergessen Sie Ihren Schirm nicht!« Sie griff nach dem großen grünen Schirm, den Frau Göbbels in eine Flurecke gelehnt hatte und von dem es noch tropfte. Tata hatte diesen Schirm gekauft.

Frau Göbbels, den Schal vor dem Mund, nahm den Schirm und schüttelte ihn. Lilka stand da wie eine Abgeordnete des Sommers: die Wangen rot, die dünnen Strumpfhosen an ihren Beinen festgeschmolzen. Sie roch nach warmem Messing. Mit der einen Hand öffnete sie die Tür, mit der anderen drückte sie den Arm von Frau Göbbels. »Jetzt erzähle ich Ihnen was«, sagte sie. »Ich hatte zwei Babys. Das eine habe ich durch einen besonders kalten Winter getragen, und kalt wie ein Eiswürfel kam es aus mir heraus. Mir läuft jetzt noch ein Schauer über den Rücken, wenn ich daran denke! Seine Lippen und sein ganzer Körper waren blau, es machte ständig die Windeln naß, und bis heute hat es eine schwache Blase. Das andere war wie von einem anderen Vater. Ich habe es durch einen heißen Sommer getragen, und als es geboren war, schwitzte es und strampelte alles von sich. Es hatte rote Haare wie ich. Sie haben mir viele gute Ratschläge gegeben, ich werde sie nicht befolgen, weil meine Krankheit eine andere ist, als die, von der Sie mir erzählen, denn Sie sagen ja selbst, daß ich noch so jung bin, nicht viel älter als Sie. Ich könnte auch noch ein Baby haben, wenn ich wollte. Dagegen gebe ich Ihnen einen Ratschlag, nur einen: Ganz gleich, von wem das Baby ist, das Sie da offensichtlich in sich tragen: Seien Sie vorsichtig mit den Temperaturen. Bevor sie hinaus in die Kälte gehen, ziehen Sie sich warm an, sonst wird es später das Wasser nicht halten können, aber nicht zu warm, sonst wird es schwitzen, als habe es die Sonne verschluckt!«

Auf der nächsten Nachtfahrt lenkte ich den Mirafiori ins Naturschutzgebiet, parkte hinter einem alten Schleusenhäuschen und drehte das Autoradio auf.

»Hast du das gewußt?« frage ich Romek, dessen Hände mich davon abhielten, von der Rückbank zu fallen.

»Klar«, sagte Romek. »Mußte ja so kommen. Er hat sie mindestens dreimal am Tag gevögelt.«

»Warum?« fragte ich. »Warum noch ein Kind?«

»Darf ein Mann keinen dritten Schuß haben, wenn die ersten zwei danebengehen?«

Ich löste Romeks Hände von meinem Bauch, zog meine Hose hoch und knöpfte sie im Liegen zu. Dann schob ich mich zwischen den Sitzen hindurch nach vorn, beugte mich vor und sah zu den Sternen hinauf. Ihr Licht war bläulich. Ich hörte nichts. Ich drückte die Tür auf und stieg aus; es war keine Stille, es war das Fehlen von allem, es war das Nirwana. Ich dachte an Bocian, der die Sterne ihre langen, grellen Soli hatte spielen hören, Nacht für Nacht auf Hel. »Stairway to Heaven« hatten die Sterne gespielt und »Stairway to Hel«, jede Nacht, und damit das Brüllen des Meergottes Gosko übertönt, das Brüllen, mit dem Gosko, der Eifersüchtige, gegen die Halbinsel angerannt war, Nacht für Nacht, weil dort seine Frauen und Töchter waren und mit meinem Vater schliefen. Aber Gosko hatte meinem Vater nichts anhaben können, dessen Kinder dieselbe Farbe hatten wie die blaugrüne Dünendistel, in die Gosko seine Nebenbuhler gern verwandelte. Damals war Hel der Mittelpunkt der Welt gewesen, und die Sterne waren über meinem und Tatas Kopf gekreist, sie hatten die Erde mit ihrem Lärm erfüllt, und ihre Riffs reichten vom Himmel bis hinunter in die Hölle. Dann hatte Tata den Mittelpunkt der Welt mitgenommen, und von da an war er immer dort gewesen, wo Tata gewesen war. Jetzt hatte Tata ein neues Kind gezeugt. Es würde ein Junge werden wie Henryk, es würde einen schwarzen Schwanz haben, und Tata würde ihm die Welt erklären.

Lilka atmet ruhig und gleichmäßig unter den Händen des Lastwagenfahrers. Jane schläft, den Kopf in meinen Schoß gelegt, und unter mir zittert der Lastwagen. Anfahren, Bremsen, Warten: Nur dafür gibt es mich, daß eins auf das andere folgen kann. Meine Augen trocknen aus wie die des Lastwagenfahrers, und die Müdigkeit steckt mir wie ein Messer im Rücken.

An der blauen Tankstelle hatte ich Tata angerufen. Im Hintergrund lief der Fernseher, und die Mädchen sangen ein Lied von Madonna.

»Was machst du gerade, Tata?«

»Ich bügle. Die Mädchen gucken die Mini-Baby-Show.«

»Es heißt Mini-Playback-Show, Tata!«

»Wo bist du?«

Ich überlegte, ob ich Majka anrufen sollte. Ich nahm sogar den Hörer ab und begann zu wählen, aber dann legte ich wieder auf.

»Wenn ich bestehe, fahren wir nach Hel«, hatte ich zu Majka gesagt, am Tag vor meiner Fahrprüfung. Wir standen vor dem Spiegel im Badezimmer, und ich sah Majka zu, wie sie sich das Gesicht eincremte. An den Schläfen fing sie an, und von dort aus verteilte sie die

Creme über Wangen, Nase und Stirn. So machte sie es immer.

»Schön«, sagte sie. »Und?«

»Wir fahren nach Hel, Majka«, sagte ich. »Hörst du denn nicht zu? Wir werden das Café Saratoga wiedersehen!« Ich suchte Majkas Augen im Spiegel, aber Majka senkte den Kopf, drehte den Hahn auf und begann, sich die Hände zu waschen.

»Es ist dein Café Saratoga, nicht meins«, sagte sie. »Ich habe das Café Saratoga nie gemocht. Es war eine Erfindung von Tata.«

»Er hat es für uns erfunden«, sagte ich.

»Für dich«, sagte Majka. Sie schaute auf. »Für mich hat Tata nie etwas erfunden.«

»Aber Majka«, sagte ich, »Komm doch mit! Du wirst Rubin wiedersehen.«

»Rubin«, sagte Majka und lächelte zum ersten Mal seit langem, »Rubin habe ich erfunden.«

Irgendwann geht es nicht mehr voran. Ich rutsche auf dem Fahrersitz hin und her, Janes Kopf auf den Schenkeln.

»Jane!« flüstere ich, »Jane! Ich muß mal!«

»Was?« Jane stößt sich den Kopf am Lenkrad. »Du kannst jetzt nicht weg! Gleich geht es weiter!«

»So schnell geht es nicht weiter«, sage ich und rutsche ein Stück zur Seite. »Nur für den Fall. Den Fuß hierhin, den hierhin.« Ich zeige Jane, was sie machen muß. »Einfach rollen lassen!«

»Oh Gott«, sagt Jane, »mach schnell!«

Am Straßenrand steht ein Lastwagenfahrer. Er pinkelt und sieht mich an. Ich laufe in das Feld hinein, meine Füße versinken im Matsch. Irgendwann drehe ich mich um, sehe, daß der Lastwagenfahrer mir hinterherschaut und laufe weiter, ich laufe, weil es schön ist zu laufen nach dem langen Sitzen, meine Blase schmerzt, ich muß einen Fuß direkt vor den anderen setzen und meine Schenkel zusammenkneifen bei jedem Schritt, damit ich nicht in die Hose mache. Meine Augen gewöhnen sich an die Dunkelheit. Ich kann den Umriß eines Baumes sehen, dort, wo das Feld zu Ende ist, dahinter beginnt ein anderes Feld in einer helleren Schattierung von Grau, ich laufe schneller, der Drang wird stärker, und als ich den Baum erreiche, gebückt, die Knie aneinandergepreßt, reiße ich mir die Hose herunter und pinkele so heftig, wie ich bisher nur einmal in meinem Leben gepinkelt habe.

»So habe ich noch nie ein Mädchen pinkeln sehen!«

Ich möchte schreien, aber ich kann nicht, weil ich pinkeln muß. Auch wenn er mich erschlagen würde, könnte ich nicht aufhören zu pinkeln, das Pinkeln hat die größte Macht über mich, und ich muß warten, bis ich leer bin und meine Hose hochziehen kann unter einem plötzlichen Schauer, der mir die Beine herabläuft.

»Ich wollte dich nicht erschrecken«, sagt er, »aber du bist direkt auf mich zugerannt.« Ich stehe vor ihm. Er sitzt unter dem Baum und hat eine Zigarette in der Hand.

»Was machst du hier?« frage ich.

»Ich sitze hier. Konnte nicht schlafen.« Er zeigt nach links. »Da steht mein Fahrrad!«

»Da steht mein LKW«, sage ich und zeige nach rechts.

»Nimm einen Zug«, sagt er und hält mir die Zigarette hin, »damit ich dein Gesicht sehen kann.«

Ich nehme die Zigarette, ziehe hastig daran und gebe sie ihm wieder. »Ich muß zurück«, sage ich. »Ich kann hier nicht bleiben.«

»Setz dich!« sagt er.

»Ich kann hier nicht bleiben«, sage ich und hocke mich neben ihn. Ich sehe ihm zu, wie er seine Zigarette bis zum Filter hinunterraucht. Dann wirft er die Kippe weit weg und sieht mich an.

»Was bist du für ein unruhiges Mädchen«, sagt er und küßt mich. Und mir ist es gleich, daß in diesem Augenblick irgendwo im Universum eine neue Galaxie entsteht.

Malin Schwerdtfeger
Leichte Mädchen

Erzählungen
KiWi 614

In ihren schon mehrfach ausgezeichneten Erzählungen findet Malin Schwerdtfeger auf Anhieb einen wunderbaren eigenen Erzählton – komisch, böse, poetisch, ironisch.